VOO NOTURNO
seguido de
TERRA DOS HOMENS

Antoine de Saint-Exupéry

VOO NOTURNO
seguido de
TERRA DOS HOMENS

Tradução de IVONE BENEDETTI

www.lpm.com.br

Coleção **L&PM** POCKET, vol.1350

Texto de acordo com a nova ortografia
Título original: *Vol de nuit* e *Terre des hommes*

Primeira edição na Coleção **L&PM** POCKET: dezembro de 2022

Tradução: Ivone Benedetti
Capa: Ivan Pinheiro Machado. *Ilustração*: iStock
Preparação: L&PM Editores
Revisão: Mariana Donner da Costa

CIP-Brasil. Catalogação na publicação
Sindicato Nacional dos Editores de Livros, RJ

S144v

    Saint-Exupéry, Antoine de, 1900-1944
      Voo noturno seguido de Terra dos homens / Antoine de Saint-Exupéry ; tradução Ivone Benedetti. – Porto Alegre [RS]: L&PM, 2022.
      256 p. ; 18 cm.   (Coleção L&PM POCKET ; 1350)

    Tradução de: *Vol de nuit ; Terre des hommes*
    ISBN 978-65-5666-320-3

    1. Ficção francesa. I. Benedetti, Ivone. II. Título. III. Série.

22-80463	CDD: 843
	CDU: 82-3(44)

Meri Gleice Rodrigues de Souza - Bibliotecária - CRB-7/6439

© da tradução, L&PM Editores, 2021

Todos os direitos desta edição reservados a L&PM Editores
Rua Comendador Coruja, 314, loja 9 – Floresta – 90.220-180
Porto Alegre – RS – Brasil / Fone: 51.3225.5777

Pedidos & Depto. comercial: vendas@lpm.com.br
Fale conosco: info@lpm.com.br
www.lpm.com.br

Impresso no Brasil
Primavera de 2022

Sumário

Voo noturno 7
  Prefácio 11

Terra dos homens 97
  I. A linha 101
  II. Os colegas 119
  III. O avião 135
  IV. O avião e o planeta 139
  V. Oásis 151
  VI. No deserto 158
  VII. No meio do deserto 189
  VIII. Os homens 231

VOO NOTURNO

Ao senhor Didier Daurat

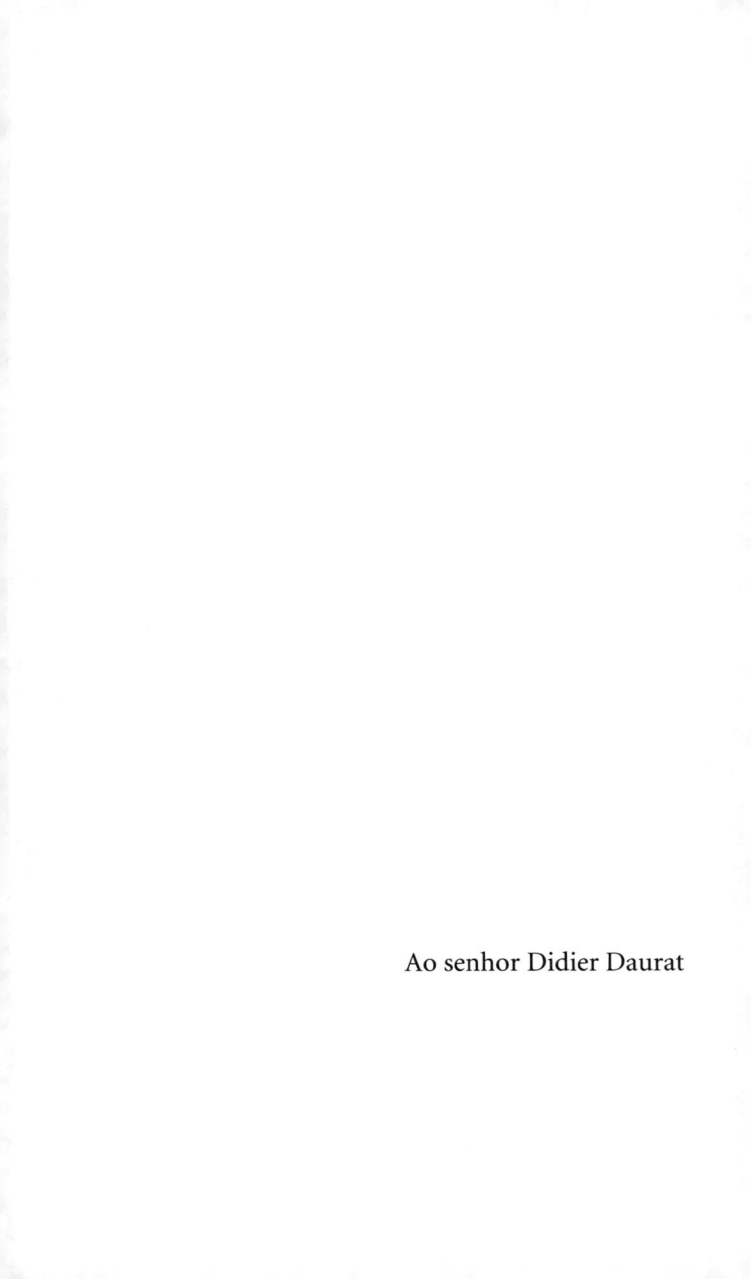

Prefácio

André Gide

As companhias de navegação aérea precisavam competir em velocidade com os outros meios de transporte. É o que neste livro será explicado por Rivière, admirável figura de chefe: "É uma questão de vida ou morte, pois a cada noite perdemos o tempo ganho durante o dia nas ferrovias e nos navios". Esse serviço noturno, criticadíssimo de início, agora aceito, que se tornou prático após o perigo das primeiras experiências, no momento desta narrativa ainda era muito arriscado: ao perigo impalpável das rotas aéreas semeadas de surpresas, aqui se soma o pérfido mistério da noite. Por maiores que continuem sendo os riscos, apresso-me a dizer que eles vão diminuindo dia a dia, pois cada nova viagem facilita e garante um pouco mais a viagem seguinte. Mas, para a aviação, assim como para a exploração das terras desconhecidas, há um primeiro período heroico, e *Voo noturno*, que descreve a trágica aventura de um dos pioneiros do ar, assume naturalmente um tom de epopeia.

Gosto do primeiro livro de Saint-Exupéry, mas deste gosto bem mais. Em *Correio sul*, às lembranças do aviador, anotadas com impressionante precisão, mesclava-se um enredo sentimental que trazia o herói para perto de nós. Ele era tão passível de ternura, ah!, que o sentíamos humano, vulnerável. O herói de *Voo noturno*, não sendo desumanizado, claro, eleva-se a uma virtude sobre-humana. Acredito que o que mais me agrada nesta narrativa vibrante é sua nobreza. As fraquezas, os descuidos, as degradações humanas são coisas que conhecemos, aliás, e a literatura de nossos dias tem imensa habilidade para denunciá-las; porém o que mais precisamos que nos mostrem é essa autossuperação alcançada pela vontade férrea.

Mais surpreendente ainda que a figura do aviador parece-me a de Rivière, seu chefe. Este não age pessoalmente: faz agir, insufla sua virtude nos pilotos, exige o máximo deles e os compele à proeza. Sua decisão implacável não tolera fraqueza e, por ele, a menor falha é punida. À primeira vista sua severidade pode parecer desumana, excessiva. Mas é às imperfeições que ela se aplica, e não ao ser humano, que Rivière pretende forjar. Através desse retrato, sentimos toda a admiração do autor. Sou-lhe especialmente grato por esclarecer uma verdade paradoxal, que para mim tem importância psicológica considerável: a felicidade humana não está na liberdade, mas na aceitação de um dever. Cada personagem deste livro devota-se plena e ardorosamente àquilo que *precisa* fazer, à tarefa perigosa em cuja realização apenas encontrará o repouso da felicidade. E percebe-se bem que Rivière não é de modo algum insensível (nada mais tocante do que a descrição da visita que ele recebe da mulher do desaparecido), e que a coragem de que ele necessita para dar ordens não é menor do que a de seus pilotos para executá-las.

"Para se fazer amar basta ter compaixão", dirá ele. "Quase não me compadeço, ou então não demonstro […] Às vezes fico surpreso com meu poder." E mais: "Ame seus comandados. Mas sem dizer isso a eles".

É também porque o sentimento do dever domina Rivière; "o obscuro pressentimento de um dever maior que o de amar". Que o homem não encontre o fim em si mesmo, mas se subordine e sacrifique a não sei quê que o domina e vive dele. E gosto de encontrar aqui esse "obscuro sentimento" que levava meu Prometeu a dizer paradoxalmente: "Não amo o homem, amo aquilo que o devora". Essa é a fonte de todo heroísmo: "nós continuamos agindo como se alguma coisa tivesse mais valor que a vida humana... E daí?", pensava Rivière. E mais: "Talvez exista outra coisa mais duradoura para salvar; será que cabe salvar a parte do homem que Rivière trabalha?". Não cabe duvidar.

Num tempo em que a noção de heroísmo tende a abandonar o exército, pois é grande o risco de as virtudes viris ficarem sem préstimo nas guerras de amanhã, cujo futuro horror os químicos nos convidam a pressentir, não veremos na aviação as demonstrações mais admiráveis e úteis da coragem? O que seria temeridade deixa de sê-lo num serviço encomendado. O piloto, que arrisca incessantemente a vida, tem algum direito de sorrir da ideia que em geral temos de "coragem". Que Saint-Exupéry me permita citar uma carta sua, já antiga, que remonta ao tempo em que ele sobrevoava a Mauritânia para cobrir o serviço Casablanca–Dakar:

"Não sei quando voltarei para casa, tenho tido tanto trabalho nos últimos meses: busca de colegas perdidos, conserto de aviões caídos em territórios sublevados e alguns correios sobre Dakar.

"Acabo de realizar uma pequena proeza: passei dois dias e duas noites com onze mouros e um engenheiro de voo para salvar um avião. Alertas diversos e graves. Pela primeira vez, ouvi o assobio das balas sobre minha cabeça. Fiquei afinal sabendo o que sou naquele ambiente: muito mais calmo que os mouros. Mas também entendi o que sempre me espantou: o motivo de Platão (ou terá sido Aristóteles?) ter classificado a coragem como a última das virtudes. Ela não é feita de belíssimos sentimentos: um pouco de raiva, um pouco de vaidade, muita teimosia e um prazer esportivo vulgar. Sobretudo a exaltação da força física, que, no entanto, nada tem a ver com ela. Cruzam-se os braços sobre a camisa aberta e respira-se bem. Até que é agradável. Quando isso ocorre à noite, vem de mistura o sentimento de ter cometido uma imensa besteira. Nunca mais admirarei ninguém que seja apenas corajoso."

Eu poderia usar como epígrafe a essa citação um aforismo extraído do livro de René Quinton (que estou longe de aprovar sempre):

"Escondemos a bravura tanto quanto o amor"; ou melhor ainda: "Os bravos escondem suas ações tal como os honestos escondem suas esmolas. Disfarçando-as ou escusando-se por elas".

De tudo o que relata, Saint-Exupéry fala "com conhecimento de causa". O enfrentamento pessoal de um perigo frequente dá a seu livro um sabor autêntico e inimitável. Tivemos numerosas narrativas de guerra ou de aventuras imaginárias em que o autor às vezes demonstrava talento ágil, mas que servem de motivo de riso aos verdadeiros aventureiros ou combatentes que as leem. Esta narrativa, cujo valor literário também admiro, tem por outro lado o valor de um documento, e essas duas qualidades tão inesperadamente unidas conferem a *Voo noturno* uma excepcional importância.

I

Sob o avião, as colinas abriam seus sulcos de sombra no ouro do entardecer. As planícies tornavam-se luminosas, mas de uma luz indelével: naquela terra elas não param de entregar seu ouro, assim como depois do inverno não param de entregar sua neve.

E o piloto Fabien, que do extremo Sul levava o correio da Patagônia para Buenos Aires, reconhecia a aproximação da noite pelos mesmos sinais das águas de um porto: pela calma, pelas ligeiras pregas mal e mal desenhadas por nuvens tranquilas. Ele entrava numa enseada imensa e bem-aventurada.

Naquela calma ele também poderia acreditar estar fazendo um passeio vagaroso, quase como um pastor. Os pastores da Patagônia vão sem pressa de um rebanho a outro: ele ia de uma cidade a outra, era o pastor das cidadezinhas. A cada duas horas, encontrava alguma, a matar a sede na beira de um rio ou a pascer em sua planície.

Às vezes, depois de cem quilômetros de pampas mais inabitados que o mar, ele cruzava uma fazenda perdida que parecia carregar atrás de si, numa marulhada de pradarias, sua carga de vidas humanas. Então, com as asas, ele saudava aquele navio.

"San Julián à vista; aterrissamos em dez minutos."

O radiotelegrafista de voo passava a notícia a todos os postos da linha.

Ao longo de 2.500 quilômetros, do estreito de Magalhães a Buenos Aires, sucediam-se escalas semelhantes; mas aquela se abria para as fronteiras da noite assim como, na África, o último povoado conquistado se abria para o mistério.

O radiotelegrafista entregou um papel ao piloto:

"As tempestades são tantas que as descargas elétricas estão sobrecarregando meus auscultadores. Vai dormir em San Julián?"

Fabien sorriu: o céu estava calmo como um aquário e todas as escalas, à frente, indicavam: "Céu limpo, sem vento". Ele respondeu:

– Vamos continuar.

Mas o radiotelegrafista achava que havia tempestades metidas em algum lugar, tal como os vermes se metem numa fruta; a noite estaria bonita, mas estragada: abominava-lhe entrar naquela sombra prestes a apodrecer.

Descendo com o motor em marcha lenta sobre San Julián, Fabien sentiu-se cansado. Tudo o que alegra a vida humana ia crescendo ao seu encontro: casas, pequenos cafés, árvores nos passeios. Ele se assemelhava ao conquistador que, na noite da conquista, se debruça sobre as terras do império e descobre a humilde felicidade dos homens. Fabien precisava depor as armas, sentir o peso e o entorpecimento de seus músculos – também somos ricos de nossas misérias – e ser aqui um homem simples, que da janela tem uma visão doravante imutável. Aquela aldeia minúscula cairia bem: depois das escolhas, contentamo-nos com o acaso de nossa existência e podemos amá-lo. Ele nos limita como o amor. Fabien teria desejado viver aqui por muito tempo, colher aqui sua parcela de eternidade, pois as cidadezinhas, onde ele ficava por uma hora, e os jardins cercados por velhos muros que ele atravessava, pareciam-lhe eternos por perdurarem fora dele. E a aldeia ia subindo na direção da tripulação e abrindo-se para ele. E Fabien pensava nas amizades, nas moças ternas, na intimidade das alvas toalhas de mesa, em tudo o que, devagar, cativamos para a eternidade. E a aldeia já vinha escoando rente às asas, descortinando o mistério de seus jardins fechados, já não protegidos pelos muros. Mas, depois de aterrissar, Fabien percebeu que não tinha visto nada, a não ser o movimento lento de alguns homens entre as pedras. A aldeia defendia, apenas com sua imobilidade, o segredo de suas paixões, a aldeia recusava sua ternura: seria preciso renunciar à ação para conquistá-la.

Transcorridos os dez minutos de escala, Fabien precisou partir de novo. Voltou-se para San Julián: agora não passava de um punhado de luzes, depois estrelas, depois se dissipou a poeira que o tentou pela última vez.

"Não estou enxergando os mostradores: vou acender as luzes."

Tocou os contatos, mas a luz que as lâmpadas vermelhas da carlinga derramaram sobre os ponteiros ainda estava tão diluída naquela luz azul que não os coloria. Ele pôs os dedos diante de uma lâmpada, e os dedos mal se coraram.

"Cedo demais."

No entanto, a noite subia como fumaça escura e já enchia os vales. Estes já não se distinguiam das planícies. No entanto, as aldeias já se iluminavam, e suas constelações se correspondiam entre si. E ele também, com um dedo, punha a piscar suas luzes de posição e correspondia-se com as aldeias. A terra estava tapizada de chamados luminosos, cada casa alumiava sua estrela em face da noite imensa, tal como se volta um farol para o mar. Tudo o que cobria uma vida humana já cintilava. Fabien se admirava por daquela vez a entrada na noite ser como a entrada numa enseada, lenta e bela.

Afundou a cabeça na carlinga. A luminescência dos ponteiros já era perceptível. O piloto verificou os números um após outro e ficou contente. Descobria-se solidamente sentado no céu. Roçou com o dedo uma longarina de aço e sentiu no metal o caudal da vida: o metal não vibrava, vivia. Os quinhentos cavalos do motor faziam nascer na matéria uma corrente delicadíssima, que transmudava seu gelo em carne aveludada. Mais uma vez, o piloto não sentia em voo nem vertigem nem embriaguez, mas o trabalho misterioso de uma carne em plena vida.

Agora ele recompusera um mundo para si, onde dava um jeito de se acomodar e ficar bem instalado.

Bateu de leve no quadro de distribuição elétrica, tocou os contatos um por um, mexeu-se um pouco, encostou-se bem e procurou a melhor posição para sentir plenamente o balanço das cinco toneladas de metal que uma noite movediça sustentava. Depois tateou, pôs no lugar sua lâmpada de emergência, esqueceu-a, voltou a encontrá-la, certificou-se de que ela não escorregava, largou-a de novo para bater de leve em cada manete, ter certeza de onde os achar, adestrar os dedos para um mundo cego. Depois, quando seus dedos as reconheceram, ele se permitiu acender uma lâmpada, ornar sua carlinga com instrumentos precisos, e vigiou apenas pelos mostradores seu ingresso na noite, como um mergulho. Depois, como nada vacilasse nem vibrasse nem tremesse, como o giroscópio, o altímetro e a rotação do motor continuassem estáveis, espreguiçou-se um pouco, apoiou a nuca no couro do assento e deu início àquela profunda meditação do voo em que se saboreia uma esperança inexplicável.

E agora, no coração da noite como um vigilante, ele descobre que a noite mostra o homem: aqueles apelos, aquelas luzes, aquela inquietação. Aquela simples estrela na sombra: o isolamento de uma casa. Uma delas se apaga: é a casa que se fecha em seu amor.

Ou em seu tédio. É uma casa que para de lançar seu sinal para o resto do mundo. Não sabem o que esperam aqueles camponeses acotovelados à mesa diante do candeeiro: não sabem que seu desejo vai tão longe, na grande noite que os encerra. Mas Fabien o descobre quando chega da lonjura de mil quilômetros e sente profundas vagas de fundo levantar e abaixar o avião que respira, quando, depois de atravessar dez tempestades, como países em guerra e, entre elas, clareiras de luar, alcança aquelas luzes, uma após outra, com o sentimento da vitória. Aqueles homens creem que o candeeiro reluz para sua mesa humilde, mas a oitenta quilômetros deles alguém já foi tocado pelo apelo daquela luz, como se eles a balançassem desesperados numa ilha deserta diante do mar.

II

Portanto, os três aviões postais da Patagônia, do Chile e do Paraguai voltavam do sul, do oeste e do norte para Buenos Aires. Ali sua carga era esperada para permitir a decolagem do avião para a Europa por volta da meia-noite

Três pilotos, cada um atrás de um arcabouço pesado como uma barcaça, perdidos na noite, meditavam seu voo e, de um céu tempestuoso ou plácido, desceriam lentamente rumo à cidade imensa, como estranhos camponeses a descerem de suas montanhas.

Rivière, encarregado da rede inteira, caminhava de um lado ao outro do campo de pouso de Buenos Aires. Permanecia em silêncio, pois, enquanto não chegassem os três aviões, a jornada para ele não estava isenta de temores. Minuto a minuto, à medida que lhe entregavam telegramas, Rivière tinha consciência de que arrancava alguma coisa da sorte, reduzia a parcela de incógnita e puxava suas tripulações para fora da noite, em direção à margem.

Um ajudante se aproximou de Rivière para lhe comunicar uma mensagem do posto de rádio:

– O correio do Chile anunciou que já está avistando as luzes de Buenos Aires.

– Certo.

Logo Rivière ouviria aquele avião: a noite já entregava um deles, assim como o mar, cheio de fluxos e refluxos e mistérios, entrega à praia o tesouro que passou muito tempo sacolejando. Mais tarde dela receberiam os outros dois.

Então aquele dia estaria liquidado. Então as equipes exaustas iriam dormir, substituídas pelas equipes descansadas. Mas Rivière não teria repouso: o correio da Europa, por sua vez, o encheria de apreensões. Sempre seria assim. Sempre. Pela primeira vez aquele velho lutador se espantava por sentir cansaço. A chegada dos aviões nunca seria a vitória que põe fim a uma guerra e inaugura uma era de paz venturosa. Para ele sempre seria apenas um passo dado, a preceder outros mil passos semelhantes. Rivière tinha a impressão de estar há muito tempo erguendo um peso enorme nas pontas dos dedos: um esforço sem descanso nem esperança. "Estou envelhecendo…" Envelhecia, se na pura ação já não encontrava alento. Espantou-se por estar matutando problemas que nunca tinha formulado. No entanto, voltava-se contra ele, com um murmúrio melancólico, a massa de alegrias que ele sempre afastara: um oceano perdido. "Tudo isso então está tão perto?" Percebeu que aos poucos havia empurrado para a velhice, para quando tivesse tempo, aquilo que alegra a vida dos homens. Como se realmente fosse possível ter tempo um dia, como se no extremo da vida se ganhasse a paz venturosa que se imagina. Mas não há paz. Talvez não haja vitória. Não há chegada definitiva de todos os correios.

Rivière parou diante de Leroux, velho contramestre que estava trabalhando. Leroux também trabalhava havia quarenta anos. E o trabalho consumia todas as suas forças. Quando Leroux voltava para casa, cerca de

22 horas ou meia-noite, não era outro mundo que se abria para ele, não era uma fuga. Rivière sorriu para aquele homem que levantava o rosto maciço e apontava para um eixo azulado. "Estava apertado demais, mas consegui." Rivière inclinou-se sobre o eixo. Rivière voltava a ser absorvido pelo ofício. "Vai ser preciso pedir nas oficinas que ajustem essas peças com mais folga." Tocou com o dedo os sinais da engripação, depois fitou de novo Leroux. Uma pergunta maluca lhe vinha aos lábios diante daquelas rugas severas. E o fazia sorrir:

– O amor lhe tomou muito tempo na vida, Leroux?

– Ah! Amor! O senhor sabe…

– É como eu, nunca teve tempo.

– É, não muito…

Rivière prestava atenção ao som da voz para saber se na resposta havia amargura: não havia. Diante da vida passada, aquele homem sentia o contentamento tranquilo do marceneiro que acaba de polir uma bela tábua: "Eis aí. Está pronta".

"Eis aí", pensava Rivière, "minha vida está pronta."

Rechaçou todos os pensamentos tristes que lhe vinham do cansaço e dirigiu-se para o hangar, pois o avião do Chile estrondeava.

III

O som daquele motor distante tornava-se cada vez mais denso. Amadurecia. Acenderam-se as luzes. As lâmpadas vermelhas do balizamento desenharam um hangar, torres do telégrafo sem fio, uma pista quadrada. Era a preparação de uma festa.
– Chegou!
O avião já taxiava entre os feixes dos projetores. Brilhava tanto que parecia novo. Mas, quando finalmente parou diante do hangar, enquanto os mecânicos e os ajudantes se apressavam para descarregar o correio, o piloto Pellerin não se movimentou.
– Está esperando o quê para descer?
O piloto, ocupado em alguma tarefa misteriosa, não se dignou responder. Provavelmente ainda lhe passava pelos ouvidos todo o ruído do voo. Balançou lentamente a cabeça e, inclinado para a frente, manuseava não se sabe o quê. Finalmente se voltou para os chefes e os colegas e fitou-os sério, como a uma propriedade. Parecia contá-los, medi-los, pesá-los, e pensava que merecia ganhá-los, como também aquele hangar festivo, aquele cimento sólido e, mais ao longe, aquela cidade com seu movimento, suas mulheres, seu calor. Segurava aquele povo em suas manzorras, como súditos, pois podia tocá-los, ouvi-los, xingá-los. Pensou de início em xingá-los por

estarem lá tranquilos, com a vida segura, admirando a lua, mas foi benévolo:

– ...Vão me pagar um trago!

E desceu.

Quis contar a viagem:

– Se soubessem!...

Achando, decerto, que tinha dito o suficiente, foi tirar a roupa de couro.

Enquanto o carro o levava para Buenos Aires em companhia de um inspetor soturno e de Rivière, silencioso, ele ficou triste: é ótimo sair de apuros e, ao pisar de novo o chão, soltar alguns vigorosos palavrões. Que alegria poderosa! Mas depois, lembrando, a gente duvida não se sabe de quê.

A luta em pleno ciclone pelo menos é real, é franca. Mas não o rosto das coisas, o rosto que elas assumem quando se acreditam sozinhas. Ele meditava:

"É bem parecido com uma revolta: rostos que empalidecem só um pouco, mas mudam tanto!"

Fez um esforço para se lembrar.

Estava transpondo, placidamente, a Cordilheira dos Andes. As neves do inverno pesavam sobre ela com toda sua paz. As neves do inverno tinham pacificado aquela massa, tal como os séculos aos castelos mortos. Em duzentos quilômetros de extensão, nem mais um ser humano, nem mais um sopro de vida, nem mais um esforço. E sim arestas verticais, roçadas a seis mil metros de altitude, e sim mantos de rochas a prumo, e sim uma temível tranquilidade.

Foi nas cercanias do pico Tupungato...

Refletiu. Sim, lá mesmo ele foi testemunha de um milagre.

Pois de início não tinha visto nada, tinha simplesmente se sentido incomodado, como alguém que se acreditava sozinho e de repente já não está sozinho, está sendo observado. Tarde demais, e sem compreender bem, sentira-se cercado pela cólera. É isso. De onde vinha aquela cólera?

Como adivinhava que ela transudava das rochas, transudava da neve? Pois nada parecia vir até ele, nenhuma tempestade sombria estava em marcha. Mas naquele lugar um mundo pouco diferente saía do outro. Pellerin olhava, com um aperto inexplicável no coração, aqueles picos inocentes, aquelas arestas, aquelas cristas de neve, apenas um pouco mais cinzentas, mas que começavam a viver – como um povo.

Sem precisar lutar, ele apertava as mãos sobre os comandos. Alguma coisa se preparava, e ele não compreendia o que era. Retesava os músculos como uma fera que vai dar o bote, mas não via nada, senão a calma, sim, calma, porém carregada de estranho poder.

Depois tudo se aguçou. Aquelas arestas, aqueles picos, tudo se tornava agudo: dava para senti-los penetrar o vento duro como proas. Depois pareceu-lhe que elas viravam de bordo e derivavam em torno dele, à maneira de navios gigantes a tomarem posição para o combate. Em seguida, misturada ao ar, houve a poeira: ela subia, flutuando delicadamente como um véu sobre a neve. Então, para procurar uma saída em caso de retirada necessária, ele se voltou e estremeceu: toda a cordilheira atrás parecia fermentar.

"Estou perdido."

De um dos picos à frente brotou a neve: um vulcão de neve. Depois, de um segundo pico, um pouco à direita. E todos os picos, assim, um após outro, inflamaram-se, como se fossem tocados sucessivamente por algum corredor invisível. Foi então que, com as primeiras turbulências, as montanhas em torno do piloto oscilaram.

A ação violenta deixa poucos vestígios: ele não reencontrava em si a lembrança das grandes turbulências que haviam provocado o rolamento de seu avião. Só se lembrava de ter se debatido, com raiva, naquelas chamas cinzentas.

Refletiu.

"Ciclone não é nada. A gente salva a pele. Mas antes! Aquele encontro que acontece!"

E acreditou reconhecer certo rosto entre mil outros; no entanto, já o tinha esquecido.

IV

Rivière olhava para Pellerin. Quando descesse do carro, vinte minutos depois, ele se misturaria à multidão com um sentimento de lassidão e pesadume. Pensaria, talvez: "Estou bem cansado… maldita profissão!". E à mulher admitiria algo como "aqui se está melhor do que sobrevoando os Andes". No entanto, tudo aquilo a que os seres humanos tanto se apegam tinha quase se desprendido dele: ele acabava de conhecer tal tribulação. Acabava de viver algumas horas do outro lado do cenário, sem saber se lhe seria permitido recuperar aquela cidade em suas luzes. Se ainda reencontraria – amigas de infância importunas, mas queridas – todas as suas pequenas fragilidades humanas. "Em toda multidão", pensava Rivière "há seres que não distinguimos, mas que são prodigiosos mensageiros. E sem saberem disso. A menos que…" Rivière temia certos admiradores. Eles não compreendiam o caráter sagrado da aventura, e suas exclamações falseavam o sentido dela, diminuíam o ser humano. Mas Pellerin conservava toda a grandeza de simplesmente saber, melhor que ninguém, o que vale o mundo visto sob certo ângulo e de rechaçar as aprovações vulgares com forte desdém. Por isso Rivière o felicitou: "Como conseguiu?". E o estimou por falar apenas profissionalmente, por falar de seu voo como um ferreiro fala de sua bigorna.

Pellerin explicou primeiro sua retirada frustrada. Quase se desculpava: "Por isso, não tive escolha". Depois não tinha visto mais nada: a neve o cegava. Mas tinha sido salvo por correntes violentas, que o ergueram para sete mil. "Devo ter feito voo rasante sobre as cristas durante toda a travessia." Falou também do giroscópio, cuja entrada de ar precisava ser deslocada: a neve o obstruía. "Forma placas de gelo, entende?" Mais tarde outras correntes tinham feito Pellerin virar e, mais ou menos a três mil metros, ele não entendia como ainda não tinha se chocado com nada. É porque já sobrevoava a planície. "Percebi isso de repente, quando desemboquei em céu limpo." Explicou enfim que naquele instante tivera a impressão de estar saindo de uma caverna.

– Tempestade também em Mendoza?

– Não. Aterrissei com céu limpo, sem vento, mas a tempestade ia me seguindo de perto.

E a descreveu porque, segundo dizia, "de qualquer jeito era estranho". O topo sumia no alto, entre as nuvens de neve, mas a base rolava sobre a planície como uma lava preta. As cidades iam sendo engolidas uma a uma. "Nunca vi uma coisa dessas." Depois se calou, absorto em alguma lembrança.

Rivière voltou-se para o inspetor.

– É um ciclone do Pacífico, fomos avisados tarde demais. Aliás, esses ciclones nunca ultrapassam os Andes. Ninguém podia prever que aquele prosseguiria sua marcha para o Leste.

O inspetor, que não entendia nada do assunto, assentiu.

O inspetor pareceu titubear, voltou-se para Pellerin, e seu pomo de adão movimentou-se. Mas ele ficou calado. Após refletir, retomou sua dignidade melancólica, olhando reto à frente.

Carregava consigo aquela melancolia como uma bagagem. Desembarcado na véspera na Argentina, a chamado de Rivière para alguns vagos serviços, sentia-se tolhido por suas próprias manzorras e pela dignidade de inspetor. Não tinha direito de admirar a imaginação nem a verve: por função, admirava a pontualidade. Não tinha direito de beber um trago em companhia, de tratar com informalidade algum companheiro de trabalho, e de arriscar um trocadilho, a não ser que, por algum acaso inverossímil, se encontrasse na mesma escala com outro inspetor.

"É duro ser juiz", pensava.

Para dizer a verdade, ele não julgava, mas balançava a cabeça. Ignorando tudo, balançava a cabeça lentamente diante de tudo com que deparava. Aquilo perturbava as consciências pesadas e contribuía para a boa manutenção do material. Não era amado, pois um inspetor não é criado para as delícias do amor, mas para a redação de relatórios. Desistira de neles propor métodos novos e soluções técnicas desde que Rivière escrevera: "Solicitamos ao inspetor Robineau a bondade de nos fornecer relatórios, e não poemas. O inspetor Robineau utilizará com sucesso suas competências estimulando o zelo do pessoal". Por isso, a partir de então ele passou a lançar-se sobre as deficiências humanas como se lançava sobre o pão de cada dia. Sobre o mecânico que bebia, o chefe de tráfego da Companhia que passava noites em claro, o piloto que quicava na aterrissagem.

Dele Rivière dizia: "Não é muito inteligente, por isso presta grandes serviços". Um regulamento estabelecido por Rivière era, para Rivière, conhecimento dos homens; mas para Robineau existia só o conhecimento do regulamento.

Um dia Rivière disse:

— Em todas as decolagens atrasadas o senhor deve cortar os bônus de pontualidade.

— Mesmo em caso de força maior? Mesmo em caso de nevoeiro?

— Mesmo em caso de nevoeiro.

E Robineau sentia uma espécie de orgulho por ter um chefe tão forte que não temia ser injusto. E o próprio Robineau extrairia alguma majestade de um poder tão ultrajante.

— Os senhores deram sinal de decolagem às 6h15 – dizia ele depois aos chefes de aeroportos –, não podemos lhes pagar o bônus.

— Mas, senhor, às 5h30 não se enxergava dez metros à frente!

— É o regulamento.

— Mas, sr. Robineau, não dá para varrer o nevoeiro!

E Robineau se entrincheirava em seu mistério. Ele fazia parte da direção. De todos aqueles paus-mandados, era o único que entendia como melhorar as condições atmosféricas castigando os homens.

— Ele não pensa – dizia Rivière –, isso evita que pense errado.

Se um piloto avariasse um aparelho, aquele piloto perdia o bônus por ausência de avarias.

— Mas e quando a pane ocorre sobre uma floresta? – perguntara Robineau.

— Sobre uma floresta também.

E Robineau acatava.

— Lamento – dizia ele depois aos pilotos, completamente inebriado –, lamento mesmo infinitamente, mas a pane precisava ter sido em outro lugar.

— Mas, sr. Robineau, a gente não escolhe!

— É o regulamento.

"O regulamento", pensava Rivière "é semelhante aos ritos de uma religião, que parecem absurdos, mas modelam as pessoas." Para Rivière era indiferente parecer justo ou injusto. Talvez essas palavras nem tivessem sentido para ele. Os pequeno-burgueses das cidadezinhas giram à noite em volta do coreto da praça e Rivière pensava: "Justo ou injusto para com eles é coisa sem sentido, eles não existem". Para ele, o homem era uma cera virgem que cabia modelar. Era preciso dar alma àquela matéria, criar-lhe uma vontade. Ele não tencionava subjugá-los com aquela dureza, mas lançá-los para fora de si mesmos. Se castigava assim qualquer atraso, agia com injustiça, mas dirigia para a decolagem a vontade de cada escala; ele criava essa vontade. Não permitindo que os homens se alegrassem com um tempo nublado, como convite ao repouso, ele os mantinha em suspense, e a espera humilhava secretamente até o ajudante mais obscuro. Assim, todos tiravam proveito do primeiro defeito na couraça de nuvens: "Aberto ao norte, partir!". Graças a Rivière, ao longo de quinze mil quilômetros, primava o culto ao correio.

Rivière às vezes dizia:

– Esses homens são felizes porque gostam do que fazem, e gostam porque sou duro.

Talvez causasse sofrimento, mas também propiciava fortes alegrias.

Pensava: "Eles precisam ser empurrados para uma vida forte que acarrete sofrimentos e alegrias, mas que é a única que conta".

Quando o carro estava entrando na cidade, Rivière pediu que o levasse ao escritório da Companhia. Robineau, sozinho com Pellerin, olhou para ele e entreabriu os lábios para falar.

V

Acontece que naquela noite Robineau estava cansado. Diante de Pellerin vencedor, acabava de descobrir que sua própria vida era sem graça. Acabava sobretudo de descobrir que ele, Robineau, apesar do título de inspetor e de sua autoridade, valia menos que aquele homem esfalfado, encolhido no canto do carro, com os olhos fechados e as mãos pretas de óleo. Pela primeira vez Robineau sentia admiração. Tinha necessidade de dizê-lo. Tinha necessidade sobretudo de ganhar uma amizade. Estava cansado da viagem e dos fracassos do dia, talvez se sentisse até um pouco ridículo. Naquela tarde tinha se atrapalhado nos cálculos, ao examinar os estoques de gasolina, e o próprio agente que ele pretendia flagrar, condoendo-se, terminara as contas por ele. Mas, principalmente, criticara a montagem de uma bomba de óleo do tipo B.6, confundindo-a com uma bomba de óleo do tipo B.4, e os mecânicos ladinos tinham-no deixado vituperar durante vinte minutos "uma ignorância indesculpável", sua própria ignorância.

Também tinha medo de seu quarto de hotel. Chegando de Toulouse a Buenos Aires, ia para lá invariavelmente depois do trabalho. Trancava-se, com a consciência dos segredos que carregava, tirava da mala um maço de papel, escrevia devagar "Relatório", arriscava algumas linhas e rasgava tudo. Adoraria salvar a Companhia de algum grande perigo. Ela não corria perigo algum. Até o momento ele só tinha salvado um cubo de hélice enferrujado. Passara o dedo sobre aquela ferrugem com ar fúnebre, diante de um chefe de tráfego da Companhia que, aliás, lhe respondera: "Dirija-se à escala anterior, esse avião acaba de chegar de lá". Robineau duvidava de seu papel.

Para se aproximar de Pellerin, arriscou:
– Quer jantar comigo? Estou precisando conversar um pouco, meu trabalho às vezes é duro...

Depois corrigiu, para não descer depressa demais:
– Tenho tantas responsabilidades!

Os subalternos não gostavam muito de envolver Robineau em sua vida privada. Cada um deles pensava: "Se ainda não encontrou nada para o relatório, como ele está morrendo de fome, vai me devorar".

Mas naquela noite Robineau só pensava em suas misérias: o corpo afligido por um eczema incômodo, seu verdadeiro e único segredo. Gostaria de falar disso, provocar dó e, não encontrando consolos no orgulho, procurá-lo na humildade. Na França ele também tinha uma amante, a quem, na noite do retorno, contava suas inspeções para deslumbrá-la um pouco e suscitar amor, mas, justamente, ela andava implicando com ele, e ele sentia necessidade de falar dela.

– Então o senhor janta comigo?
Pellerin, benevolente, aceitou.

VI

Os secretários cochilavam nos escritórios de Buenos Aires quando Rivière entrou. Não tinha tirado o sobretudo e o chapéu, estava sempre parecendo um eterno viajante e passava quase despercebido, tão pouco era o ar que sua pequena estatura deslocava, a tal ponto seus cabelos grisalhos e sua roupa anônima se adaptavam a todos os cenários. Apesar disso, a azáfama animou os homens. Os secretários agitaram-se, o chefe do escritório passou a consultar com urgência os últimos papéis, as máquinas de escrever começaram a retinir.

O telefonista cravava pinos nos conectores dos quadros e anotava os telegramas num grande livro.

Rivière sentou-se e começou a ler.

Depois da provação do Chile ele relia a história de um dia feliz em que as coisas se organizam sozinhas, em que as mensagens liberadas pelos aeroportos percorridos, uns após outros, são sóbrios boletins de vitória. O correio da Patagônia também avançava célere: estava adiantado, pois os ventos impeliam do sul para o norte suas grandes ondas propícias.

– Passem as mensagens da meteorologia.

Cada aeroporto gabava seu tempo claro, seu céu transparente, sua boa brisa. Uma noite dourada vestira a América. Rivière alegrou-se com o zelo das coisas.

Agora aquele correio lutava em algum lugar na aventura da noite, mas com as melhores chances.

Rivière afastou o caderno.

– Tudo bem.

E saiu para dar uma olhada nos departamentos, vigilante noturno que vigiava a metade do mundo.

Diante de uma janela aberta ele parou e compreendeu a noite. Ela continha Buenos Aires, mas também, como vasta nave, a América. Não lhe causou espanto aquele sentimento de grandeza: o céu de Santiago do Chile era céu estrangeiro, mas, quando o correio estava a caminho de Santiago do Chile, vivia-se sob a mesma abóbada profunda, de uma extremidade à outra da linha. Agora, o brilho das luzes de bordo daquele outro correio, cuja voz era caçada nos receptores da telegrafia, estava sendo visto pelos pescadores da Patagônia. Aquela inquietação de um avião em voo, quando pesava sobre Rivière, pesava também sobre as capitais e as províncias, com o ronco do motor.

Feliz com aquela noite serena, ele se lembrava das noites de desordem, quando o avião lhe parecia perigosamente engolfado e tão difícil de socorrer. Do posto de rádio de Buenos Aires acompanhava-se seu queixume misturado ao crepitar das tempestades. Sob aquela ganga surda, o ouro da onda musical se perdia. Que aflição no canto menor de um correio lançado como flecha cega em direção aos obstáculos da noite!

Rivière concluiu que o lugar de um inspetor numa noite de plantão é no escritório.

– Mandem chamar Robineau.

Robineau estava a ponto de transformar um piloto em amigo. No hotel, tinha à frente a mala aberta, e ela ia revelando os pequenos objetos que tornam os inspetores parecidos com o restante dos homens:

algumas camisas de mau gosto, um estojo de viagem, a fotografia de uma mulher magra, que o inspetor pendurou na parede. Desse modo, ele fazia a Pellerin a humilde confissão de suas necessidades, suas ternuras, seus pesares. Alinhando em mísera ordem os seus tesouros, ele estendia diante do piloto a sua miséria. Um eczema moral. Mostrava sua prisão.

Mas para Robineau, como para todos, havia uma pequena luz. Ele sentira grande contentamento ao puxar do fundo da mala um saquinho preciosamente embrulhado. Passara bastante tempo tamborilando sobre ele sem nada dizer. Depois, descerrando finalmente as mãos:

— Trouxe isto do Saara...

O inspetor tinha corado por ousar tamanha confidência. Consolava-se das decepções, do infortúnio conjugal e de toda aquela verdade baça com pedrinhas escuras que abriam uma porta para o mistério.

Enrubescendo um pouco mais:

— Elas também existem no Brasil...

E Pellerin dera tapinhas no ombro de um inspetor que se inclinava sobre Atlântida.

Por educação, Pellerin perguntara:

— Gosta de geologia?

— É a minha paixão.

Na vida só as pedras tinham sido brandas com ele.

Ao ser chamado, Robineau ficou triste, mas voltou a ser digno.

— Tenho de deixá-lo, o sr. Rivière precisa de mim para algumas decisões importantes.

Quando Robineau entrou no escritório, Rivière o tinha esquecido. Meditava diante de um mapa mural no qual estava impressa em vermelho a rede da

Companhia. O inspetor esperava as ordens dele. Após longos minutos, Rivière perguntou sem virar a cabeça:

– O que acha desse mapa, Robineau?

Às vezes ele lançava enigmas ao sair de um devaneio.

– Esse mapa, senhor diretor...

O inspetor, a bem da verdade, não pensava nada a respeito, mas, fixando o mapa com ar severo, inspecionava de modo geral a Europa e a América. Rivière, aliás, prosseguia suas meditações sem as comunicar: "A cara dessa rede é bonita, mas dura. Ela nos custou muitos homens, homens jovens. Ela se impõe aqui com a autoridade das coisas construídas, mas quantos problemas apresenta!". No entanto, para Rivière, o objetivo sobrepujava tudo.

Robineau, perto dele, ainda fixando o mapa à frente, aos poucos voltou a empertigar-se. Da parte de Rivière ele não esperava nenhuma piedade.

Uma vez tentara a sorte confessando que sua vida tinha sido estragada por aquela ridícula enfermidade, e Rivière respondera com uma tirada espirituosa: "Isso aí, se impede o senhor de dormir, vai estimular sua atividade".

Era espirituosa só pela metade. Rivière costumava afirmar: "Se as insônias de um músico o fazem criar belas obras, trata-se de belas insônias". Um dia ele lhe mostrara Leroux: "Espie só como é bonita aquela feiura que espanta o amor...". Tudo o que Leroux tinha de grandeza talvez devesse àquela falta de encantos que havia reduzido sua vida a uma vida de trabalho.

– O senhor anda muito chegado a Pellerin?

– Ééée!...

– Não o censuro por isso.

Rivière deu meia-volta e, com a cabeça inclinada, andando devagar, levava Robineau consigo. De seus lábios brotou um sorriso triste que Robineau não entendeu.

— Só que… Só que o senhor é o chefe.

— Sou, disse Robineau.

Rivière refletiu que daquele modo, a cada noite, no céu se desenrolava uma ação como um drama. O esmorecimento das vontades poderia provocar um revés, e talvez fosse preciso lutar muito até o dia raiar.

— O senhor precisa manter-se no seu papel.

Rivière pesava as palavras:

— Talvez amanhã à noite o senhor ordene ao piloto uma viagem perigosa: ele vai ter de obedecer.

— Sim…

— O senhor quase dispõe da vida dos homens, e de homens que valem mais que o senhor…

Ele pareceu titubear.

— Isso é grave.

Rivière, sempre andando devagar, calou-se por alguns segundos.

— Se for por amizade que lhe obedecem, o senhor os estará enganando. O senhor não tem direito a nenhum sacrifício.

— Não… Claro.

— E, se eles acreditarem que sua amizade os poupará de certos trabalhos penosos, também os estará enganando: eles vão ter de obedecer de qualquer jeito. Sente-se aí.

Rivière, devagar, com uma pressão da mão, ia empurrando Robineau para seu escritório.

— Vou colocá-lo em seu lugar. Se o senhor está cansado, não cabe a esses homens ampará-lo. O senhor é o chefe. Sua fraqueza é ridícula. Escreva.

— Eu…

– Escreva: "O inspetor Robineau inflige ao piloto Pellerin tal punição por tal motivo…". O senhor vai encontrar um motivo qualquer.

– Senhor diretor!

– Faça de conta que está me entendendo, Robineau. Ame seus comandados. Mas sem dizer isso a eles.

Robineau, de novo, com zelo, mandaria limpar os cubos de hélice.

Uma pista de emergência comunicou pelo telégrafo: "Avião à vista. Avião comunica: 'Reduzindo rotação, vou pousar'".

Sem dúvida se perderia meia hora. Rivière sentiu aquela irritação que se tem quando o trem expresso se detém nos trilhos e os minutos deixam de entregar seu quinhão de planícies. O ponteiro maior do relógio de parede agora descrevia um espaço morto: tantos acontecimentos poderiam caber naquela abertura de compasso. Rivière saiu para enganar o tempo, e a noite lhe pareceu vazia como um teatro sem ator. "Uma noite dessas, perdida!" Olhava com rancor pela janela aquele céu limpo, enriquecido de estrelas, balizamento divino, aquela lua, o ouro de uma noite daquelas dilapidado.

Mas, assim que o avião decolou, aquela noite continuou sendo comovente e bela para Rivière. Ela carregava a vida em seu ventre. Rivière cuidava dela:

– Como está o tempo aí? – mandou perguntar à tripulação.

Transcorreram dez segundos:

– Lindo.

Depois vieram alguns nomes de cidades que iam sendo ultrapassadas, e para Rivière, naquela luta, eram cidades que caíam.

VII

O radiotelegrafista de bordo do correio da Patagônia, uma hora depois, sentiu-se suavemente soerguido, como que por um ombro. Olhou ao redor: nuvens carregadas apagavam as estrelas. Inclinou-se para o chão: procurava as luzes das aldeias, parecidas com vaga-lumes escondidos na relva, mas nada brilhava naquela relva negra.

Sentiu-se acabrunhado, entrevendo uma noite difícil: marchas e contramarchas, territórios ganhos que é preciso restituir. Não entendia a tática do piloto; parecia-lhe que mais adiante colidiriam com a bastidão da noite como contra um muro.

Agora ele avistava, à frente, um tremeluzir imperceptível na altura do horizonte: um clarão de forja. O radiotelegrafista tocou o ombro de Fabien, mas este não se moveu. As primeiras turbulências da tempestade distante atingiam o avião. Suavemente soerguidas, as massas metálicas pesavam contra a própria carne do radiotelegrafista, depois pareciam desvanecer-se, minguar, e na noite, durante alguns segundos, ele flutuou sozinho. Então se agarrou com as duas mãos às longarinas de aço.

E, como do mundo só enxergava a lâmpada vermelha da carlinga, arrepiou-se ao se perceber descendo para o coração da noite, sem socorro, com a proteção apenas de uma pequena lâmpada de minerador. Não ousou incomodar o piloto para saber o que ele decidiria e, com as mãos apertadas no aço, inclinado para a frente na direção do outro, olhava para aquela nuca escura.

Somente uma cabeça e dois ombros imóveis emergiam da fraca claridade. Aquele corpo não passava de massa escura, um pouco inclinada para a esquerda, com o rosto de frente para a tempestade, lavado sem dúvida por cada clarão. Mas o radiotelegrafista nada via daquele rosto. Tudo o que nele se apinhava de sentimentos para enfrentar uma tormenta – trejeitos, vontade, raiva –, tudo o que de essencial era intercambiado entre aquele rosto pálido e, ali adiante, aqueles curtos clarões, continuava impenetrável para ele.

Mesmo assim ele adivinhava o poder concentrado na imobilidade daquela sombra e o amava. Aquele poder sem dúvida o carregava para a tempestade, mas também o protegia. Sem dúvida aquelas mãos, cerradas sobre os comandos, já pesavam sobre a tempestade, como sobre a cerviz de um animal, mas os ombros cheios de força continuavam imóveis, e neles se sentia uma profunda reserva.

O radiotelegrafista concluiu que afinal de contas o piloto era responsável. E agora, levado na garupa, a galope, para o incêndio, ele saboreava o que aquela forma escura ali à frente exprimia de material e concreto, o que ela exprimia de duradouro.

À esquerda, débil como um farol intermitente, acendeu-se um novo foco luminoso.

O radiotelegrafista ensaiou um gesto para tocar o ombro de Fabien, preveni-lo, mas viu que ele virava lentamente a cabeça e mantinha o rosto durante alguns segundos voltado para aquele novo inimigo; depois, devagar, retomava sua posição primitiva. Aqueles ombros sempre imóveis, aquela nuca apoiada no couro.

VIII

Rivière tinha saído para andar um pouco e esquecer o mal-estar que voltava, e ele, que só vivia para a ação, uma ação dramática, sentia estranhamente que o drama mudava de lugar, tornava-se pessoal. Meditou que em torno de um coreto os pequeno-burgueses das cidadezinhas viviam uma vida de aparente silêncio, mas às vezes também carregada de dramas – doenças, amor, lutos –, e que talvez... Seu próprio mal lhe ensinava muitas coisas: "Isso abre algumas janelas", pensava.

Depois, por volta das onze horas da noite, respirando melhor, encaminhou-se para o escritório. Andava devagar, distinguindo pelas costas a multidão que estacionava diante das portas dos cinemas. Ergueu os olhos para as estrelas, que luziam sobre a rua estreita, quase apagadas pelos letreiros luminosos, e pensou: "Esta noite, com meus dois correios em voo, sou responsável por um céu inteiro. Aquela estrela é um sinal que me procura nesta multidão e me encontra: por isso me sinto um pouco estrangeiro, um pouco solitário".

Uma frase musical voltou-lhe à mente: algumas notas de uma sonata que ele ouvira no dia anterior, com amigos. Os amigos não tinham entendido: "Essa arte nos entedia e a você também, mas você não confessa".

"Talvez...", respondera ele.

Assim como nesta noite, ele se sentira solitário, mas bem depressa tinha descoberto a riqueza de tal solidão. A mensagem daquela música chegava-lhe agora, só a ele, entre os medíocres, com a doçura de um segredo. Também o sinal da estrela. Por cima de tantos ombros chegava-lhe uma linguagem que só ele entendia.

Pela calçada, levava esbarrões; pensou também: "Não vou ficar zangado. Sou como o pai de uma criança doente, que vai andando devagar na multidão. Leva consigo o profundo silêncio de sua casa".

Ergueu os olhos para as pessoas. Tentava reconhecer aquelas que carregavam devagar sua invenção ou seu amor e pensava no isolamento dos guardas dos faróis.

Achou bom o silêncio dos escritórios. Atravessou-os devagar, um após outro, e seus passos soavam solitários. As máquinas de escrever dormiam sob as capas. Os grandes armários estavam fechados: dentro, as pastas organizadas. Dez anos de experiência e trabalho. Teve a impressão de que visitava o subsolo de um banco; lá onde as riquezas pesam. Meditava que cada um daqueles registros acumulava algo melhor que ouro: uma força viva. Uma força viva, mas adormecida, como o ouro dos bancos.

Em algum lugar ele depararia com o único secretário de plantão. Um homem trabalhava em algum lugar para que a vida fosse contínua, para que a vontade fosse contínua, e assim de escala em escala, para que nunca, de Toulouse a Buenos Aires, se rompesse a cadeia.

"Esse homem não sabe de sua grandeza."

Em algum lugar os correios lutavam. O voo noturno durava como uma doença: era preciso velar. Era preciso assistir aqueles homens que, com mãos e joelhos, peito contra peito, enfrentavam a sombra e não conheciam, não conheciam nada mais que coisas móveis, invisíveis, das quais era preciso se safar com braçadas cegas, como de um mar. Que confissões terríveis às vezes: "Iluminei minhas mãos para vê-las". Só o veludo das mãos revelado naquele banho vermelho de fotógrafo. O que resta do mundo e que é preciso salvar.

Rivière empurrou a porta da seção do tráfego. Uma única lâmpada acesa criava uma mancha clara num canto. O retinir de uma única máquina de escrever dava sentido àquele silêncio, sem o preencher. A campainha do telefone às vezes tocava; então o secretário de plantão se levantava e andava até aquele chamado repetido, obstinado, triste. O secretário de plantão tirava o fone do gancho, e a angústia invisível se acalmava: era uma conversa amena num canto escuro. Depois, impassível, o homem voltava para a escrivaninha, e seu rosto, fechado pela solidão e pelo sono, encerrava um segredo indecifrável. Que ameaça traz um chamado que vem da noite lá fora, quando dois correios estão em voo? Rivière pensava nos telegramas que atingem as famílias sob as lâmpadas da noite e, depois, na infelicidade que, durante segundos quase eternos, permanece como segredo no rosto do pai. Onda inicialmente sem força, tão longe do grito lançado, tão calma. E, a cada vez, ele ouvia seu eco fraco naquela campainha discreta. E, a cada vez, os movimentos do homem, que a solidão tornava lento como um nadador entre duas águas, voltando da sombra para a lâmpada, como um mergulhador volta à tona, pareciam-lhe carregados de segredos.

– Pode deixar. Eu atendo.

Rivière tirou o fone do gancho, recebeu o zumbido do mundo.

— Rivière falando.
Um pequeno tumulto, depois uma voz:
— Transfiro para a central de rádio.
Novo tumulto, dos pinos sendo inseridos nos conectores, depois outra voz:
— Aqui central de rádio. Vamos comunicar os telegramas.
Rivière os anotava e balançava a cabeça:
— Certo... Certo...
Nada de importante. Mensagens regulares de serviço. O Rio de Janeiro pedia uma informação, Montevidéu falava do tempo, e Mendoza, de material. Eram os ruídos familiares da casa.
— E os aviões?
— O tempo está tempestuoso. Não ouvimos os aviões.
— Certo.
Rivière refletiu que a noite aqui estava limpa, as estrelas luziam, mas os radiotelegrafistas descobriam nela o sopro de longínquas tempestades.
— Até logo.
Rivière se levantava, o secretário o abordou:
— As circulares de serviço para sua assinatura...
— Certo.
Rivière descobria em si uma grande amizade por aquele homem, que também carregava o peso da noite. "Um companheiro de combate", pensava Rivière. "Sem dúvida ele nunca vai saber como este plantão nos une."

IX

Enquanto ia para sua sala com um maço de papéis nas mãos, Rivière sentiu aquela dor forte do lado direito que, fazia algumas semanas, o atormentava.

"A coisa não vai bem..."

Apoiou-se durante um segundo na parede:

"É ridículo."

Depois alcançou sua cadeira.

Mais uma vez se sentia atado como um leão velho e foi invadido por grande tristeza.

"Tanto trabalho para dar nisso! Tenho cinquenta anos; durante cinquenta anos preenchi minha vida, me formei, lutei, mudei o curso dos acontecimentos e olhe só agora o que me ocupa e me preenche, ganhando mais importância que o mundo... É ridículo."

Esperou, enxugou um pouco de suor e, quando se livrou daquilo, começou a trabalhar.

Examinava lentamente as circulares.

"Em Buenos Aires, durante o desmonte do motor 301, verificamos... O responsável será severamente punido."

Assinou.

"Como a escala de Florianópolis não observou as instruções..."

Assinou.

"Como medida disciplinar, será transferido o chefe de tráfego da Companhia, Richard, que..."

Assinou.

Depois, uma vez que aquela dor do lado – adormecida, mas presente nele e nova como um sentido novo da vida – o obrigava a pensar em si mesmo, Rivière ficou quase amargurado.

"Estou sendo justo ou injusto? Não sei. Se castigo, as panes diminuem. O responsável não é o ser humano, é como uma potência obscura que nunca se atingirá se não se atingir todo mundo. Se eu fosse justo demais, cada voo noturno seria uma probabilidade de morte."

Sentiu certa canseira por ter traçado aquele caminho com tanta dureza. Pensou que é boa a piedade. Continuava folheando as circulares absorto em seu sonho.

"... Roblet, a partir de hoje, não faz parte de nosso pessoal."

Vieram-lhe à lembrança aquele velhote e a conversa da noite:

– Para servir de exemplo – o que quer que eu faça? –, é para exemplo.

– Mas meu senhor, mas meu senhor. Uma vez, uma única vez, pense bem! E trabalhei toda a minha vida!

– É preciso um exemplo.

– Mas senhor!... Olhe, senhor!

Aí aquele porta-notas surrado e aquela velha folha de jornal em que Roblet jovem posa de pé ao lado de um avião.

Rivière via as velhas mãos tremer sobre aquela glória ingênua.

– Isto aqui é de 1910, senhor... Fui eu que fiz a montagem, aqui, do primeiro avião da Argentina! Aviação desde 1910... Senhor, faz vinte anos! Então como pode dizer... E os rapazes, senhor, como eles vão rir na oficina!... Ah! Eles vão rir muito!

– Isso não me diz respeito.

– E meus filhos, senhor, tenho filhos!

– Eu já disse: ofereço um cargo de ajudante.

– Minha dignidade, senhor, minha dignidade! Veja bem, vinte anos de aviação, um antigo operário como eu...

– Ajudante.

– Pois eu recuso, senhor, recuso.

E as velhas mãos tremiam, e Rivière desviava o olhar daquela pele enrugada, espessa e bela.

– Ajudante.

– Não, senhor diretor, não... Quero dizer mais uma coisa...

– Pode se retirar.

Rivière pensou: "Não foi ele que eu despedi tão rudemente, foi o mal pelo qual ele não era responsável, talvez, mas que passava por ele. Porque os acontecimentos a gente comanda, e eles obedecem, e a gente cria. E os homens são coisas insignificantes, e a gente os cria também. Ou então a gente os afasta quando o mal passa por eles. 'Quero dizer mais uma coisa...' O que aquele pobre velho queria dizer? Que lhe roubavam suas velhas alegrias? Que ele amava o som das ferramentas sobre o aço dos aviões, que sua vida estava sendo despojada de uma grande poesia e também... que é preciso viver? Estou muito cansado".

A febre subia por seu corpo, acariciante. Ele tamborilava sobre a folha de papel e pensava: "Eu bem que gostava do rosto daquele velho camarada...". E Rivière via de novo aquelas mãos. Pensava naquele fraco movimento que elas ensaiariam para se unir. Bastaria dizer: "Tudo bem. Tudo bem. Pode ficar". Rivière sonhava com o jorro de alegria que desceria para aquelas velhas mãos. E essa alegria que seria expressa, que ia ser expressa, não por aquele rosto, mas por aquelas velhas mãos de operário pareceu-lhe a coisa mais bela do mundo. "Vou rasgar esta circular?" E a família do velho, e a volta para casa naquela noite, e aquele orgulho modesto:

– Então não vai ser despedido?

– Ora! Como? Fui eu que fiz a montagem do primeiro avião da Argentina!

E os rapazes que não ririam mais, aquele prestígio reconquistado pelo antigo...

"Rasgo?"

O telefone tocava, Rivière tirou o fone do gancho. Longo tempo; depois, aquela ressonância, aquela profundidade que os ventos e o espaço dão às vozes humanas. Por fim alguém falou:

– Aqui do aeroporto. Quem fala?

– Rivière.

– Senhor diretor, o 650 está na pista.

– Certo.

– Finalmente está tudo pronto, mas na última hora precisamos refazer o circuito elétrico, as conexões estavam defeituosas.

– Certo. Quem montou o circuito?

– Vamos verificar. Se o senhor permitir, aplicaremos punições: pane elétrica a bordo pode ser grave!

– Claro.

Rivière pensava: "Se o mal não for arrancado quando encontrado, esteja onde estiver, haverá avarias elétricas a bordo: é um crime não o extirpar quando por acaso ele põe a descoberto os seus instrumentos: Roblet vai ser despedido".

O secretário, que não viu nada, continua datilografando.

– O que é isso?

– A contabilidade quinzenal.
– Por que não está pronta?
– Eu...
– Vamos ver isso.

"É interessante como os acontecimentos se impõem, como se revela uma grande força obscura, a mesma que soergue florestas virgens, cresce, forceja e brota de todos os lados ao redor das grandes obras." Rivière pensava naqueles templos que desmoronam sob a ação de cipós.

"Uma grande obra..."

Também pensou, para se tranquilizar: "Amo todos os homens, mas não são eles que eu combato. Combato aquilo que passa por eles...".

Seu coração pulsava com batimentos rápidos, o que lhe causava sofrimento.

"Não sei se o que fiz é bom. Não sei o exato valor da vida humana, da Justiça nem da tristeza. Não sei exatamente o que vale a alegria de uma pessoa. Nem uma mão que treme. Nem a piedade, nem a brandura..."

Devaneou:

"A vida se contradiz tanto, a gente se vira como pode com a vida... Mas durar, mas criar, trocar o corpo perecível..."

Rivière refletiu, depois ligou:

– Telefone para o piloto do correio da Europa. Quero que ele venha falar comigo antes de partir.

Pensava:

"Esse correio não pode dar meia-volta inutilmente. Se não chacoalho meus homens, a noite sempre vai lhes causar apreensão."

X

A mulher do piloto, acordada pelo telefone, olhou para o marido e pensou:

– Vou deixá-lo dormir mais um pouco.

Admirava aquele peito nu, bem carenado, que a fazia pensar num belo navio.

Ele repousava naquele leito calmo, como num porto, e, para que nada agitasse seu sono, ela desfazia com o dedo uma prega, uma sombra, uma ondulação, apaziguava aquele leito, como o dedo divino apazigua o mar.

Levantou-se, abriu a janela e recebeu o vento no rosto. Aquele quarto tinha vista para Buenos Aires. Uma casa vizinha, onde havia dança, espalhava algumas melodias que o vento trazia, pois era a hora dos prazeres e do repouso. Aquela cidade encerrava as pessoas em suas cem mil fortalezas; tudo estava calmo e seguro; mas aquela mulher tinha a impressão de que gritariam: "Às armas!", e que um único homem, o dela, se ergueria. Ele ainda repousava, mas seu repouso era o repouso temível das reservas que vão atacar. Aquela cidade adormecida não o protegia: suas luzes lhe pareceriam vãs, quando da poeira destas ele, jovem deus, se levantasse. Ela olhava aqueles braços sólidos que, uma hora depois, carregariam o destino do correio da Europa e seriam responsáveis por alguma coisa grandiosa, como o destino de uma cidade.

E ficou perturbada. Aquele homem, em meio àqueles milhões de homens, era o único preparado para aquele estranho sacrifício. Ficou triste. Ele escapava também à sua ternura. Ela o tinha alimentado, vigiado e acariciado não para si mesma, mas para aquela noite que ia tomá-lo. Para lutas, angústias, vitórias, de que ela nada saberia. Aquelas mãos ternas mal tinham sido conquistadas, e seus verdadeiros trabalhos eram obscuros. Ela conhecia os sorrisos daquele homem, suas precauções de amante, mas não, na tempestade, suas cóleras divinas. Ela o cumulava de laços ternos: de música, amor, flores; mas, na hora de cada partida, esses laços caíam, sem que ele parecesse sofrer por isso.

Ele abriu os olhos.

– Que horas são?

– Meia-noite.

– Como está o tempo?

– Não sei…

Ele se levantou. Andava devagar para a janela, espreguiçando-se.

– Não vou sentir muito frio. Qual é a direção do vento?

– Como quer que eu saiba…

Ele se debruçou:

– Sul. Está ótimo. Vai ficar assim pelo menos até o Brasil.

Ele reparou na lua e achou-se afortunado. Depois seu olhar baixou para a cidade.

Ele não a julgou suave nem luminosa nem quente. Já via correr a areia vã de suas luzes.

– Em que está pensando?

Ele pensava no possível nevoeiro pelos lados de Porto Alegre.

– Tenho minha tática. Sei por onde dar volta.

Continuava debruçado. Respirava profundamente, como antes de se lançar, nu, no mar.

– Nem está triste... Quantos dias vai ficar fora?

Oito, dez dias. Ele não sabia. Triste, não; por quê? Aquelas planícies, aquelas cidades, aquelas montanhas... Ele partia livre, parecia-lhe, para conquistá-las. Pensava também que, antes de uma hora, possuiria e repudiaria Buenos Aires.

Sorriu:

– Esta cidade... logo vou estar longe dela. É bom viajar à noite. A gente puxa o manete dos gases de frente para o Sul e dez segundos depois se inverte a paisagem, de frente para o Norte. A cidade é apenas um fundo de mar.

Ela pensava em tudo o que é preciso negar para conquistar.

– Não gosta de sua casa?

– Adoro minha casa...

Mas a mulher já o sentia a caminho. Aqueles ombros largos já pesavam contra o céu.

Mostrou isso a ele:

– Você tem um tempo bonito, seu caminho está atapetado de estrelas.

Ele riu.

– É.

Ela pôs a mão naquele ombro e comoveu-se ao senti-lo tépido: aquela carne estava então ameaçada?...

– Você é forte, mas tenha cuidado!

– Cuidado, claro...

Ele riu de novo.

Já se vestia. Para aquela festa, escolhia os tecidos mais rudes, os couros mais pesados, vestia-se como um camponês. Quanto mais pesado ficava, mais ela o admirava. Ela mesma afivelava o cinto, puxava as botas.

– Essas botas me machucam.
– Aqui estão as outras.
– Ache um barbante para minha lâmpada de emergência.

Ela o olhava. Consertava o último defeito da armadura: tudo se ajustava.

– Você está lindo.

Ela percebeu que ele se penteava com capricho.

– É para as estrelas?
– É para não me sentir velho.
– Estou com ciúme...

Ele riu de novo e a beijou e a estreitou contra sua roupa grossa. Depois a ergueu com os braços estendidos, como se ergue uma menina e, sempre rindo, depositou-a na cama:

– Durma!

E, fechando a porta atrás de si, deu na rua, em meio ao incognoscível povo noturno, o primeiro passo de sua conquista.

Ela permanecia ali. Olhava, triste, as flores, os livros, a beleza que para ele não passava de um fundo de mar.

XI

Rivière o recebe:
— O senhor me aprontou uma na última viagem. Deu meia-volta quando as previsões meteorológicas eram boas; podia ter continuado. Ficou com medo?

O piloto, surpreso, cala-se. Esfrega as mãos devagar. Depois ergue a cabeça e encara Rivière.
— Sim.

Rivière, bem no fundo, fica com pena daquele rapaz tão corajoso que teve medo. O piloto tenta se desculpar.
— Eu não enxergava nada. Claro, mais longe... talvez... o telégrafo dizia... Mas minha lâmpada de bordo ficou fraca e eu não enxergava nem minhas mãos. Eu quis acender a lâmpada de posição para pelo menos enxergar a asa: não vi nada. Eu me sentia no fundo de um buraco de onde era difícil sair. Então meu motor começou a vibrar.
— Não.
— Não?
— Não. Nós o examinamos depois. Está perfeito. Mas quem sente medo sempre há de achar que um motor está vibrando.
— Quem não teria medo! As montanhas me dominavam. Quando eu quis ganhar altura, encontrei fortes turbulências. O senhor sabe quando não se

enxerga nada... as turbulências... Em vez de subir, caí cem metros. Não enxergava nem mesmo o giroscópio, nem mesmo os manômetros. Parecia que o meu motor perdia rotação, que se aquecia, que a pressão do óleo baixava... Tudo isso na escuridão, como uma doença. Fiquei bem feliz quando vi uma cidade iluminada.

– O senhor tem muita imaginação. Pode ir.

E o piloto sai.

Rivière afunda na cadeira e passa a mão pelos cabelos grisalhos.

"É o mais corajoso dos meus homens. O que ele conseguiu naquela noite é lindo, mas eu o estou livrando do medo..."

Depois, como voltasse a ser tentado pela fraqueza:

"Para se fazer amar basta ter compaixão. Quase não me compadeço, ou então não demonstro. No entanto, gostaria muito de me cercar da amizade e da ternura humana. Um médico, em sua profissão, as encontra. Mas eu estou a serviço dos acontecimentos. Preciso forjar os homens para que estejam a serviço dos acontecimentos. Com que força sinto essa lei obscura à noite, em meu escritório, diante dos roteiros de voo. Se me deixar levar, se deixar que os acontecimentos bem regulados sigam seu curso, então nascerão, misteriosamente, os incidentes. É como se só minha vontade impedisse que o avião se despedace em voo ou que a tempestade retarde o correio em sua marcha. Às vezes fico surpreso com meu poder."

Refletiu mais um pouco:

"Talvez esteja claro. É como a luta perpétua do jardineiro no gramado. O simples peso de sua mão empurra a floresta primitiva para dentro do solo que a está eternamente preparando."

Pensa no piloto:

"Eu o estou livrando do medo. Não era ele que eu atacava, e sim, através dele, a resistência que paralisa os homens diante do desconhecido. Se eu lhe der ouvidos, se me compadecer, se levar a sério a sua aventura, ele achará que está voltando de uma zona de mistério, e é só do mistério que temos medo. Os homens precisam descer ao fundo do poço escuro, subir de volta e dizer que não encontraram nada. Esse homem precisa descer ao fundo do coração da noite, à sua densidade, mesmo sem aquela lampadinha de minerador, que só ilumina as mãos ou a asa, mas põe o desconhecido à distância de um braço."

No entanto, naquela luta, uma silenciosa fraternidade ligava, no íntimo, Rivière e seus pilotos. Eram homens da mesma índole, que sentiam o mesmo desejo de vencer. Mas Rivière se lembra de outras batalhas que travou pela conquista da noite.

Nos círculos oficiais temia-se aquele território sombrio como uma floresta inexplorada. Lançar uma tripulação a duzentos quilômetros por hora em direção às tempestades, aos nevoeiros e aos obstáculos materiais que a noite contém sem mostrar parecia-lhes uma aventura tolerável para a aviação militar: decola-se de uma pista com noite limpa, bombardeia-se, volta-se à mesma pista. Mas os serviços regulares fracassariam na noite. Rivière replicava: "É uma questão de vida ou morte, pois a cada noite perdemos o tempo ganho durante o dia nas ferrovias e nos navios".

Rivière ouvira entediado quando falavam de balanços, de seguros e, sobretudo, de opinião pública:

– Opinião pública... – retrucava ele –, isso é coisa que a gente comanda!

Pensava: "Quanto tempo perdido! Há alguma coisa... Alguma coisa que suplanta tudo isso. O que está vivo atropela tudo para viver e, para viver, cria suas próprias leis. É irresistível". Rivière não sabia quando nem como a aviação comercial chegaria aos voos noturnos, mas era preciso preparar essa solução inevitável.

Ele se lembra das mesas de reunião diante das quais, com o queixo apoiado na mão, ouvira tantas objeções com um estranho sentimento de força. Elas pareciam inúteis, condenadas de antemão pela vida. E ele sentia sua própria força concentrada nele como um peso: "Minhas razões pesam, eu vencerei", pensava Rivière. "É o pendor natural dos acontecimentos." E quando exigiam soluções perfeitas, que afastassem todos os riscos, ele respondia: "É da experiência que emanarão as leis; o conhecimento das leis nunca precede a experiência".

Após um longo ano de luta, Rivière vencera. Uns diziam: "graças à sua fé"; outros: "graças à sua tenacidade, à sua força de urso em marcha". Mas, segundo ele, simplesmente porque pendia para a direção certa.

Mas quantas precauções no começo! Os aviões só decolavam uma hora antes do amanhecer e só aterrissavam uma hora após o pôr do sol. Só depois de sentir mais confiança em sua experiência Rivière ousou lançar os correios para as profundezas da noite. Pouco imitado, quase renegado, ele agora travava uma luta solitária.

Rivière liga para saber das últimas mensagens dos aviões que estão em voo.

XII

Enquanto isso, o correio da Patagônia se aproximava da tempestade, e Fabien desistia de contorná-la. Calculava que era extensa demais, pois a linha de relâmpagos se embrenhava pelo interior do país e revelava fortalezas de nuvens. Tentaria passar por baixo e, se a situação piorasse, decidiria voltar.

Verificou a altitude: mil e setecentos metros. Pôs as mãos sobre os comandos para começar a reduzi-la. O motor vibrou forte, e o avião tremeu. Fabien corrigiu, a olho, o ângulo de descida e depois, no mapa, verificou a altura das montanhas: quinhentos metros. Para conservar uma margem de segurança, navegaria mais ou menos a setecentos.

Sacrificava a altitude como quem aposta uma fortuna.

Uma turbulência fez o avião mergulhar e vibrar com mais força. Fabien sentiu-se ameaçado por desabamentos invisíveis. Imaginou dar meia-volta e deparar com cem mil estrelas, mas não virou nem um grau.

Fabien calculava as probabilidades: devia tratar-se de uma tempestade local, pois Trelew, a próxima escala, indicava três quartos do céu encobertos. Tratava-se de sobreviver vinte minutos apenas naquele concreto negro. No entanto, o piloto estava preocupado. Inclinado para a esquerda contra a massa de vento, tentava interpretar os clarões confusos que, em noites mais fechadas, continuam circulando. Mas nem eram clarões. Apenas mudanças de densidade, na bastidão das sombras, ou cansaço dos olhos.

Desdobrou um papel do radiotelegrafista:
"Onde estamos?"

Fabien daria uma fortuna para saber. Respondeu: "Não sei. Atravessamos uma tempestade guiados por bússola".

Inclinou-se de novo. Estava incomodado com a chama do escapamento, grudada ao motor como um buquê de fogo, tão pálida que o luar a teria apagado, mas absorvendo, naquele nada, o mundo visível. Olhou para ela. O vento a trançava cerradamente, como a chama de uma tocha.

A cada trinta segundos, para verificar o giroscópio e a bússola, Fabien mergulhava a cabeça na carlinga. Já não ousava acender as fracas lâmpadas vermelhas, que lhe ofuscavam a vista por muito tempo, mas todos os instrumentos de números fosforescentes emitiam uma claridade pálida de astros. Ali, em meio a ponteiros e números, o piloto sentia uma segurança enganosa: a da cabine do navio sobre a qual passam as ondas. A noite e tudo o que ela trazia de rochas, escombros, colinas, também corriam contra o avião com a mesma espantosa fatalidade.

"Onde estamos?", repetia o operador.

Fabien emergia de novo e, apoiado à esquerda, retomava sua terrível vigília. Já não sabia quanto tempo, quanto esforço o livrariam daquelas cadeias sombrias. Quase duvidava de que se livraria, pois apostava a vida naquele papel, sujo e amarrotado, que ele desdobrara e lera mil vezes, para alimentar esperanças: "Trelew: três quartos do céu encobertos, vento oeste fraco". Se

Trelew estava com três quartos do céu encobertos, seria possível avistar suas luzes pelas frestas das nuvens. A menos que...

A pálida claridade prometida mais adiante incitava-o a prosseguir; no entanto, como duvidava... Rabiscou para o radiotelegrafista: "Não sei se consigo passar. Pergunte se atrás o tempo continua bom".

A resposta o deixou consternado:

"Comodoro informa: retorno aqui impossível. Tempestade."

Ele começava a adivinhar a ofensiva insólita que da Cordilheira dos Andes desabava sobre o mar. Antes que ele conseguisse alcançar as cidades, o ciclone as arrebataria.

— Pergunte o tempo em San Antonio.

— San Antonio respondeu: "Vento oeste aumenta e tempestade a oeste. Quatro quartos do céu encobertos". San Antonio ouve muito mal por causa das interferências. Também ouço mal. Acho que vou precisar baixar a antena por causa das descargas elétricas. Vai voltar? Quais são seus planos?

— Não perturbe. Pergunte o tempo em Bahía Blanca...

— Bahía Blanca respondeu: "Previsão antes de vinte minutos violenta tempestade oeste sobre Bahía Blanca".

— Pergunte o tempo em Trelew.

— Trelew respondeu: "Furacão trinta metros segundo oeste e rajadas de chuva."

— Comunique a Buenos Aires: "Estamos cercados por todos os lados, tempestade se estende por mil quilômetros, não vemos mais nada. Que devemos fazer?".

Para o piloto, aquela era uma noite sem margens, pois não conduzia nem a um porto (todos pareciam inacessíveis) nem à aurora: a gasolina acabaria em uma hora e quarenta. E ele seria obrigado, mais cedo ou mais tarde, a afundar às cegas naquela bastidão noturna.

Se pudesse alcançar o dia...

Fabien pensava na aurora como uma praia de areias douradas onde encalharia depois daquela noite dura. Sob o avião ameaçado teria nascido a margem das planícies. A terra tranquila teria trazido suas fazendas adormecidas, seus rebanhos, suas colinas. Todos os escombros que rolavam na escuridão se tornariam inofensivos. Se pudesse, nadaria rumo ao dia!

Concluiu que estava cercado. Tudo se resolveria, bem ou mal, naquela escuridão.

É verdade. Algumas vezes, ao raiar do dia, pareceu-lhe entrar em convalescença.

Mas de que adianta fixar o olhar no Leste, onde morava o sol: havia entre eles tamanha profundeza noturna que seria impossível emergir.

XIII

— O correio de Assunção vai bem. Estará aqui por volta das duas. Em compensação, estamos prevendo grande atraso do correio da Patagônia, que parece em dificuldades.

– Certo, sr. Rivière.

– É possível não esperarmos sua chegada para ordenar a decolagem do avião da Europa: assim que chegar o de Assunção, peça-nos instruções. Esteja pronto.

Rivière agora relia os telegramas de proteção das escalas do Norte. Descortinavam uma rota de luar para o correio da Europa: "Céu limpo, lua cheia, sem ventos". As montanhas do Brasil, bem recortadas contra a luminosidade do céu, mergulhavam diretamente nos remoinhos prateados do mar sua basta cabeleira de florestas negras. Florestas sobre as quais os raios de luar chovem incansáveis, sem as colorir. Negras também no mar, como destroços, as ilhas. E aquela lua, em todo o trajeto, inesgotável: uma nascente de luz.

Se Rivière ordenasse a decolagem, a tripulação do correio da Europa entraria num mundo estável que durante toda a noite luzia docemente. Um mundo no qual nada ameaçava o equilíbrio das massas de sombras e luz. No qual não se infiltrava nem mesmo a carícia daqueles ventos puros que, se esfriam, podem estragar em algumas horas um céu inteiro.

Mas Rivière hesitava diante daquela luminosidade como um prospector diante de jazidas de ouro proibidas. O que estava acontecendo no Sul desmentia Rivière, único defensor dos voos noturnos. Com um desastre na Patagônia seus adversários ganhariam uma posição moral tão forte que a fé de Rivière talvez viesse a se tornar impotente; pois a fé de Rivière não estava abalada: uma fissura em sua obra possibilitara o drama, mas o drama mostrava a fissura, não provava nada mais. "Talvez haja necessidade de postos de observação a oeste… Vamos tratar disso." Também pensava: "Tenho as mesmas razões sólidas para insistir e uma causa de acidente possível a menos: aquela que se revelou". Os fracassos fortificam os fortes. Infelizmente, joga-se contra os homens um jogo em que conta tão pouco o verdadeiro sentido das coisas. Ganha-se ou perde-se segundo as aparências, marcam-se míseros pontos. E fica-se atado por uma aparência de derrota.

Rivière ligou.

– Bahía Blanca ainda não comunicou nada pelo telégrafo?

– Nada.

– Ligue para o solo por telefone.

Cinco minutos depois ele perguntava:

– Por que vocês não nos comunicam nada?

– Não ouvimos o avião.

– Está calado?

– Não sabemos. Muita tempestade. Mesmo que ele operasse, nós não ouviríamos.

– Trelew consegue ouvi-lo?

– Nós não ouvimos Trelew.

– Telefonem.

– Já tentamos: a linha está cortada.

– Como está o tempo aí?

— Ameaçador. Relâmpagos a oeste e ao sul. Muito pesado.

— Vento?

— Fraco ainda, mas já dura dez minutos. Os relâmpagos estão se aproximando depressa.

Silêncio.

— Bahía Blanca? Estão ouvindo? Bom. Chamem de volta em dez minutos.

E Rivière folheou os telegramas das escalas do Sul. Todas indicavam o mesmo silêncio do avião. Algumas já não respondiam a Buenos Aires e, no mapa, aumentava a mancha das províncias mudas, onde as pequenas cidades já estavam subjugadas pelo ciclone, com todas as portas fechadas e, em suas ruas, cada uma das casas sem luz, tão isolada do mundo e perdida na noite como um navio. Só a aurora as libertaria.

No entanto Rivière, inclinado sobre o mapa, ainda tinha a esperança de descobrir um refúgio de céu limpo, pois por telegrama pedira informações sobre a situação do céu à polícia de mais de trinta cidades da província, e as respostas começavam a chegar. Em dois mil quilômetros, os postos de radiotelegrafia tinham ordem de, caso algum deles recebesse um chamado do avião, avisar em trinta segundos Buenos Aires, que lhe comunicaria a posição do refúgio, para ser transmitida a Fabien.

Os secretários, convocados para a uma da madrugada, tinham voltado às suas escrivaninhas. Ficavam sabendo ali, em clima de mistério, que talvez fossem suspensos os voos noturnos e que o próprio correio da Europa talvez não decolasse antes do amanhecer. Falavam em voz baixa sobre Fabien, o ciclone, sobre Rivière principalmente. Adivinhavam sua presença ali, bem perto, esmagado aos poucos por aquele desmentido natural.

Mas todas as vozes se calaram: Rivière, acabava de aparecer à porta da sala, embrulhado no sobretudo, sempre com o chapéu sobre os olhos, eterno viajante. Deu um passo tranquilo em direção ao chefe do escritório:

– Uma e dez, os papéis do correio da Europa estão em ordem?

– Eu... achei que...

– O senhor não tem que achar, e sim executar.

Deu meia-volta, devagar, e foi em direção a uma janela aberta, com as mãos cruzadas nas costas.

Um secretário foi ter com ele:

– Senhor diretor, vamos conseguir poucas respostas. Recebemos a notícia de que no interior muitas linhas telegráficas já estão destruídas...

– Certo.

Rivière, imóvel, olhava a noite.

Assim é que cada mensagem era uma ameaça ao correio. Cada cidade, quando podia responder antes da destruição das linhas, indicava a marcha do ciclone, como se fosse uma invasão. "Vem do interior, da Cordilheira, está varrendo tudo pelo caminho, em direção ao mar..."

Rivière julgava as estrelas reluzentes demais, o ar úmido demais. Que noite estranha! Ia se estragando de repente por placas, como a polpa de um fruto luminoso. As estrelas todinhas ainda dominavam Buenos Aires, mas aquilo não passava de um oásis, e de um instante. Um porto, aliás, fora do raio de ação da tripulação. Noite ameaçadora que um vento ruim ia tocando e apodrecendo. Noite difícil de vencer.

Um avião, em algum ponto das profundezas dessa noite, estava em perigo: nas margens, havia uma agitação impotente.

XIV

A mulher de Fabien telefonou.

Na noite de cada retorno ela calculava o avanço do correio da Patagônia: "Está decolando de Trelew..." e voltava dormir. Um pouco mais tarde: "Deve estar se aproximando de San Antonio, deve estar vendo as luzes da cidade...". Então se levantava, abria as cortinas e examinava o céu: "Todas essas nuvens o atrapalham...". Às vezes a lua passeava como um pastor. Então a jovem voltava a se deitar, tranquilizada por aquela lua e por aquelas estrelas, milhares de presenças em torno do marido. Por volta de uma hora ela o sentia próximo: "Não deve estar longe, deve estar avistando Buenos Aires...". Então se levantava de novo e lhe preparava uma refeição, um café bem quente: "Faz tanto frio lá em cima...". Ela sempre o recebia como se ele estivesse descendo de um pico coberto de neve:

– Não está com frio?

– Claro que não!

– Aqueça-se assim mesmo...

Por volta de uma e quinze tudo estava pronto. Então ela telefonava.

Naquela noite, como nas outras, quis saber:

– Fabien já aterrissou?

O secretário que a atendeu ficou um pouco confuso:

– Quem está falando?

– Simone Fabien.

– Ah! Um minuto...

O secretário, não ousando dizer nada, passou o fone para o chefe do escritório.

– Quem é?

– Simone Fabien.

– Ah!... O que deseja, minha senhora?

– Meu marido já aterrissou?

Houve um silêncio que deve ter parecido inexplicável, depois ele respondeu simplesmente:

– Não.

– Houve algum atraso?

– Sim...

Novo silêncio

– Sim... Atraso.

– Ah!...

Era um "ah!" de carne ferida. Um atraso não é nada... não é nada... mas quando se prolonga...

– Ah!... E a que horas chega?

– A que horas chega? Nós... Nós não sabemos.

Agora ela se chocava contra um muro. Só estava conseguindo o eco de suas próprias perguntas.

– Por favor, responda! Onde ele está?...

– Onde ele está? Espere...

Aquela inércia lhe fazia mal. Estava acontecendo alguma coisa ali, atrás daquele muro.

Então se tomou uma decisão:

– Ele decolou de Comodoro às dezenove e trinta.

– E depois?

– Depois?... Muito atrasado... Muito atrasado por causa do mau tempo...

– Ah! Mau tempo...

Injustiça, enganação daquela lua ali, que se exibia ociosa sobre Buenos Aires! A jovem se lembrou de repente que de Comodoro a Trelew eram só duas horas de voo.

— Ele está voando há seis horas para Trelew! E não manda mensagens! Mas o que ele diz?...

— O que ele diz? Naturalmente com um tempo desses... A senhora entende... A gente não ouve as mensagens.

— Com um tempo desses!

— Então vamos combinar o seguinte, minha senhora: nós lhe telefonamos assim que soubermos de alguma coisa.

— Ah! Vocês não sabem nada...

— Até logo, minha senhora...

— Não! Não! Quero falar com o diretor!

— O senhor diretor está muito ocupado, minha senhora, está em reunião...

— Ah! Não tenho nada com isso! Não tenho nada com isso mesmo! Quero falar com ele!

O chefe de escritório enxugou o suor:

— Um minuto...

Empurrou a porta de Rivière:

— É a sra. Fabien que quer falar com o senhor.

"Pronto", pensou Rivière, "é o que eu mais temia." Os elementos afetivos do drama começavam a se mostrar. De início pensou em recusar: as mães e as esposas não têm acesso aos teatros de operações. Também nos navios em perigo a emoção precisa ser calada. Ela não ajuda a salvar ninguém. Apesar disso, aceitou:

— Transfira para a minha sala.

Ele ficou ouvindo aquela vozinha distante, trêmula, e de imediato percebeu que não poderia responder. Seria infinitamente estéril, para os dois, o confronto.

– Minha senhora, por favor, acalme-se! É muito frequente no nosso trabalho ter de esperar notícias durante muito tempo.

Ele tinha chegado à fronteira na qual o que se apresenta não é o problema de uma pequena aflição pessoal, mas o da própria ação; diante de Rivière o que se erguia não era a mulher de Fabien, mas outro sentido da vida. Rivière não podia fazer nada senão ouvir e lastimar aquela vozinha, aquele canto tão triste, mas inimigo. Pois a ação e a felicidade individual não admitem partilha: estão em conflito. Aquela mulher falava também em nome de um mundo absoluto e de seus deveres e direitos. O mundo da claridade de um lampião sobre a mesa, à noite, de uma carne que exige a sua carne, de uma pátria de esperanças, de ternuras, de lembranças. Ela exigia seu bem e tinha razão. E ele também, Rivière, tinha razão, mas não podia opor nada à verdade daquela mulher. À luz de um humilde lampião doméstico, ele descobria sua própria verdade inexprimível e inumana.

– Minha senhora...

Ela já não ouvia. Ele tinha a impressão de que ela caíra quase a seus pés, depois de exaurir seus punhos fracos contra o muro.

Um engenheiro dissera um dia a Rivière, enquanto se debruçavam sobre um ferido junto a uma ponte em construção: "Essa ponte vale o preço de um rosto esmagado?". Nenhum dos lavradores para quem esta estrada foi aberta teria aceitado mutilar um rosto dessa maneira horrenda só para poupar um desvio pela próxima ponte. No entanto, constroem-se pontes. O engenheiro acrescentou: "O interesse geral é formado pelos interesses particulares: ele não justifica nada mais". "No entanto", respondera-lhe depois Rivière, embora a vida humana não tenha preço, nós continuamos agindo como se alguma coisa tivesse mais valor que a vida humana... E daí?"

Pensando na tripulação, Rivière sentiu um aperto no coração. A ação, mesmo a de construir uma ponte, destrói felicidades; Rivière já não podia deixar de se perguntar: "Em nome de quê?".

Pensava:

"Esses homens que talvez vão desaparecer poderiam ter vivido felizes." Ele via rostos inclinados no santuário de ouro dos lampiões da noite. "Em nome de quê eu os tirei de lá?" Em nome de quê ele os arrancou da felicidade individual? Por acaso a primeira lei não é a de proteger essas felicidades? Mas ele mesmo as destrói. Contudo um dia, fatalmente, os santuários de ouro se desvanecem como miragens. A velhice e a morte, mais impiedosas que ele, os destroem. Talvez exista outra coisa mais duradoura para salvar; será que cabe salvar a parte do homem que Rivière trabalha? Se não for assim, a ação não se justifica.

"Amar, amar apenas, que beco sem saída!" Rivière teve o obscuro pressentimento de um dever maior que o de amar. Ou então era também uma ternura, mas muito diferente das outras. Voltou-lhe à mente uma frase: "Trata-se de torná-los eternos...". Onde a tinha lido? "O que perseguimos em nós mesmos morre." Lembrou-se de um templo ao Deus do sol dos antigos incas do Peru. Aquelas pedras eretas sobre a montanha. Sem elas, o que seria de uma civilização pujante, que pesasse com o peso de suas pedras sobre o homem de hoje como um remorso? "Em nome de que dureza, de que estranho amor, o condutor de povos de outrora, obrigando suas multidões a puxar aquele templo para o alto da montanha, lhes impôs o dever de erigir sua eternidade?" Rivière imaginou as multidões das pequenas cidades, que giram à noite em torno do coreto: "Esse tipo de felicidade, esse escudo...", pensava ele. O condutor de povos de outrora, embora talvez não tenha sentido piedade do sofrimento humano, teve imensa piedade de sua morte. Não de sua morte individual, mas da espécie que o mar de areia apagará. E conduzia seu povo a pelo menos erigir pedras, que o deserto não enterraria.

XV

Aquele papel dobrado em quatro talvez o salvasse: Fabien o desdobrava com os dentes cerrados.

"Impossível falar com Buenos Aires. Não consigo nem manipular mais, recebo faíscas nos dedos."

Fabien, irritado, quis responder, mas, quando suas mãos largaram os comandos para escrever, uma espécie de onda poderosa penetrou em seu corpo: a turbulência o levantava em suas cinco toneladas de metal e o sacudia. Desistiu.

Suas mãos, de novo, se fecharam sobre a onda e a dominaram.

Fabien respirou fundo. Se o radiotelegrafista recolhesse a antena por medo da tempestade, Fabien lhe quebraria a cara quando chegassem. Era preciso a todo custo entrar em contato com Buenos Aires, como se, a mais de mil e quinhentos quilômetros, alguém pudesse lhe lançar uma corda naquele abismo. Na falta de uma luz bruxuleante, de uma lâmpada quase inútil de hospedaria, mas que provasse a existência da terra como um farol, ele precisava pelo menos de uma voz, uma única, vinda de um mundo que já não existia. O piloto levantou e sacudiu o punho em sua luz vermelha, para fazer o outro, lá atrás, entender aquela trágica verdade, mas o outro, debruçado sobre o espaço devastado, com cidades enterradas e luzes mortas, não entendeu.

Fabien teria seguido todos os conselhos, desde que eles lhe fossem gritados. Pensava: "Se me disserem que fique girando, fico girando, e se disserem que avance direto para o Sul...". Em algum lugar existiam aquelas terras em paz, amenas sob suas grandes sombras de luar. Aqueles companheiros, acolá, as conheciam, instruídos que eram como cientistas, debruçados sobre mapas, onipotentes, ao abrigo de abajures belos como flores. O que sabia ele, afora aquelas turbulências e a noite que, com a velocidade de um desmoronamento, empurrava contra ele sua torrente negra? Não se podia abandonar dois homens entre aquelas trombas d'água e aquelas chamas nas nuvens. Não se podia. Ordenariam a Fabien: "Direção 240...", e ele pegaria a direção 240. Mas estava sozinho.

Pareceu-lhe que a matéria também se revoltava. O motor, a cada mergulho, vibrava com tanta força que toda a massa do avião era tomada por um tremor que parecia de cólera. Fabien consumia suas forças no controle do avião, com a cabeça enfiada na carlinga, de frente para o horizonte giroscópico pois, lá fora, não distinguia mais a massa do céu da massa da terra, perdido numa escuridão em que tudo se misturava, uma escuridão da origem dos mundos. Mas os ponteiros dos indicadores de posição oscilavam cada vez mais depressa, e era difícil segui-los. O piloto, enganado por eles, já lutava mal, perdia altitude, ia atolando aos poucos naquela escuridão. Leu a altitude: quinhentos metros. Era o nível das montanhas. Ele as sentia rolando suas vagas vertiginosas contra ele. Também compreendia que todas as massas do solo, a menor das quais o teria esmagado, estavam como que arrancadas de seu suporte, desatarraxadas, e começavam a girar, bêbadas, em torno dele. E começavam em torno dele uma espécie de dança profunda que o estreitava cada vez mais.

Tomou uma decisão. Correndo o risco de picar, aterrissaria em qualquer lugar. E, para evitar pelo menos as montanhas, soltou seu único foguete sinalizador. O sinalizador se inflamou, girou, iluminou uma planície e apagou-se: era o mar.

Ele pensou bem depressa: "Perdido. Mesmo com quarenta graus de correção, desviei da rota. É um ciclone. Onde está a terra?". E virava completamente para o Oeste. Pensou: "Sem foguete, agora, vou morrer". Isso deveria acontecer algum dia. E seu companheiro, lá atrás... "Ele recolheu a antena, sem dúvida." Mas o piloto não lhe queria mal. Se ele mesmo simplesmente abrisse as mãos, a vida dos dois logo escoaria, como poeira vã. Tinha nas mãos o coração palpitante de seu companheiro e o seu. E de repente suas mãos o assustaram.

Naquelas turbulências que desferiam golpes de aríete para amortecer os trancos do volante, que teriam rompido os cabos dos comandos, ele se agarrara ao volante com todas as forças. Continuava agarrado. Mas eis que já não sentia as mãos, adormecidas pelo esforço. Queria mexer os dedos para deles receber alguma mensagem: não conseguiu perceber se lhe obedeceram. Alguma coisa estranha terminava seus braços. Apêndices insensíveis e moles. Pensou: "Preciso imaginar intensamente que estou apertando...". Não soube se o pensamento chegara às mãos. E, como só sentia os trancos do volante nos ombros doloridos, pensou: "Ele vai escapar. Minhas mãos se abrirão". Mas se assustou por se ter permitido tais palavras, pois acreditou sentir as mãos, dessa vez, obedecer ao obscuro poder da imaginação e abrir-se lentamente, na escuridão, para entregá-lo.

Ele poderia ter lutado mais, tentado a sorte: não há fatalidade exterior. Mas há uma fatalidade interior:

chega um momento em que nos descobrimos vulneráveis; então os erros nos atraem como vertigem.

E foi nesse momento que, sobre sua cabeça, num rasgão da tempestade, como uma isca mortal no fundo de uma rede, brilharam algumas estrelas.

Ele julgou que era uma cilada: a gente vê três estrelas por uma fenda, sobe para elas e depois já não pode descer, fica lá, mordendo as estrelas.

Mas sua fome de luz era tanta que ele subiu.

XVI

Subiu, corrigindo melhor os efeitos da turbulência, graças às referências oferecidas pelas estrelas, pálidos ímãs que o atraíam. Ele tinha penado tanto tempo em busca de uma luz que não abandonaria nenhuma, por mais confusa. Se obtivesse um clarão de hospedaria, teria girado até morrer em torno daquele sinal, do qual estava tão ávido. E eis que ele subia para campos de luz.

Elevava-se aos poucos, em espiral, pelo poço que se abrira e se fecharia de novo abaixo dele. E, à medida que subia, as nuvens iam perdendo a sombra lodosa, passavam por ele como vagas cada vez mais puras e brancas. Fabien emergiu.

Sua surpresa foi extrema: a claridade era tanta que lhe ofuscava a vista. Precisou fechar os olhos durante alguns segundos. Nunca imaginaria que as nuvens, à noite, pudessem ofuscar. A lua cheia e todas as constelações as transformavam em vagas resplandecentes.

De repente, no exato segundo em que emergia, o avião ganhara uma calma que parecia extraordinária. Não era inclinado por nenhuma onda. Tal como um navio que tivesse ultrapassado o dique, ele entrava em águas reservadas. Estava preso numa parte do céu desconhecida e oculta como a baía das ilhas bem-aventuradas. A tempestade, abaixo dele, criava um outro mundo de três mil metros de espessura, percorrido por rajadas, trombas d'água, relâmpagos, mas para os astros ela voltava uma face de cristal e neve.

Achava que tinha enveredado por limbos estranhos, pois tudo se tornava luminoso, mãos, roupas, asas. Pois a luz não descia dos astros, mas se depreendia, abaixo dele e em seu redor, daquelas provisões brancas.

Aquelas nuvens, abaixo dele, devolviam toda a neve que recebiam da lua. Também as da direita e da esquerda, que eram altas como torres. Circulava um leite de luz no qual a tripulação se banhava. Fabien, voltando-se, viu que o radiotelegrafista sorria.

– Assim é melhor! – gritava ele.

Mas a voz se perdia no ruído do voo, só os sorrisos se comunicavam. Fabien pensava: "Loucura minha ficar sorrindo: estamos perdidos".

No entanto, mil braços obscuros o tinham soltado. Tinham sido desatados aqueles laços, como os de um prisioneiro que deixam andar sozinho, durante algum tempo, entre flores.

"Bonito demais", pensava Fabien. E errava entre estrelas amontoadas com a densidade de um tesouro, num mundo onde nada mais, nada mais além dele, Fabien, e seu companheiro, tinha vida. Pareciam ladrões de cidades fabulosas, murados na câmara dos tesouros, de onde nunca mais poderão sair. Entre pedrarias congeladas eles erram, infinitamente ricos, mas condenados.

XVII

Um dos radiotelegrafistas de Comodoro Rivadavia, escala da Patagônia, fez um gesto brusco e todos os que estavam ali de vigia, impotentes, reuniram-se em torno daquele homem e se inclinaram.

Inclinavam-se sobre uma folha em branco duramente iluminada. A mão do operador ainda hesitava, e o lápis balançava. A mão do operador ainda segurava as letras prisioneiras, mas os dedos já tremiam.

– Tempestades?

O radiotelegrafista acenou um "sim" com a cabeça. O crepitar delas o impedia de entender.

Depois anotou alguns sinais indecifráveis. Depois palavras. Depois foi possível estabelecer o texto:

"Bloqueados a três mil e oitocentos acima da tempestade. Voamos para o oeste rumo ao interior, pois tínhamos desviado para o mar. Abaixo de nós tudo fechado. Ignoramos se ainda sobrevoamos o mar. Comuniquem se o temporal se estende para o interior."

Por causa das tempestades, para transmitir aquele telegrama a Buenos Aires foi preciso fazer uma cadeia de posto a posto. A mensagem avançava na noite, como o fogo que se acende em sucessivas torres.

Buenos Aires mandou responder:

– Temporal em todo o interior. Quanto resta de gasolina?

– Cerca de meia hora.

E essa frase, de plantão em plantão, chegou até Buenos Aires.

A tripulação estava condenada a afundar, antes de trinta minutos, num ciclone que a arrastaria para o chão.

XVIII

E Rivière medita. Já não lhe resta esperança: aquela tripulação vai naufragar em algum lugar da noite.

Rivière lembra-se de uma visão que o impressionara na infância: esvaziava-se uma lagoa para encontrar um corpo. Também não se encontrará nada enquanto aquela massa de escuridão não se escoar da terra, enquanto aquelas areias, aquelas planícies, aqueles trigais não subirem à tona. Simples camponeses descobrirão talvez dois meninos de cotovelos dobrados sobre o rosto, parecendo dormir, caídos na relva e no ouro de um fundo plácido. Mas a noite os terá afogado.

Rivière pensa nos tesouros enterrados nas profundezas da noite como nos mares fabulosos... Nas macieiras da noite, que esperam o dia com todas as suas flores, flores que ainda não servem. A noite é rica, cheia de perfumes, de cordeiros adormecidos e de flores ainda sem cores.

Aos poucos subirão à tona as lavouras generosas, os bosques úmidos, a alfafa fresca. Mas entre colinas, agora inofensivas, e os prados e os cordeiros, na sabedoria do mundo, dois meninos parecerão dormir. E alguma coisa terá escoado do mundo visível para o outro.

Rivière sabe que a mulher de Fabien é preocupada e terna: aquele amor lhe foi apenas emprestado, como um brinquedo a uma criança pobre.

Rivière pensa na mão de Fabien, ainda segurando seu destino nos comandos por alguns minutos. Naquela mão que acariciou. Naquela mão que pousou sobre um peito e provocou um tumulto, como uma mão divina. Naquela mão que pousou sobre um rosto e mudou aquele rosto. Naquela mão que era milagrosa.

Fabien erra sobre o esplendor de um mar de nuvens, à noite, porém abaixo é a eternidade. Está perdido entre constelações onde habita sozinho. Ainda segura o mundo nas mãos e contra seu peito o equilibra. Aperta em seu volante o peso da riqueza humana e, desesperado, carrega de uma estrela a outra o inútil tesouro que precisará entregar…

Rivière pensa que um posto de radiotelegrafista ainda o ouve. O que ainda liga Fabien ao mundo é apenas uma onda musical, uma modulação menor. Não um lamento. Não um grito. Porém o som mais puro que o desespero já criou.

XIX

Robineau o arrancou da solidão:

– Senhor diretor, estive pensando... a gente poderia talvez tentar...

Ele não tinha nada para propor, mas desse modo demonstrava boa vontade. Adoraria encontrar uma solução e a buscava mais ou menos como quem busca a solução de uma charada. Sempre encontrava soluções a que Rivière nunca atentava: "Veja só, Robineau, na vida não há soluções. Há forças em marcha que é preciso criar; as soluções vêm depois". Por isso Robineau limitava seu papel a criar uma força em marcha na corporação dos mecânicos. Uma humilde força em marcha, que protegia da ferrugem os cubos da hélice.

Mas os acontecimentos daquela noite encontravam Robineau desarmado. O título de inspetor não tinha nenhum poder sobre as tempestades nem sobre uma tripulação fantasma, que na verdade já não lutava por um prêmio de pontualidade, mas para escapar a uma única punição que anulava todas as de Robineau: a morte.

E Robineau, agora inútil, vagava pelos escritórios, sem préstimo.

Anunciaram a chegada da mulher de Fabien. Impelida pela preocupação, ela esperava no escritório dos secretários que Rivière a recebesse. Os secretários, furtivamente, levantavam os olhos para seu rosto. Isso lhe causava uma espécie de vergonha, e ela olhava com temor em torno de si: tudo ali a repelia. Aqueles homens que continuavam trabalhando, como se andassem sobre um corpo, aquelas pastas nas quais a vida humana e o sofrimento humano só deixavam como resíduo números duros. Ela buscava sinais que lhe falassem de Fabien. Em sua casa tudo mostrava aquela ausência: a cama meio desfeita, o café servido, um buquê de flores… Não descobria nenhum sinal. Tudo se opunha à piedade, à amizade, à lembrança. A única frase que ouviu, pois ninguém levantava a voz diante dela, foi a imprecação de um escriturário que reclamava um borderô, "o borderô dos dínamos – pelo amor de deus! –, que nós expedimos para Santos". Ela ergueu os olhos para aquele homem, com uma expressão de espanto infinito. Depois, para a parede onde se abria um mapa. Seus lábios tremiam um pouco, mal e mal tremiam.

Constrangida, ela se adivinhava representando uma verdade inimiga ali, quase lamentava ter ido, gostaria de se esconder e, para não ser demasiadamente notada, continha-se para não tossir, não chorar. Percebia-se insólita, inconveniente, como se estivesse nua. Mas sua verdade era tão forte que os olhares voltavam, furtivos, incansáveis, a erguer-se para decifrá-la em seu rosto. Aquela mulher era muito bonita. Revelava aos homens o mundo sagrado da felicidade. Revelava em que matéria augusta se toca, sem saber, quando se age. Sob tantos olhares ela fechou os olhos. Revelava sem saber que paz se pode destruir.

Rivière a recebeu.

Ela vinha fazer a tímida defesa de suas flores, seu café servido, sua carne jovem. De novo, naquele escritório ainda mais frio, voltou-lhe o fraco tremor de lábios. Ali também descobria sua própria verdade, inexprimível naquele outro mundo. Tudo o que nela se manifestava de amor quase selvagem (tão ardoroso era) e de devotamento parecia-lhe ganhar ali um rosto importuno, egoísta. Tinha vontade de fugir:

– Estou atrapalhando...

– Minha senhora – disse Rivière –, não me atrapalha. Infelizmente a senhora e eu não podemos fazer nada além de esperar.

Ela ergueu levemente os ombros, e Rivière entendeu o sentido: "De que servem o abajur, o jantar servido, as flores que vou encontrar na volta...". Uma jovem mãe confessara um dia a Rivière: "A morte de meu filho eu ainda não entendi. São as pequenas coisas as mais duras, as roupas que revejo, e, se acordo à noite, a ternura que, apesar de tudo, me sobe ao coração, ternura agora inútil, como meu leite...". Para aquela mulher também a morte de Fabien começaria só amanhã, em cada ato doravante inútil, em cada objeto; Fabien deixaria a casa lentamente. Rivière calava uma piedade profunda.

– Senhora...

A jovem se retirava, com um sorriso quase humilde, ignorando seu próprio poder.

Rivière sentou-se, um pouco pesado.

"Mas ela me ajuda a descobrir o que eu estava procurando..."

Ele tamborilava distraidamente sobre os telegramas de proteção das escalas Norte. Pensava.

"O que queremos não é ser eternos, mas sim não ver atos e coisas perder sentido de repente. Se isso ocorre, o vazio que nos cerca se mostra..."

Seu olhar caiu sobre os telegramas.

"Eis por onde, entre nós, a morte se introduz: mensagens que já não têm sentido…"

Olhou para Robineau. Aquele rapaz medíocre, agora inútil, já não tinha sentido. Rivière lhe disse quase com rispidez:

– Será que eu vou precisar lhe arranjar serviço?

Depois empurrou a porta que dava para a sala dos secretários, e a evidência do desaparecimento de Fabien o atingiu em cheio por sinais que a sra. Fabien não soubera enxergar. A ficha do R.B. 903, avião de Fabien, já figurava no mural, na coluna do material indisponível. Os secretários que preparavam os papéis do correio da Europa, sabendo que ele sairia atrasado, tinham dificuldade para trabalhar. Do campo de pouso pediam-se por telefone instruções para as equipes que, agora, vigiavam sem objetivo. As funções da vida estavam desaceleradas. "A morte é isso aí!", pensou Rivière. Sua obra parecia um veleiro avariado, sem vento, em alto-mar.

Ele ouviu a voz de Robineau:

– Senhor diretor… Faz seis semanas que eles se casaram…

– Vá trabalhar.

Rivière continuava olhando os secretários e, para além dos secretários, os ajudantes, os mecânicos, os pilotos, todos aqueles que o tinham ajudado em sua obra, com fé de construtores. Pensou nas cidades pequenas de outrora, que ouviam falar das "Ilhas" e construíam um navio. Para carregá-lo com sua esperança. Para que os homens pudessem ver sua esperança desfraldar as velas no mar. Todos engrandecidos, todos voltados para fora de si mesmos, todos libertos por um navio. "Os fins talvez não justifiquem nada, mas a ação liberta da morte. Aqueles homens perduravam graças aos seus navios."

E Rivière também lutará contra a morte, até dar sentido aos telegramas, inquietação às equipes de plantão e objetivos dramáticos aos pilotos. Até que a vida reanime essa obra, assim como o vento reanima um veleiro no mar.

XX

Comodoro Rivadavia já não ouve nada, mas a mil quilômetros dali, vinte minutos depois Bahía Blanca capta uma segunda mensagem:

– Descendo. Entrando nas nuvens.

Depois, no posto de Trelew, apareceram duas palavras de um texto obscuro:

"...ver nada..."

As ondas curtas são assim. Captadas ali, aqui ficam mudas. Depois, sem motivo, as coisas mudam. Aquela tripulação, cuja posição é desconhecida, já se manifesta aos vivos, fora do espaço e do tempo, e nas folhas brancas dos postos de radiotelegrafia já são fantasmas que escrevem.

A gasolina teria acabado ou o piloto estaria jogando sua última cartada com a pane: aterrissar sem se chocar contra o chão?

A voz de Buenos Aires ordena a Trelew:

– Pergunte isso a ele.

O posto de escuta da telegrafia sem fio parece um laboratório: níqueis, cobres e manômetros, rede de condutores. Os operadores de plantão, de jaleco branco, silenciosos, parecem curvados sobre um experimento.

Com dedos delicados, tocam os instrumentos, exploram o céu magnético, feiticeiros em busca do veio de ouro.

– Não respondem?

– Não respondem.

Será que vão deixar de ouvir a nota que seria um sinal de vida? Se o avião e suas luzes de bordo subirem para as estrelas, talvez eles ouçam o canto da estrela.

Os segundos escoam. Escoam realmente como sangue. Estarão ainda voando? Cada segundo leva embora uma possibilidade. E o tempo que escoa parece destruir. Tal como, em vinte séculos, o tempo toca um templo, abre caminho no granito e espalha o templo como poeira, assim os séculos de deterioração se aglutinam em cada segundo e ameaçam uma tripulação.

Cada segundo leva embora alguma coisa.

A voz de Fabien, o sorriso de Fabien, o sorriso. O silêncio ganha terreno. Um silêncio cada vez mais pesado, que se estabelece sobre aquela tripulação como o peso do mar.

Então alguém observa:

– Uma e quarenta. Limite final da gasolina: impossível que ainda estejam voando.

E faz-se a paz.

Alguma coisa amarga e insossa sobe aos lábios como nos fins de viagem. Alguma coisa se consumou e dela nada se sabe, alguma coisa um pouco repulsiva. Entre todos aqueles níqueis e aquelas artérias de cobre, sente-se a mesma tristeza que reina nas fábricas em ruínas. Todo aquele material parece pesado, inútil, obsoleto: um peso de galhos mortos.

Agora é só esperar o amanhecer.

Em algumas horas a Argentina inteira emergirá à luz, e aqueles homens permanecem ali, como numa praia, diante de uma rede que vai sendo puxada, puxada lentamente, sem que ninguém saiba o que ela vai trazer.

Em seu escritório, Rivière sente aquele relaxamento que só os grandes desastres permitem, quando a fatalidade liberta o homem. Mandou alertar a polícia de toda uma província. Não pode fazer mais nada, é preciso esperar.

Mas a ordem tem de reinar mesmo na casa dos mortos. Rivière faz um sinal a Robineau:

— Mande um telegrama para as escalas do Norte: "Prevemos grande atraso do correio da Patagônia. Para não retardar demais o correio da Europa, juntaremos o correio da Patagônia com o próximo correio da Europa".

Dobra-se um pouco para a frente. Mas faz um esforço e se lembra de algo, que é grave. Ah! sim. E, para não esquecer:

— Robineau.

— Sim, sr. Rivière?

— Por favor, redija uma circular. "Os pilotos estão proibidos de ultrapassar 1.900 rotações: isso destrói os motores."

— Certo, sr. Rivière.

Rivière dobra-se um pouco mais. Acima de tudo, precisa de solidão:

— Pode ir Robineau, pode ir, meu velho.

E Robineau se assusta com aquela igualdade diante das sombras.

XXI

Robineau agora vagava melancólico pelos escritórios. A vida da Companhia tinha parado, pois aquele correio previsto para as duas horas seria suspenso e só partiria de manhã. Os empregados do escritório, com rostos fechados, ainda vigiavam, mas aquela vigia era inútil. Ainda seriam recebidas em ritmo regular as mensagens de proteção das escalas Norte, mas seus "céus puros", suas "luas cheias" e seus "sem ventos" despertavam a imagem de um reino estéril. Um deserto de lua e pedras. Enquanto folheava, aliás sem saber por quê, uma pasta na qual o chefe do escritório trabalhava, Robineau avistou este último em pé à sua frente, esperando com um respeito insolente que ele a devolvesse, com jeito de quem diz: "Quando tiver a bondade, não? É minha". Essa atitude de um subalterno chocou o inspetor, mas não lhe ocorreu nenhuma réplica, e, irritado, entregou-lhe a pasta. O chefe de escritório voltou a sentar-se com grande altivez. "Eu deveria tê-lo mandado passear", pensou Robineau. Então, para disfarçar, deu alguns passos, imaginando o drama. Drama que provocaria a ruína de uma política, e Robineau chorava por dois lutos.

Depois lhe ocorreu a imagem de Rivière fechado, lá, em sua sala; ele, que lhe dissera: "meu velho". Nunca ninguém precisara de tanto apoio. Robineau sentiu muito dó dele. Imaginava algumas frases obscuramente destinadas a lastimar, a consolar. Estava animado por um sentimento que julgava lindo. Então bateu à porta com delicadeza. Ninguém respondeu. Não ousou bater com mais força naquele silêncio e empurrou a porta. Rivière estava lá. Robineau entrava na sala de Rivière pela primeira vez quase em pé de igualdade, um pouco como amigo, um pouco, achava ele, como o sargento que, debaixo do tiroteio, aproxima-se do general ferido e o acompanha na derrota e torna-se seu irmão no exílio. "Estou com o senhor, aconteça o que acontecer", parecia querer dizer Robineau.

Rivière permanecia calado e, de cabeça baixa, olhava para as mãos. E Robineau, em pé diante dele, já não ousava falar. O leão, mesmo abatido, o intimidava. Robineau preparava palavras cada vez mais ébrias de devoção, mas a toda vez que erguia os olhos encontrava aquela cabeça abaixada, aqueles cabelos grisalhos, aqueles lábios fechados que encerravam enorme amargura! Por fim se decidiu:

– Senhor diretor…

Rivière levantou a cabeça e olhou para ele. Rivière saía de um devaneio tão profundo, tão distante que talvez ainda não tivesse notado a presença de Robineau. E ninguém jamais saberá o que devaneou, nem o que sentiu, nem que luto descera sobre seu coração. Rivière olhou para Robineau durante muito tempo, como o testemunho vivo de alguma coisa. Robineau ficou constrangido. Quanto mais Rivière olhava Robineau, mais se desenhava em seus lábios uma incompreensível ironia. Quanto mais Rivière olhava Robineau, mais Robineau enrubescia. E mais Robineau parecia a Rivière ter ido lá para testemunhar, com boa vontade tocante e espontaneidade infeliz, a idiotice humana.

Robineau ficou desnorteado. Nem sargento, nem general, nem balas valiam. Estava ocorrendo alguma coisa inexplicável. Rivière continuava olhando para ele. Então Robineau, sem querer, endireitou-se um pouco, tirou a mão do bolso esquerdo. Rivière continuava olhando para ele. Então finalmente Robineau, com um constrangimento infinito, sem saber por quê, proferiu:

– Vim para receber ordens.

Rivière puxou o relógio e disse simplesmente:

– São duas horas. O correio de Assunção vai aterrissar às 2h10. Mande o correio da Europa decolar às 2h15.

E Robineau espalhou a espantosa notícia: não seriam suspensos os voos noturnos. E Robineau dirigiu-se ao chefe de escritório:

– Traga aquela pasta para eu verificar.

E, quando o chefe de escritório chegou diante dele:

– Espere aí.

E o chefe de escritório esperou.

XXII

O correio de Assunção anunciou que ia aterrissar.

Rivière, mesmo nas piores horas, seguira seu avanço bem-sucedido de telegrama em telegrama. Para ele, em meio àquela aflição, era a desforra de sua fé, a prova. Aquele voo bem-sucedido prenunciava, em seus telegramas, mil outros voos bem-sucedidos também. "Não é toda noite que temos ciclone." Rivière também pensava: "Traçada a rota, não se pode deixar de segui-la".

Vindo do Paraguai, de escala em escala, como de um adorável jardim florido, de casas baixas e águas lentas, o avião deslizava à margem de um ciclone que não lhe tapava uma só estrela. Nove passageiros, enrolados em suas mantas de viagem, apoiavam a testa à janela, como a uma vitrine cheia de joias, pois as pequenas cidades da Argentina já desfiavam na noite todo o seu ouro, sob o ouro mais pálido das cidades de estrelas. O piloto, na frente, sustinha nas mãos sua preciosa carga de vidas humanas, com os olhos bem abertos cheios de luar, como um pastor. Buenos Aires já enchia o horizonte com seu fogo róseo e logo reluziria com todas as suas gemas, como um tesouro fabuloso. O radiotelegrafista deixava brotar de seus dedos os últimos telegramas, como notas finais de uma sonata que ele dedilhasse alegre no céu, cujo canto Rivière entendia, depois recolheu a antena, espreguiçou-se um pouco, bocejou e sorriu: chegavam.

O piloto, em terra, encontrou o piloto do correio da Europa, encostado em seu avião, com as mãos nos bolsos.

– É você que continua?

– Sim.

– O da Patagônia chegou?

– Já não o esperamos mais: desapareceu. O tempo está bom?

– Está ótimo. Fabien desapareceu?

Falaram pouco sobre o assunto. Uma grande fraternidade dispensava frases.

Estava sendo feito o transbordo para o avião da Europa dos malotes chegados de Assunção, e o piloto, ainda imóvel, com a cabeça inclinada para trás e a nuca contra a carlinga, olhava as estrelas. Sentia nascer em si um poder imenso e foi invadido por forte contentamento.

– Carregado? – ouviu-se uma voz dizer. – Então, contato.

O piloto não se mexeu. Seu motor estava sendo ligado. O piloto ia sentir nas costas, apoiadas no avião, que o avião ganhava vida. O piloto finalmente tinha uma certeza, depois de tantas falsas notícias: decola… não decola… decola! Sua boca se entreabriu e seus dentes brilharam sob o luar como os de um jovem animal selvagem.

– Cuidado com a noite, hein?

Ele não ouviu o conselho do colega. Com as mãos nos bolsos e a cabeça inclinada para trás, encarando nuvens, montanhas, rios e mares, ele começava a rir em silêncio. Um riso fraco, mas que o atravessava como a brisa atravessa uma árvore e o fazia estremecer inteiro. Um riso fraco, porém bem mais forte que aquelas nuvens, aquelas montanhas, aqueles rios e aqueles mares.

– O que é que te deu?

– Aquele imbecil do Rivière que me… que imagina que eu tenho medo!

XXII

Dentro de um minuto ele estará deixando Buenos Aires para trás, e Rivière, que retoma a luta, quer ouvi-lo. Ouvi-lo nascer, troar e desaparecer, como passos formidáveis de um exército em marcha nas estrelas.

Rivière, de braços cruzados, passa entre os secretários. Diante de uma janela, detém-se, escuta, medita.

Se tivesse suspendido uma única viagem, a causa dos voos noturnos estaria perdida. Mas, adiantando-se aos fracos, que amanhã o desaprovarão, Rivière soltou na noite aquela outra tripulação.

Vitória… derrota… palavras que não têm sentido. É a vida que está por trás dessas imagens, preparando novas imagens. Uma vitória enfraquece um povo, uma derrota desperta outro. A derrota que Rivière sofreu talvez seja um penhor que apressa a verdadeira vitória. Só o acontecimento em marcha conta.

Dentro de cinco minutos os postos da telegrafia sem fio terão alertado as escalas. Ao longo de quinze mil quilômetros o frêmito da vida terá resolvido todos os problemas.

O canto melodioso de um órgão já se eleva: o avião.

E Rivière volta devagar para seu trabalho, entre os secretários que se curvam sob seu olhar duro. Rivière, o Grande, Rivière, o Vitorioso, carregando sua pesada vitória.

TERRA DOS HOMENS

*Henri Guillaumet, meu camarada,
dedico-lhe este livro*

A Terra nos ensina mais coisas sobre nós mesmos do que todos os livros. Porque nos opõe resistência. O homem se descobre ao se medir com o obstáculo. Mas, para atingi-lo, precisa de ferramentas. Precisa da plaina, da charrua. O camponês, em sua lavoura, vai arrancando aos poucos alguns segredos da natureza, e a verdade que ele depreende é universal. Do mesmo modo o avião, ferramenta das linhas aéreas, envolve o homem em todos os velhos problemas.

Ainda tenho diante dos olhos a imagem de minha primeira noite de voo na Argentina, numa noite escura em que cintilavam apenas, como estrelas, as raras luzes esparsas na planície.

Cada uma delas assinalava, naquele oceano de trevas, o milagre de uma consciência. Naquele lar, lia-se, meditava-se, faziam-se confidências. Naquele outro, alguém talvez tentasse sondar o espaço, consumindo-se em cálculos sobre a nebulosa de Andrômeda. Acolá, amavam-se. De longe em longe luziam aquelas luzes no campo, a reivindicarem alimento. Até as mais discretas, a do poeta, a do professor, a do carpinteiro. Mas, entre aquelas estrelas vivas, quantas janelas fechadas, quantas estrelas apagadas, quanta gente adormecida...

É preciso tentar a união. É preciso tentar a comunicação com algumas daquelas luzes que brilham de longe em longe, no campo.

I

A LINHA

1926. Eu acabava de entrar como jovem piloto de linha para a Société Latécoère que, antes da Aéropostale, depois Air France, estabelecia a ligação Toulouse–Dakar. Lá aprendia o ofício. Por minha vez, assim como meus colegas, passava pela fase de noviciado a que os jovens se submetiam antes de terem a honra de pilotar o correio aéreo. Treinos com aviões, viagens entre Toulouse e Perpignan, tristes aulas de meteorologia no fundo de um hangar glacial. Vivíamos a sentir temor pelas montanhas da Espanha, que ainda não conhecíamos, e respeito pelos veteranos.

Esses veteranos nós encontrávamos no restaurante; rabugentos, um pouco distantes, concediam-nos de muito alto seus conselhos. E quando algum deles, voltando de Alicante ou de Casablanca, chegava atrasado, com a roupa de couro empapada de chuva, e um de nós o interrogava timidamente sobre a viagem, suas respostas breves, nos dias de tempestade, erigiam para nós um mundo fabuloso, cheio de ciladas, armadilhas, penedos surgidos de repente e remoinhos capazes de arrancar cedros pelas raízes. Dragões negros defendiam a entrada dos vales, feixes de relâmpagos coroavam as cristas das montanhas. Aqueles veteranos sabiam como alimentar nosso respeito. Mas de vez em quando, respeitável para a eternidade, um deles deixava de voltar.

Lembro-me de um retorno de Bury, que depois morreu em Corbières. O velho piloto acabara de se sentar entre nós e comia sofregamente, sem dizer nada, com os ombros ainda curvados pelo esforço. Era o entardecer de um daqueles dias ruins em que, de uma ponta à outra da linha, o céu está nublado e todas as montanhas parecem ao piloto troar em meio à cerração como os canhões de amarras rompidas que sulcavam a coberta dos veleiros antigos. Olhei para Bury, engoli em seco e ousei afinal perguntar se o voo havia sido difícil. Bury não ouvia, tinha a testa enrugada e a cabeça inclinada sobre o prato. A bordo dos aviões descobertos, quando havia mau tempo, era preciso inclinar-se para fora do para-brisa para enxergar melhor, e as vergastadas do vento ficavam zumbindo por muito tempo nos ouvidos. Por fim, Bury ergueu a cabeça, pareceu ouvir-me, lembrar-se e, de repente, soltou uma risada clara. E aquela risada me deixou maravilhado, porque Bury ria pouco, aquela risada breve iluminava-lhe o cansaço. Não deu nenhuma outra explicação de sua vitória: baixou a cabeça e voltou a mastigar em silêncio. Mas, na insipidez do restaurante, entre os pequenos funcionários públicos que ali se refaziam das humildes fadigas do dia, aquele camarada de ombros pesados pareceu-me dotado de estranha nobreza; sob sua rude casca, ele deixava despontar o anjo que vencera o dragão.

Chegou enfim a tarde em que, por minha vez, fui chamado à sala do diretor. Ele me disse simplesmente:

– O senhor parte amanhã.

Fiquei ali, de pé, esperando que me desse licença para sair. Mas, depois de um momento de silêncio, acrescentou:

– Está bem a par das instruções?

Naquele tempo os motores não ofereciam a segurança dos motores de hoje. Muitas vezes nos abandonavam de repente, sem aviso prévio, com uma barulheira de louça quebrada. E nós partíamos para a crosta rochosa da Espanha, que oferecia poucos refúgios. "Aqui, quando o motor se quebra", dizíamos, "o avião não demora a fazer o mesmo." Mas avião é coisa que se substitui. O importante, acima de tudo, era não se aproximar do rochedo às cegas. Por isso, sob pena de gravíssimas punições, éramos proibidos de sobrevoar mares de nuvens acima das zonas montanhosas. O piloto que sofresse uma pane, mergulhando naquela estopa branca, iria se chocar contra os cumes, sem os ver.

Por isso, naquela tarde uma voz lenta insistia pela última vez na instrução:

– É muito bonito navegar com bússola, na Espanha, acima dos mares de nuvens; é muito elegante, mas…

E, mais lentamente ainda:

– … mas lembre-se: abaixo dos mares de nuvens… está a eternidade.

E eis que, subitamente, aquele mundo calmo, tão uniforme, tão simples, que se descobre ao emergir das nuvens, assumia valor desconhecido para mim. Aquela amenidade transformava-se em armadilha. Eu imaginava aquela imensa armadilha branca estendida ali, sob meus pés. Por debaixo não reinava, como se poderia crer, nem a agitação humana, nem o tumulto, nem a viva procissão das cidades, porém um silêncio ainda mais absoluto, uma paz mais definitiva. Aquele visco branco tornava-se para mim a fronteira entre o real e o irreal, entre o conhecido e o incognoscível. E eu já adivinhava que um espetáculo só tem sentido através de uma cultura, de uma civilização, de um ofício. Os montanheses também conheciam os mares de nuvens; no entanto, não viam neles aquela a cortina fabulosa.

Saí daquela sala sentindo um orgulho pueril. Naquele amanhecer, eu também ia ser responsável por passageiros, responsável pelo correio da África. Mas também sentia grande humildade. Julgava-me pouco preparado. A Espanha era pobre em refúgios; eu temia, diante de uma pane ameaçadora, não saber onde procurar um pouso de emergência. Debruçara-me sobre a aridez dos mapas, sem neles descobrir os ensinamentos de que precisava; por isso, com a alma cheia daquele misto de timidez e orgulho, fui passar aquela vigília de armas na casa de meu colega Guillaumet. Guillaumet precedera-me naquelas rotas. Guillaumet conhecia os truques que entregam as chaves da Espanha. Eu precisava ser iniciado por Guillaumet.

Quando entrei, ele sorriu:

– Estou sabendo da novidade. Está contente?

Foi ao armário apanhar o vinho do Porto e os copos, depois voltou, ainda sorrindo:

– Vamos regar isso. Você vai ver, vai correr tudo bem.

Espalhava confiança como uma lâmpada espalha luz aquele companheiro que mais tarde bateria o recorde de travessias do correio aéreo da Cordilheira dos Andes e do Atlântico Sul. Alguns anos antes disto, naquela noite, em mangas de camisa, com os braços cruzados sob a luz, sorrindo o mais benfazejo dos sorrisos, ele me disse simplesmente: "Tempestade, nevoeiro, neve são coisas que às vezes vão aborrecê-lo. Pense então em todos os que conheceram isso antes de você e diga simplesmente: o que outros conseguiram eu também posso conseguir". Enquanto isso, fui desenrolando meus mapas e pedi-lhe que de qualquer modo revisse um pouco comigo aquela viagem. E, debruçado sob a luz, apoiado ao ombro do veterano, reencontrei a paz do colégio.

Mas que estranha aula de geografia recebi! Guillaumet não me ensinava a Espanha: tornava a Espanha amiga minha. Não me falava de hidrografia, populações, rebanhos. Não me falava de Guadix, mas de três laranjeiras que margeiam um campo, perto de Guadix: "Desconfie delas; marque-as aí no mapa...". E as três laranjeiras passavam a ocupar mais espaço que a Serra Nevada. Não me falava de Lorca, mas de uma simples fazenda perto de Lorca. De uma fazenda viva. E do fazendeiro. E da fazendeira. E aquele casal perdido no espaço, a mil e quinhentos quilômetros de nós, assumia importância desmesurada. Bem instalados na vertente de sua montanha, como guardas de farol, sob as estrelas, os dois estavam prontos a prestar socorro aos outros.

Tirávamos assim do esquecimento, de sua inconcebível distância, detalhes ignorados por todos os geógrafos do mundo. Porque só o Ebro, que irriga grandes cidades, interessa aos geógrafos. Não aquele córrego escondido sob a relva a oeste de Motril, aquele pai nutridor de umas trinta flores... "Desconfie do córrego, ele arruína os campos... Ponha esse também no seu mapa." Ah, eu me lembraria da serpente de Motril! Parecia um nada, com seu leve murmúrio mal e mal enfeitiçava e atraía algumas rãs, mas dormia com um olho fechado e outro aberto. No paraíso do campo de emergência, deitada sob a relva, ela me espreitava a dois mil quilômetros dali. Na primeira ocasião me transformaria num feixe de chamas...

E eu esperava também, sem arredar pé, aqueles trinta carneiros de combate, dispostos ali, no flanco da colina, prontos a atacar: "Você acha que esse prado está desimpedido e aí, vapt!, olhe os trinta carneiros correndo para debaixo das rodas…". E eu respondia com um sorriso maravilhado a uma ameaça tão pérfida.

E, pouco a pouco, a Espanha de meu mapa, sob a lâmpada, se transformava num país de conto de fadas. Eu marcava com uma cruz os refúgios e as ciladas. Marcava aquele fazendeiro, aqueles trinta carneiros, aquele córrego. Punha em seu lugar exato aquela pastora desprezada pelos geógrafos.

Quando me despedi de Guillaumet, senti necessidade de andar por aquela noite gelada de inverno. Ergui a gola do sobretudo e, entre os transeuntes que nada sabiam, passeei um fervor jovem. Sentia-me orgulhoso de passar tão perto daqueles desconhecidos com meu segredo no coração. Eles não sabiam de mim, aqueles bárbaros, mas era a mim que confiariam suas preocupações e suas emoções ao raiar do dia, com a carga dos malotes postais. Era em minhas mãos que se liberariam de suas esperanças. Assim, embrulhado em meu capote, eu dava entre eles passos protetores, mas eles nada sabiam de minha solicitude.

Tampouco recebiam as mensagens que eu recebia da noite. Pois dizia respeito à minha própria carne aquela tempestade de neve que estaria se preparando, talvez, e que complicaria minha primeira viagem… Como aqueles transeuntes haveriam de saber de estrelas que se apagavam uma a uma? Só a mim se fazia aquela confidência. A mim eram comunicadas as posições do inimigo antes da batalha…

Enquanto isso, eu recebia aquelas instruções que me envolviam com tanta seriedade junto a vitrines iluminadas, onde brilhavam presentes de Natal. Ali pareciam estar expostos, naquela noite, todos os bens da terra, e eu saboreava a embriaguez orgulhosa da renúncia. Era um guerreiro ameaçado: que me importavam aqueles cristais cintilantes destinados às festas da noite, aqueles abajures, aqueles livros? Eu já me banhava no vento úmido dos Pirineus, eu, piloto de linha, já mordia a polpa amarga das noites de voo.

Eram três da madrugada quando me acordaram. Empurrei com um golpe seco as venezianas, observei que chovia sobre a cidade e vesti-me com circunspecção.

Meia hora depois, sentado em minha maleta, esperava na calçada reluzente de chuva que o ônibus passasse para me pegar. Tantos colegas antes de mim, no dia da consagração, haviam suportado aquela mesma espera, com o coração um pouco apertado. Surgiu afinal na esquina aquele veículo de antigamente, a espalhar um barulho de ferragens. E, tal como os colegas, tive, por minha vez, o direito de apertar-me no banco entre o aduaneiro estremunhado e alguns burocratas. Aquela jardineira recendia a ambiente fechado, a repartição pública empoeirada, velhos escritórios onde a vida humana atola. Parava a cada quinhentos metros para apanhar um secretário a mais, um aduaneiro a mais, um inspetor. Os que já tinham pegado no sono respondiam com um grunhido vago ao cumprimento daquele que chegava e se amontoava como podia, para logo adormecer também. Sobre o calçamento irregular de Toulouse, era uma espécie de comboio triste; e o piloto de linha, misturado aos funcionários públicos, a princípio mal se distinguia deles... Mas os postes de luz desfilavam, mas o campo de pouso se aproximava, mas aquele velho ônibus sacolejante era apenas uma crisálida cinzenta da qual o homem sairia transfigurado.

Cada colega, em madrugada semelhante, sentira em si mesmo, sob o subalterno vulnerável ainda submisso à acrimônia de algum inspetor, nascer o responsável pelo Correio da Espanha e da África, nascer aquele que, dali a três horas, enfrentaria, entre relâmpagos, o dragão de Hospitalet de Lobregat... que, vencido o dragão, dali a quatro horas decidiria com toda a liberdade e plenos poderes o desvio pelo mar ou o assalto direto aos maciços de Alcoy... que lidaria com a tempestade, a montanha, o oceano.

Cada colega, assim, confundido na equipe anônima, sob o escuro céu de inverno de Toulouse, sentira em madrugada semelhante crescer dentro de si o soberano que, dali a cinco horas, abandonando as chuvas e as neves do Norte, repudiando o inverno, reduziria a rotação do motor e começaria a descer em pleno verão, sob o sol resplandecente de Alicante.

Aquele velho ônibus desapareceu, mas sua austeridade e seu desconforto ainda vivem em minha lembrança. Ele simbolizava de fato a preparação necessária às duras alegrias de nosso ofício. Nele, tudo ganhava uma sobriedade impressionante. Lembro-me de nele ter ficado sabendo, três anos depois, sem que dez palavras fossem trocadas, da morte do piloto Lécrivain, um dos cem colegas da linha que, num dia ou numa noite de nevoeiro, partiram para a aposentadoria eterna.

Eram três horas da madrugada, reinava o mesmo silêncio, quando ouvimos o diretor, invisível na penumbra, elevar a voz para o inspetor:

– Lécrivain não aterrissou esta noite em Casablanca.

– Ah! – respondeu o inspetor. Ah?

E, arrancado dos sonhos, fez esforço para despertar, para demostrar aplicação, e acrescentou:

– Ah! É? Não conseguiu passar? Retornou?

A isso, do fundo do ônibus, foi-lhe respondido simplesmente: "Não". Esperamos a continuação, porém não veio nenhuma palavra mais. E, à medida que os segundos escoavam, tornava-se mais evidente que aquele "não" não seria seguido de nenhuma outra palavra, que aquele "não" era inapelável, que Lécrivain não só não havia aterrissado em Casablanca como nunca mais aterrissaria em parte alguma.

Assim, naquela madrugada, na alvorada de meu primeiro correio, eu me submetia, por minha vez, aos ritos sagrados do ofício e sentia faltar-me confiança, ao olhar, através dos vidros do ônibus, o macadame reluzente onde se refletiam os postes de iluminação. Nas poças de água, o vento punha a correr ondulações como folhas de palmeira. E eu pensava: "Realmente, para meu primeiro correio… tenho pouca sorte…". Ergui os olhos para o inspetor:

– Mau tempo, por aí?

Ele lançou para a vidraça um olhar cansado:

– Isso não quer dizer nada – resmungou afinal.

E eu me perguntava por quais sinais se reconheceria o mau tempo. Guillaumet, com um único sorriso, havia apagado na noite anterior todos os presságios funestos com que os veteranos nos acabrunhavam, mas agora eles me voltavam à memória: "Quem não conhece a linha, obstáculo por obstáculo, quando encontra uma tempestade de neve… eu o lastimo… Ah, sim, lastimo…". Eles precisavam salvar o prestígio e balançavam a cabeça encarando-nos com uma piedade um pouco constrangedora, como se lastimassem em nós uma candura inocente.

E, de fato, para quantos de nós aquele ônibus já servira de último refúgio? Sessenta, oitenta? Conduzidos pelo mesmo chofer taciturno, em madrugada de chuva… Eu olhava ao redor: pontos luminosos luziam na sombra, cigarros pontuavam meditações. Humildes meditações de escriturários envelhecidos. Para quantos de nós aqueles companheiros de viagem haviam servido de último cortejo?

Eu também surpreendia confidências trocadas em voz baixa. Versavam sobre doenças, dinheiro, tristes problemas domésticos. Mostravam os muros da prisão enfadonha em que aqueles homens tinham se encerrado. E, bruscamente, apareceu-me o rosto do destino.

Velho burocrata, meu companheiro aqui presente, ninguém nunca te propiciou a fuga e não és responsável por isso. Construíste tua paz à força de tapar com cimento, como os cupins, todas as saídas para a luz. Ficaste enrodilhado em tua segurança burguesa, em tuas rotinas, nos ritos sufocantes de tua vida provinciana; ergueste essa humilde muralha contra ventos, marés e estrelas. Não queres te preocupar com os grandes problemas e penaste bastante para esquecer a tua condição humana. Não és o habitante de um planeta errante e não te fazes perguntas sem resposta: és um pequeno-burguês de Toulouse. Ninguém te sacudiu pelos ombros quando ainda era tempo. Agora a argila de que és feito secou e endureceu, e ninguém em ti poderia doravante despertar o músico adormecido ou o poeta ou o astrônomo que talvez te habitassem no início.

Já não me queixo das rajadas de chuva. A magia do ofício abre para mim um mundo no qual, em menos de duas horas, enfrentarei dragões negros e cristas coroadas por uma cabeleira de relâmpagos azuis, no qual, com o cair da noite, lerei, liberto, meu caminho nos astros.

Assim se desenrolava nosso batismo profissional e começávamos a viajar. Aquelas viagens, no mais das vezes, eram sem incidentes. Descíamos em paz, como mergulhadores profissionais, para as profundezas de nosso domínio. Hoje ele está bem explorado. O piloto, o engenheiro de voo e o radiotelegrafista já não tentam uma aventura, mas se fecham num laboratório. Obedecem ao jogo dos ponteiros, não mais ao desenrolar das paisagens. Lá fora as montanhas estão imersas nas trevas, mas já não são montanhas. São potências invisíveis cuja abordagem é preciso calcular. O radiotelegrafista, aplicado, toma nota de números sob a lâmpada; o engenheiro de voo reconhece a posição e a indica no mapa, e o piloto corrige a rota, caso as montanhas tenham se desviado, caso os cumes que ele queria ultrapassar pela esquerda se enfileirem à sua frente no silêncio e no segredo dos preparativos militares.

Os radiotelegrafistas de plantão em terra, por sua vez, anotam aplicadamente em seus cadernos, no mesmo segundo, o que lhes dita o colega: "Meia-noite e quarenta, rota 230. Tudo bem a bordo".

Assim viaja hoje a tripulação. Não sente que está em movimento. Está longe de todos os referenciais, como à noite no mar. Mas os motores enchem aquela câmara iluminada de um frêmito que muda sua substância. Mas passa-se uma hora. Mas naqueles quadrantes, naquelas válvulas do rádio, naqueles ponteiros prossegue toda uma alquimia invisível. De segundo a segundo, aqueles gestos secretos, aquelas palavras abafadas, aquela atenção vão preparando o milagre. E, quando chega a hora, o piloto seguramente pode colar a testa à vidraça. Do Nada nasceu o ouro: ele brilha nas luzes da escala.

No entanto, todos nós tivemos viagens em que de repente, de um ponto de vista todo particular, a duas horas do local da escala sentimos nosso próprio distanciamento como não sentiríamos nas Índias e dele não temos esperança de voltar.

Assim Mermoz, quando atravessou o Atlântico pela primeira vez num hidroavião, atingiu ao entardecer a zona de convergência intertropical. Viu à sua frente os braços dos ciclones adensando-se de minuto a minuto, como se vê a construção de um muro, e depois viu a noite se estabelecer sobre aqueles preparativos e ocultá-los. E, quando abriu caminho sob as nuvens uma hora depois, desembocou num reino fantástico.

Trombas marinhas elevavam-se ali, amontoadas e aparentemente imóveis, como pilares negros de um templo. Infladas nas extremidades, elas sustentavam a abóbada escura e baixa da tempestade, mas, através das fendas da abóbada, caíam cortinas de luz, e a lua cheia brilhava entre os pilares, sobre as lajes frias do mar. E Mermoz seguiu caminho através daquelas ruínas desabitadas, rolando o aparelho de um canal de luz a outro, contornando aqueles pilares gigantescos onde, por certo, bramia a ascensão do mar, e avançou por quatro horas ao longo daquele fluxo de luar, rumo à saída do templo. E o espetáculo era tão avassalador que Mermoz, transposta aquela zona, percebeu que não tivera medo.

Lembro-me também de uma daquelas horas em que se transpõem as beiradas do mundo real: as indicações radiogoniométricas enviadas pelas escalas do Saara tinham sido erradas aquela noite toda e nos haviam enganado perigosamente, a mim e ao radiotelegrafista Néri. Quando, ao ver a água brilhar no fundo de uma abertura no nevoeiro, virei bruscamente na direção da costa, não podíamos saber há quanto tempo estávamos nos embrenhando em direção ao alto-mar.

Não tínhamos certeza de que chegaríamos à costa, porque talvez faltasse gasolina. Mas, atingida a costa, precisaríamos encontrar o campo de escala. Ora, era o momento em que a lua estava para se pôr. Sem indicações angulares, já surdos, íamos ficando cegos aos poucos. A lua acabava de se apagar, como uma brasa pálida, numa cerração parecida a um banco de neve. O céu, acima de nós, cobria-se de nuvens, e navegávamos então entre as nuvens e a cerração, num mundo vazio de luz e de substância.

Os locais de escala que nos respondiam desistiam de dar informações sobre nós mesmos: "Sem dados de posição... Sem dados de posição...", porque nossa voz lhes chegava de toda parte e de parte alguma.

E de repente, quando já desesperávamos, no horizonte à nossa frente, um pouco à esquerda, revelou-se um ponto brilhante. Senti alegria e agitação; Néri curvou-se para mim e o ouvi cantarolar. Só podia ser o local de escala, só podia ser o seu farol porque à noite o Saara se apaga por inteiro e forma um grande território morto. A luz, porém, cintilou um pouco e se extinguiu. Havíamos aproado para uma estrela, visível no horizonte apenas por alguns minutos durante o ocaso, entre a camada de cerração e as nuvens!

Então vimos outras luzes surgir e, com surda esperança, tomávamos o rumo delas, uma após outra. E, quando a luz perdurava, tentávamos a experiência vital: Néri ordenava à escala de Cisneros: "Luz à vista, acendam e apaguem seu farol três vezes". Cisneros acendia e apagava seu farol três vezes, mas a luz firme que observávamos não piscava, incorruptível estrela que era.

Embora a gasolina estivesse acabando, continuávamos mordendo aqueles anzóis de ouro; a cada vez era a verdadeira luz de um farol, a cada vez a escala e a vida; depois precisávamos mudar de estrela.

Então nos sentimos perdidos no espaço interplanetário, entre cem planetas inacessíveis, em busca do único planeta verdadeiro, do nosso, daquele único que continha nossas paisagens familiares, nossas casas amigas, nossas afeições.

Do único que continha… Eu lhes direi a imagem que me ocorreu, que talvez lhes pareça pueril. Mas no âmago do perigo conservamos preocupações humanas, e eu tinha sede, eu tinha fome. Se encontrássemos Cisneros, prosseguiríamos a viagem depois de encher o tanque de gasolina e aterrissaríamos em Casablanca, no frescor da manhãzinha. Tarefa cumprida! Néri e eu iríamos à cidade. Lá, logo ao amanhecer já há pequenos bistrôs abertos… Néri e eu nos sentaríamos a uma mesa, bem seguros, rindo da noite passada, diante de croissants quentes e café com leite. Néri e eu receberíamos aquele presente matinal da vida. Tal como a velha camponesa que só alcança seu deus por meio de uma imagem pintada, de uma medalha ingênua, de um rosário – pois é preciso que nos falem uma linguagem simples para podermos entender –, para mim a alegria de viver se concentrava naquele primeiro gole cheiroso e quente, naquela mistura de leite, café e trigo que nos comunga com as pastagens calmas, as plantações exóticas e a messe, que nos comunga com a Terra inteira. Entre tantas estrelas, só havia uma que, para estar ao nosso alcance, configuraria aquela tigela cheirosa da refeição matinal.

Mas entre nossa nave e essa Terra habitada acumulavam-se distâncias intransponíveis. Todas as riquezas do mundo se alojavam num grão de poeira perdido entre as constelações. E o astrólogo Néri, que procurava reconhecê-lo, continuava fazendo súplicas às estrelas.

De repente, ele empurrou meu ombro com o punho. No papel anunciado por aquele cutucão eu li: "Tudo vai bem, estou recebendo uma mensagem magnífica…". Esperei, com o coração palpitante, que ele acabasse de transcrever as cinco ou seis palavras que nos salvariam. Por fim recebi aquela dádiva do céu.

Estava datado de Casablanca, de onde havíamos saído na noite da véspera. Atrasada na transmissão, aquela mensagem nos chegava de repente, a dois mil quilômetros de distância, entre nuvens e brumas, perdidos no mar. Provinha do representante do Estado no aeroporto de Casablanca. Li: "Sr. Saint-Exupéry, vejo-me obrigado a pedir que Paris lhe aplique penalidades. O senhor guinou perto demais dos hangares, ao decolar de Casablanca". Era verdade que eu tinha guinado perto demais dos hangares. Era verdade também que, zangando-se, aquele homem cumpria seu dever. Eu teria recebido aquela admoestação com humildade num escritório de aeroporto. Mas ela nos chegava ali, quando não devia chegar… E destoava entre aquelas raríssimas estrelas, aquele leito de bruma, aquele gosto ameaçador do mar. Tínhamos nas mãos nosso destino, nosso correio, nossa nave, mal estávamos conseguindo navegar para a vida, e aquele homem desafogava seu ressentimento mesquinho em cima de nós. Mas, em vez de ficarmos irritados, Néri e eu sentimos enorme e repentina exultação. Ali éramos os senhores, e isso ele nos levava a descobrir. Então aquele cabo não havia notado em nossas mangas que já tínhamos sido promovidos a capitães? Ele perturbava nosso sonho, enquanto palmilhávamos com circunspecção o caminho da Grande Ursa a Sagitário, quando a única questão à nossa altura, a única que podia nos preocupar, era aquela traição da Lua!

O dever imediato, o único dever do planeta de onde aquele homem se manifestava era fornecer números exatos para nossos cálculos entre os astros. E os números estavam errados. Quanto ao resto, provisoriamente, o que o planeta devia fazer era calar-se. E Néri me escreveu: "Em vez de se distraírem com bobagens, seria melhor que eles nos levassem para algum lugar". Na palavra "eles" Néri resumia todos os povos do globo, com seus parlamentos, seus senados, suas marinhas, seus exércitos e seus imperadores. E, relendo aquela mensagem de um insensato que pretendia se haver conosco, virávamos de bordo em direção a Mercúrio…

Fomos salvos por insólito acaso: chegou uma hora em que, sacrificando a esperança de algum dia encontrar Cisneros e guinando perpendicularmente em direção à costa, decidi manter esse rumo até ficar sem gasolina. Desse modo salvava alguma chance de não afundar no mar. Infelizmente aqueles faróis enganadores nos haviam atraído para Deus sabe onde. Infelizmente também, a cerração em que seríamos obrigados, na melhor das hipóteses, a mergulhar em plena noite deixava-nos pouca probabilidade de tocar o solo sem bater. Mas eu não tinha escolha.

A situação era tão clara que dei de ombros, melancolicamente, quando Néri me entregou uma mensagem que uma hora antes teria nos salvado: "Cisneros resolve fornecer dados de posição. Cisneros diz: duzentos e dezesseis, em dúvida…". Cisneros já não estava afundada nas trevas, Cisneros revelava-se ali, tangível, à nossa esquerda. Sim, mas a que distância? Néri e eu tivemos uma rápida conversa. Era tarde demais. Estávamos de acordo. Correndo para Cisneros, aumentaríamos o risco de perder a costa. E Néri mandou a resposta: "Gasolina apenas para uma hora, mantemos direção noventa e três".

Mas agora os aeroportos de escala iam despertando um a um. Ao nosso diálogo misturavam-se as vozes de Agadir, Casablanca, Dakar. Os postos de radiotelegrafia de todas essas cidades haviam alertado os aeroportos. Os chefes dos aeroportos haviam alertado os colegas. E aos poucos eles se reuniam em torno de nós como em torno do leito de um doente. Cordialidade inútil, mas cordialidade, mesmo assim. Conselhos estéreis, mas tão ternos!

E subitamente surgiu Toulouse, Toulouse, início da linha, perdida acolá, a quatro mil quilômetros de distância. Toulouse instalou-se de repente entre nós e, sem preâmbulo: "O aparelho que está pilotando não é o F…?" (Esqueci a matrícula). "É." "Então ainda tem duas horas de gasolina. O tanque desse aparelho não é um tanque padrão. Voe para Cisneros."

Assim, as necessidades que um ofício impõe transformam e enriquecem o mundo. Um piloto de linha não precisa de uma noite como aquela para descobrir um sentido novo em velhos espetáculos. A paisagem monótona, que cansa o passageiro, é diferente para a tripulação. Aquela massa de nuvens que barra o horizonte deixa de ser um cenário para o piloto: ela irá dizer respeito a seus próprios músculos, irá propor-lhe problemas. Ele a leva em conta de imediato, ele a avalia; uma verdadeira linguagem a liga a ele. Eis um pico, ainda distante: que face ele mostrará ao piloto? Ao luar ele será o ponto de referência cômodo. Mas, se o piloto não estiver voando visualmente, se estiver com dificuldade para corrigir a deriva e tiver dúvida sobre sua posição, aquele pico se transformará em explosivo e encherá de ameaça a noite inteira, tal como uma única mina submersa, levada ao sabor das correntes, torna perigoso todo o mar.

Assim também variam os oceanos. Para os simples viajantes a tempestade é invisível: vistas de tão alto as ondas não têm relevo, e as massas de bruma marítima parecem imóveis. Só se exibem as grandes e alvas formas de palmas, marcadas de nervuras e rebarbas, como se estivessem tomadas por uma espécie de geada. Mas a tripulação considera que ali é vedada a amerissagem. Aquelas palmas, para eles, são semelhantes a grandes flores venenosas.

 E, ainda que a viagem seja ótima, o piloto que navega em algum lugar, por seu trecho de linha, não assiste a um simples espetáculo. As cores do céu e da terra, as pegadas do vento no mar, as nuvens douradas do crepúsculo não são objeto de admiração para ele, mas de meditação. Tal como o camponês que faz o giro de suas propriedades e, por mil sinais, prevê a marcha da primavera, a ameaça de geada, os prenúncios de chuva, o piloto profissional também decifra sinais de neve, sinais de nevoeiro, sinais de noite calma. A máquina, que a princípio parecia afastá-lo dos grandes problemas naturais, submete-o a eles com mais rigor ainda. Sozinho, no meio do vasto tribunal instalado por um céu tempestuoso, aquele piloto disputa seu aparelho com três divindades elementares: a montanha, o mar e a tempestade.

II

Os colegas

Alguns colegas, entre os quais Mermoz, fundaram a linha francesa de Casablanca a Dakar, através do Saara insubmisso. Os motores naquele tempo eram pouco resistentes, e uma pane pôs Mermoz nas mãos dos mouros; estes hesitaram em matá-lo, mantiveram-no prisioneiro durante quinze dias e depois o venderam. E Mermoz voltou a sobrevoar os mesmos territórios.

Quando se inaugurou a linha da América, Mermoz, sempre na vanguarda, foi encarregado de estudar o trecho de Buenos Aires a Santiago e de construir, depois da ponte sobre o Saara, uma ponte sobre os Andes. Entregaram-lhe um avião que alcançava o teto de cinco mil e duzentos metros. As cristas da Cordilheira se elevam a sete mil metros. E Mermoz decolou para procurar passagens. Depois da areia, Mermoz enfrentou a montanha: cimos que desfraldam lençóis de neve sob os ventos, a palidez das coisas antes da tempestade, turbulências tão fortes que, se ocorrem entre duas muralhas de rocha, obrigam o piloto a uma espécie de briga de faca. Mermoz entrava nesses combates sem nada saber do adversário, sem saber se é possível sair vivo de tais engalfinhamentos. Mermoz "experimentava" para os outros.

Um dia, afinal, depois de tanto "experimentar", ele se viu prisioneiro dos Andes.

Ele e seu engenheiro de voo foram parar num planalto de paredes verticais de quatro mil metros de altura; tentaram durante dois dias fugir de lá. Estavam presos. Então arriscaram a última cartada: lançaram o avião no vazio, ricochetearam diversas vezes sobre o solo irregular, até o precipício e nele afundaram. Na queda, o avião finalmente ganhou velocidade suficiente para obedecer de novo aos comandos. Mermoz cabrou diante de uma crista, passou por ela roçando e, com água a esguichar de todas as tubulações furadas durante a noite pela ação do gelo, já em pane depois de sete minutos de voo, descobriu lá embaixo a planície chilena como a Terra Prometida.

No dia seguinte, recomeçava.

Depois de bem explorados os Andes e de bem aperfeiçoada a técnica da travessia, Mermoz confiou esse trecho ao colega Guillaumet e foi explorar a noite.

A iluminação de nossas escalas ainda não estava pronta, e nos campos de pouso, em noites de total escuridão, era alinhada diante de Mermoz a magra iluminação de três fogueiras alimentadas a gasolina.

Ele se arranjou e abriu a rota.

Depois que a noite estava bem domada, Mermoz tentou o Oceano. E, a partir de 1931, o correio foi transportado pela primeira vez em quatro dias de Toulouse a Buenos Aires. Na volta, Mermoz teve uma avaria no sistema de lubrificação bem no meio do Atlântico Sul, com mar encapelado. Ele, o avião e a tripulação foram salvos por um navio.

Assim, Mermoz havia desbravado as areias, a montanha, a noite e o mar. Afundara mais de uma vez nas areias, na montanha, na noite, no mar. E, quando voltava, era para recomeçar.

Por fim, após doze anos de trabalho, sobrevoando mais uma vez o Atlântico Sul, ele anunciou numa mensagem rápida que estava desligando o motor direito traseiro. Depois, silêncio.

Apesar de a notícia não parecer muito preocupante, após dez minutos de silêncio todos os postos de rádio da linha, de Paris a Buenos Aires, começaram sua vigília angustiosa. Porque, se na vida quotidiana dez minutos de atraso têm pouco sentido, no correio aéreo esse prazo assume grande significado. No coração desse tempo morto está contido um acontecimento ainda desconhecido. Insignificante ou funesto, ele já ocorreu. O destino pronunciou sua sentença e contra essa sentença não há apelação: uma mão de ferro dirigiu a tripulação para a amerissagem sem gravidade ou para a aniquilação. Mas o veredicto só é comunicado aos que esperam.

Qual de nós não conheceu essas esperanças cada vez mais frágeis, esse silêncio que piora de minuto a minuto como uma doença fatal? Esperávamos, depois as horas foram passando e, aos poucos, se fez tarde. Fomos obrigados a reconhecer que nossos camaradas não voltariam, que repousavam naquele Atlântico Sul cujo céu eles tantas vezes haviam sulcado. Mermoz, decididamente, abrigara-se atrás de sua obra, tal como o ceifador que, depois de amarrar bem seus feixes de trigo, deita-se no trigal.

Quando um colega morre assim, sua morte ainda parece um ato que está na ordem do ofício e, de início, talvez fira menos que qualquer outra morte. É verdade que ele se afastou, que teve sua última alteração de escala, mas sua presença ainda não nos faz profunda falta, como poderia nos fazer falta o pão.

Estamos acostumados a esperar muito tempo os reencontros. Pois esses companheiros de linha estão espalhados pelo mundo, de Paris a Santiago do Chile, isolados mais ou menos como sentinelas que pouco se falariam. É preciso que o acaso das viagens reúna, aqui ou ali, os membros dispersos da grande família profissional. Em torno de uma mesa, alguma noite, em Casablanca, Dakar, Buenos Aires, depois de anos de silêncio retomam-se conversas interrompidas e reatam-se velhas lembranças. Depois, parte-se de novo. A Terra, assim, é ao mesmo tempo deserta e rica. Rica de jardins secretos, escondidos, difíceis de alcançar, mas aos quais o ofício nos conduz sempre, um dia ou outro. Quanto aos companheiros, a vida talvez nos afaste deles, impeça-nos de pensar neles, mas estão em algum lugar, não se sabe bem onde, silenciosos e esquecidos, mas tão fiéis! E, se cruzamos seus caminhos, eles nos sacodem pelos ombros com belas efusões de alegria. Sem dúvida, estamos acostumados a esperar...

Mas aos poucos descobrimos que não ouviremos nunca mais o riso franco daquele companheiro, descobrimos que aquele jardim nos está vedado para sempre. Então começa nosso luto de verdade, que não é pungente, mas um pouco amargo.

Porque nada, jamais, substituirá o companheiro perdido. Não há como criar velhos camaradas. Nada vale o tesouro de tantas recordações comuns, de tantas horas difíceis vividas em conjunto, de tantas desavenças, de tantas reconciliações, de tantas reações emocionais. Não se reconstroem essas amizades. Quem planta um carvalho espera em vão abrigar-se logo sob sua folhagem.

Assim caminha a vida. No início, enriquecemos, plantamos durante anos, mas chegam os anos em que o tempo desfaz esse trabalho, abate essas árvores. Os companheiros, um a um, vão retirando sua sombra. E aos nossos lutos mistura-se então o pesar secreto de envelhecer.

Essa é a moral que Mermoz e outros nos ensinaram. A grandeza de uma profissão talvez seja, acima de tudo, unir homens: só existe um luxo de verdade, o das relações humanas.

Trabalhando só pelos bens materiais construímos nós mesmos nossa prisão. Encerramo-nos nela, solitários, com nossa moeda de cinzas que não propicia nada que valha a pena viver.

Se em minhas lembranças eu buscar as que me deixaram um sabor duradouro, se fizer o balanço das horas que foram importantes, sem dúvida encontrarei aquelas que nenhuma fortuna me teria proporcionado. Não se compra a amizade de um Mermoz, de um companheiro a quem as provações vividas em comum nos ligaram para sempre.

Uma noite de voo e suas cem mil estrelas, a serenidade, a soberania de algumas horas, isso o dinheiro não compra.

O aspecto novo do mundo depois de uma etapa difícil, as árvores, as flores, as mulheres, os sorrisos recém-coloridos pela vida que acaba de nos ser devolvida com o alvorecer, o concerto de pequenas coisas que nos recompensam, isso o dinheiro não compra.

Nem aquela noite vivida entre revoltosos, de que me lembro agora.

Éramos três tripulações da Aéropostale paradas ao cair do dia na costa de Rio de Ouro. Meu companheiro Riguelle pousara primeiro por causa do rompimento de uma biela; outro colega, Bourgat, aterrissara para recolher sua tripulação, mas uma avaria sem gravidade o prendera ao solo. Por fim aterrissei eu, mas, quando cheguei, a noite já caía. Resolvemos salvar o avião de Bourgat, e, para fazer um bom conserto, era preciso esperar o dia.

Um ano antes nossos colegas Gourp e Érable, sofrendo uma pane naquele mesmo lugar, haviam sido assassinados pelos revoltosos. Sabíamos que naquele dia também um bando armado com trezentos fuzis estava acampado em algum lugar de Bojador. Nossas três aterrissagens, visíveis de longe, talvez os tivessem alertado, e nós começávamos uma vigília que podia ser a última.

Portanto, instalamo-nos para a noite. Tínhamos desembarcado do compartimento de carga cinco ou seis caixas de mercadorias, que esvaziamos e dispusemos em círculo, acendendo no fundo de cada uma, como numa guarita, uma mísera vela, mal protegida do vento. Assim, em pleno deserto, sobre a crosta nua do planeta, num isolamento dos primórdios do mundo, tínhamos construído uma aldeia humana.

Reunidos para passar a noite na grande praça de nossa aldeia, aquele retalho de areia sobre o qual nossas caixas lançavam clarões bruxuleantes, ficamos esperando. Esperávamos a aurora que nos salvaria, ou os mouros. E não sei o que dava àquela noite um sabor de Natal. Rememorávamos velhas histórias, fazíamos piadas uns com os outros e cantávamos.

Saboreávamos o mesmo fervor leve do auge de uma festa bem preparada. No entanto, éramos infinitamente pobres. Vento, areia, estrelas. Estilo duro, para trapistas. Mas naquele lençol de areia mal iluminado seis ou sete homens que nada possuíam no mundo além de lembranças comungavam riquezas invisíveis.

Finalmente nos encontráramos. As pessoas andam lado a lado por muito tempo, cada uma fechada em seu próprio silêncio ou trocando palavras que não transportam nada. Mas chega a hora do perigo. Então uma se ampara na outra. Descobrem que pertencem à mesma comunidade. Cada uma se engrandece com a descoberta de outras consciências. Passam a olhar-se com um grande sorriso. Parecem prisioneiros libertos que se maravilham com a imensidão do mar.

2

Guillaumet, vou dizer algumas palavras sobre você, mas não vou aborrecê-lo, insistindo demais em sua coragem e seu valor profissional. É outra coisa que gostaria de descrever, contando a mais bela de suas aventuras.

Há uma qualidade que não tem nome. Talvez seja "seriedade", mas essa palavra não satisfaz. Pois tal qualidade pode vir acompanhada de uma alegria sorridente. É a qualidade do carpinteiro que se põe de igual para igual diante de seu pedaço de madeira, apalpa-o, mede-o e, em vez de tratá-lo com leviandade, reúne todas as virtudes para lidar com ele.

Li no passado, Guillaumet, uma narrativa em que se celebrava a sua aventura e tenho velhas contas para ajustar com aquela imagem infiel. Ali você era visto como alguém que lança frases de Gavroche*, como se a coragem consistisse em rebaixar-se a piadas de colegial em meio a enormes perigos ou na hora da morte. Não o conheciam, Guillaumet. Você não sente a necessidade de ridicularizar os adversários antes de enfrentá-los. Diante de forte tempestade, você julga: "Essa é uma tempestade forte". Aceita-a e mede-a.

---

* Personagem do romance *Os miseráveis*, de Victor Hugo. Moleque de rua, esperto e espirituoso, participa da insurreição de 1832. (N. T.)

Trago-lhe aqui, Guillaumet, o testemunho de minhas lembranças.

Fazia cinquenta horas que você tinha desaparecido durante uma travessia dos Andes, no inverno. Voltando do fundo da Patagônia, encontrei o piloto Deley, em Mendoza. E ambos, durante cinco dias, esquadrinhamos de avião aquela profusão de montanhas, sem nada descobrir. Nossos dois aparelhos não bastavam. Parecia-nos que cem esquadrilhas, navegando cem anos, não conseguiriam explorar todo aquele enorme maciço cujas cristas se elevam até sete mil metros. Tínhamos perdido as esperanças. Até mesmo os contrabandistas, bandidos que por aquelas bandas cometem crimes por cinco francos, recusavam-se a aventurar caravanas de socorro nos contrafortes das montanhas. "Vamos arriscar a vida", diziam. "No inverno, os Andes não devolvem ninguém." Quando Deley ou eu aterrissávamos em Santiago, os próprios oficiais chilenos nos aconselhavam a suspender as buscas. "É inverno. Esse colega de vocês, se tiver sobrevivido à queda, não sobreviveu à noite. Lá em cima, a noite, quando passa sobre alguém, transforma esse alguém em gelo." E eu, quando me insinuava de novo entre as paredes e os pilares gigantescos dos Andes, tinha a impressão de que já não o procurava, mas velava seu corpo, em silêncio, numa catedral de neve.

Finalmente, no sétimo dia, estava eu almoçando num restaurante de Mendoza, no intervalo entre dois voos, quando um homem empurrou a porta e gritou... pouca coisa:

– Guillaumet... vivo!

E todos os desconhecidos que ali estavam abraçaram-se.

Dez minutos depois eu já tinha decolado, levando a bordo dois engenheiros de voo, Lefebvre e Abri.

Quarenta minutos depois, havia aterrissado à beira de uma estrada, por ter reconhecido, não sei como, o carro que o levava não sei para onde, pelos lados de San Rafael. Foi um belo encontro: todos chorávamos e o abraçávamos apertado, vivo, ressuscitado, autor de seu próprio milagre. Foi então que você exprimiu, na sua primeira frase inteligível, um admirável orgulho humano: "O que eu fiz, juro, nenhum bicho teria feito".

Mais tarde você nos contou o acidente.

Diante de uma tempestade que, na vertente chilena dos Andes, despejou cinco metros de espessura de neve em quarenta e oito horas, fechando o céu inteiro, os americanos da Pan-Air haviam feito meia-volta. Mesmo assim, você decolava à procura de uma abertura no céu. Descobriu essa armadilha um pouco mais ao sul, e então, a cerca de seis mil e quinhentos metros, dominando o teto de nuvens a seis mil metros de altura, do qual só emergiam as mais altas cristas, você rumou para a Argentina.

As correntes descendentes de ar às vezes dão ao piloto uma estranha sensação de mal-estar. O motor gira redondo, mas a gente afunda. O piloto cabra o avião para manter altitude, o avião perde velocidade e força: continua-se afundando. A gente empurra o manche, temendo ter cabrado demais, e se deixa derivar para a direita ou a esquerda, procurando dar as costas ao pico favorável, o que receba os ventos como um trampolim, mas continua-se afundando. É o céu inteiro que parece estar baixando. A gente então se sente numa espécie de acidente cósmico. Não há refúgio. Tenta-se em vão dar meia-volta para retornar às zonas em que o ar, sólido e pleno como um pilar, sustentava o aparelho. Mas já não há pilares. Tudo se decompõe, e a gente resvala para o desabamento universal, indo em direção à nuvem que vai subindo frouxamente, que se eleva até nós e nos absorve.

"Eu tinha quase ficado encurralado", dizia você, "mas ainda não estava convencido. A gente encontra correntes descendentes acima de nuvens que parecem estáveis pela simples razão de que na mesma altitude elas se recompõem indefinidamente. Tudo é tão esquisito no alto das montanhas…"

E que nuvens!

"Logo que me vi sem ação, larguei os comandos, agarrando-me ao assento para não ser projetado para fora. As sacudidas eram tão fortes que as correias me feriam os ombros e estavam para rebentar. Além disso, o congelamento tinha me deixado sem qualquer horizonte instrumental, e o avião caiu rolando como um chapéu, de seis mil a três mil e quinhentos metros.

"A três mil e quinhentos metros, avistei uma massa negra, horizontal, que me permitiu estabilizar o avião. Era uma lagoa que reconheci: a Laguna del Diamante. Sabia que ela estava situada no fundo de um funil de cujos flancos o vulcão Maipu se eleva a seis mil e novecentos metros. Apesar de estar livre das nuvens, eu ainda era cegado por espessos turbilhões de neve e não podia deixar o lago para trás sem me espatifar contra as paredes do funil. Então fiquei dando voltas em torno da lagoa, a trinta metros de altura, até acabar a gasolina. Depois de duas horas de carrossel, pousei e capotei. Quando me soltava do avião, fui derrubado pela tempestade. Consegui ficar de pé, ela me derrubou outra vez. Fui obrigado a engatinhar para debaixo da carlinga e cavar um abrigo na neve. Lá me embrulhei em malotes postais e fiquei à espera, durante quarenta e oito horas.

"Depois disso, quando a tempestade amainou, comecei a marcha. Andei cinco dias e quatro noites."

Mas o que restava de você, Guillaumet? Nós o encontrávamos vivo, mas calcinado, mas engelhado, mas vergado como uma velha! Naquela noite mesmo eu o levei de avião para Mendoza, onde lençóis brancos se depositavam sobre você como um bálsamo. Mas não o curavam. Você estava tolhido por aquele corpo dolorido e o virava e revirava sem conseguir alojá-lo no sono. Seu corpo não esquecia os rochedos e as neves. Você estava marcado por eles. Eu observava seu rosto escurecido, intumescido como um fruto maduro que tivesse sido machucado. Você estava muito feio, mísero, tinha perdido o uso dos belos instrumentos de seu trabalho: as mãos, que continuavam entorpecidas, e os pés congelados que pendiam como dois pesos mortos, quando você se sentava na beira da cama para respirar. E sua viagem não terminara; você ainda ofegava e, quando se virava no travesseiro em busca de paz, uma procissão de imagens que você não conseguia deter, uma procissão que esperava impaciente atrás das coxias, logo se punha em movimento no seu cérebro. Desfilava. E você recomeçava vinte vezes o combate contra os inimigos que ressuscitavam das cinzas.

Eu o enchia de beberagens.

– Beba, meu velho!

– O que mais me espantou... sabe...

Pugilista vitorioso, mas marcado pelos fortes golpes recebidos, você revivia sua estranha aventura. Ia se livrando dela aos pedaços. E eu o via, ao longo de sua narrativa noturna, andando, sem *piolet*, sem cordas, sem víveres, escalando gargantas de quatro mil e quinhentos metros ou avançando ao longo de paredes verticais, com pés, joelhos e mãos sangrando, sob quarenta graus negativos. Exaurido aos poucos de sangue, forças e razão, você avançava com teimosia de formiga, voltando atrás para contornar um obstáculo, erguendo-se depois das quedas, subindo encostas que iam dar em abismos, não se concedendo nenhum repouso, pois você não se reergueria do leito de neve.

Porque, quando escorregava, você precisava se levantar depressa, para não ser transformado em pedra. O frio o petrificava de segundo a segundo e, se depois de um tombo tivesse saboreado um minuto de descanso a mais, para se reerguer você precisaria pôr em ação músculos mortos.

Você resistia às tentações. Dizia-me: "Na neve a gente perde qualquer instinto de conservação. Depois de dois, três, quatro dias de marcha, só se deseja o sono. Eu o desejava. Mas pensava: 'Minha mulher, se acha que estou vivo, acha que estou andando. Meus colegas acham que estou andando. Todos eles têm confiança em mim. Serei um covarde se não andar'".

E você andava e, a cada dia, com a ponta do canivete, cortava um pouco mais o cano dos sapatos, para que os pés congelados e inchados pudessem caber.

Você me fez esta estranha confidência:

"A partir do segundo dia meu trabalho maior foi me impedir de pensar. Sofria demais, e minha situação era por demais desesperada. Para ter coragem de andar, precisava não pensar nela. Infelizmente, eu não controlava bem meu cérebro, ele funcionava como uma turbina. Mas eu ainda podia escolher as suas imagens. Seduzia-o com um filme, um livro. E o filme ou o livro desfilavam em mim a toda velocidade. Aí aquilo me levava de volta à minha situação presente. Infalivelmente. Então eu o lançava a outras recordações."

Uma vez, porém, tendo escorregado e caído de bruços na neve, você desistiu de se levantar. Parecia o pugilista que, perdendo o entusiasmo por efeito de uma pancada, fica ouvindo, num mundo estranho, os segundos escoar um a um, até o décimo, inapelável.

"Fiz o que pude e já não tenho esperança, por que me obstinar nesse martírio?" Bastava-lhe fechar os olhos para no mundo se fazer a paz. Para apagar do mundo rochedos, geleiras, neve. Tão logo fechadas essas pálpebras miraculosas, já não haveria golpes, quedas, músculos dilacerados, gelo ardente, nem peso da vida para arrastar quando se avança como um boi e a vida pesa mais que um carro. Você já sentia gosto por aquele frio que se tornara veneno e que, como a morfina, agora o enchia de beatitude. Sua vida refugiava-se em torno do coração. Alguma coisa doce e preciosa se aninhava no centro de seu ser. A consciência abandonava pouco a pouco as regiões longínquas daquele corpo que, qual animal até então saturado de sofrimentos, já participava da indiferença do mármore.

Até mesmo seus escrúpulos se abrandavam. Nossos apelos já não o atingiam ou, mais precisamente, transformavam-se para você em apelos de sonho. Você respondia feliz, com marcha de sonho, com grandes passadas fáceis que lhe abriam sem esforço as delícias das planícies. Com que facilidade se introduzia num mundo que se tornara afável! O regresso, Guillaumet, você, avaro, nos recusava.

Os remorsos vieram das profundezas de sua consciência. Ao sonho misturaram-se de repente detalhes precisos. "Eu pensava em minha mulher. Minha apólice de seguro de vida a salvaria da miséria. Sim, mas o seguro…"

Em caso de desaparecimento, a morte legal demora quatro anos para ser declarada. Esse detalhe se mostrou fulgurante, ofuscando todas as outras imagens. Ora, você estava deitado de bruços, num forte declive de neve. Seu corpo, quando chegasse o verão, rolaria com a lama para uma das mil fendas dos Andes. Você sabia disso. Mas sabia também que cinquenta metros à sua frente emergia um rochedo. "Pensei: se me levantar, talvez possa atingi-lo. E, se eu escorar o corpo na pedra, no verão ele será encontrado…"

Uma vez de pé, você andou duas noites e três dias. Mas achava que não ia muito longe:

"Eram muitos os sinais que me levavam a prever o fim. Um deles é que eu era obrigado a parar de duas em duas horas, mais ou menos, para abrir um pouco mais meus sapatos, esfregar neve nos pés que inchavam ou simplesmente dar descanso ao coração. Mas nos últimos dias eu estava perdendo a memória. Muito tempo depois de recomeçar a marcha eu tinha um lampejo: a cada vez tinha esquecido alguma coisa. Da primeira, foi uma luva, o que era grave, por causa do frio! Eu a tinha posto diante de mim e partira sem a apanhar. Depois foi o relógio. Depois o canivete. Depois a bússola. A cada parada eu ficava mais pobre…

"O que salva é dar um passo. Mais um passo. É sempre o mesmo passo que se recomeça…"

"O que eu fiz, juro, bicho nenhum teria feito." Essa frase, a mais nobre que conheço, esta frase que situa o homem, que o honra, que restabelece as hierarquias verdadeiras, voltava-me à memória. Você dormia finalmente, sua consciência estava abolida, mas daquele corpo desmantelado, engelhado, ressequido ela renasceria ao despertar e de novo o dominaria. O corpo, então, nada mais é que um bom instrumento, nada mais é que um servidor. E esse orgulho do bom instrumento você também sabia exprimir, Guillaumet:

"Sem comida, você pode imaginar que, depois de três dias de marcha… meu coração não tinha lá muita força… Pois então! Numa encosta vertical, eu ia avançando, suspenso acima do vazio, cavando buracos para enfiar as mãos, e de repente meu coração entra em pane… Vacila, volta a funcionar… Bate atravessado… Sinto que, se ele vacilar um segundo a mais, vou me render. Não me mexo, fico me escutando… Nunca – viu? – nunca no avião me senti tão agarrado ao motor como me senti durante aqueles minutos preso às batidas do meu coração. Eu dizia a ele: 'Vamos, mais um esforço! Tente continuar batendo…'. Mas era um coração de boa qualidade! Ele vacilava, mas sempre voltava a funcionar… Se você soubesse como tive orgulho desse coração!"

No quarto de Mendoza, onde eu o assistia, você finalmente caiu num sono arquejante. E eu pensava: "Se alguém lhe falasse de sua coragem, Guillaumet daria de ombros. Mas também o trairia quem celebrasse sua modéstia. Ele está muito além dessa qualidade medíocre. Se dá de ombros, é por sabedoria. Ele sabe que quem é arrebatado pelo acontecimento deixa de sentir medo. Só o desconhecido amedronta. Mas, para quem o enfrenta, ele já não é o desconhecido. Sobretudo se observado com essa gravidade lúcida. A coragem de Guillaumet é, antes de tudo, efeito de sua integridade".

Sua verdadeira qualidade não está aí. Sua grandeza está em sentir-se responsável. Responsável por si mesmo, pelo seu avião e pelos companheiros que o esperam. Em suas mãos está a tristeza ou a alegria deles. Responsável pelo que de novo se constrói acolá, entre os vivos, e de que ele deve participar. Responsável um pouco pelo destino dos homens, na medida de seu trabalho.

Ele está entre os seres amplos que aceitam cobrir amplos horizontes com sua ramada. Ser homem é precisamente ser responsável. É sentir vergonha diante de uma miséria que não parece depender dele. É ter orgulho de uma vitória dos companheiros. É colocar sua pedra e sentir que contribui para construir o mundo.

Há quem queira identificar tais homens com toureiros e jogadores. Gabam neles o desprezo pela morte. Mas pouco se me dá o desprezo pela morte. Se esse desprezo não tiver raízes numa responsabilidade aceita, será apenas sinal de pobreza ou de excesso de juventude. Conheci um suicida jovem. Não sei que desgosto de amor o levou a disparar diligentemente uma bala no coração. Não sei a que tentação literária cedera ao calçar luvas brancas, mas me lembro de que minha impressão, diante daquela triste ostentação, não foi de nobreza, mas de miséria. Ali, por detrás daquele rosto amável, debaixo daquele crânio humano, não houvera nada. Nada, apenas a imagem de alguma mocinha tola, igual às outras.

Pensando nesse destino magro, eu me lembrava de uma verdadeira morte de homem. A morte de um jardineiro, que me dizia: "Sabe... às vezes, eu suava quando cavoucava a terra. O reumatismo me dava dor na perna, e eu praguejava contra aquela escravidão. Pois hoje eu gostaria de cavoucar, de enfiar a pá na terra... Esse serviço hoje me parece tão bonito! A gente é tão livre quando está cavoucando! E depois, quem vai podar minhas árvores?". Ele estava deixando uma terra de pousio. Deixando um planeta de pousio. E estava ligado por amor a todas as terras e a todas as árvores da Terra. Era ele o generoso, o pródigo, o grande senhor! Era ele, como Guillaumet, o homem corajoso, quando, em nome de sua Criação, lutava contra a morte.

III

O AVIÃO

Que importa, Guillaumet, se seus dias e suas noites de trabalho se escoam na atividade de controlar manômetros, equilibrar-se sobre giroscópios, auscultar sopros de motores, apoiar-se contra quinze toneladas de metal: os problemas que se apresentam são, afinal, problemas humanos, e você atinge de imediato, em pé de igualdade, a nobreza de um montanhês. Tanto quanto um poeta, você sabe saborear o prenúncio da aurora. Do fundo do abismo das noites difíceis, você desejou tantas vezes o aparecimento daquele buquê pálido, daquela claridade que, a leste, brota das terras negras... Algumas vezes essa fonte miraculosa se degelou à sua frente, lentamente, e o curou quando você acreditava estar morrendo.

O uso de um instrumento avançado não fez de você um técnico estéril. Parece-me que confundem fins e meios aqueles que se horrorizam demais com nossos progressos técnicos. Na verdade, quem luta apenas na esperança de bens materiais não colhe nada pelo que valha a pena viver. Mas a máquina não é um fim. O avião não é um fim: é um instrumento. Um instrumento como a charrua.

Se achamos que a máquina estraga o homem, talvez seja porque ainda não temos perspectiva suficiente para julgar os efeitos de transformações tão rápidas quanto essas pelas quais passamos. O que são os cem anos da história da máquina em comparação com os duzentos mil anos da história do homem? Mal nos instalamos nessa paisagem de minas e de centrais elétricas. Mal começamos a habitar essa casa nova que nem acabamos de construir. Tudo mudou tão depressa em torno de nós: relações humanas, condições de trabalho, costumes... Até mesmo nossa psicologia foi sacudida nas bases mais íntimas. As noções de separação, ausência, distância, retorno, embora expressas pelas mesmas palavras, já não contêm as mesmas realidades. Para apreender o mundo hoje usamos uma linguagem que foi estabelecida para o mundo de ontem. E a vida do passado parece corresponder melhor à nossa natureza pelo simples motivo de corresponder melhor à nossa linguagem.

Cada progresso nos empurrou para um pouco mais longe de hábitos que mal havíamos adquirido, e somos realmente emigrantes que ainda não fundaram sua pátria.

Somos todos jovens bárbaros ainda maravilhados pelos brinquedos novos. Nossas corridas de avião não têm outro sentido. Este sobe mais, aquele corre mais. Esquecemos por que o fazemos correr. A corrida, provisoriamente, sobrepuja seu objeto. E sempre é assim mesmo. Para os militares das tropas coloniais, que fundam um império, o sentido da vida é conquistar. O soldado despreza o colono. Mas o fim daquela conquista não era o estabelecimento daquele colono? Assim também, na exaltação de nossos progressos, pusemos o homem a serviço do estabelecimento de vias férreas, da construção de fábricas, da perfuração de poços de petróleo. Esquecemos um pouco que erigíamos tais construções para servir ao homem. Durante o período da conquista, nossa moral foi uma moral de soldados. Mas agora precisamos colonizar. Precisamos tornar viva essa casa nova que ainda não tem rosto. Para um, a verdade foi construir; para outro, é habitar.

Sem dúvida, nossa casa aos poucos se tornará mais humana. A própria máquina, quanto mais se aperfeiçoa, mais se apaga atrás de sua função. Parece que todo esforço industrial humano, todos os cálculos, todas as noites de vigília sobre croquis conduzem, como signos visíveis, apenas à simplicidade, como se fosse necessária a experiência de várias gerações para ir depreendendo aos poucos a curva de uma coluna, de uma quilha ou de uma fuselagem de avião até lhes dar a pureza elementar da curva de um seio ou de um ombro. Parece que o trabalho de engenheiros, desenhistas e calculistas dos escritórios de planejamento é, apenas, polir, disfarçar, tornar mais leve uma junta, equilibrar uma asa até que ninguém a note, até que deixe de haver uma asa presa a uma fuselagem, e sim uma forma perfeitamente desabrochada, liberta de sua ganga, uma espécie de conjunto espontâneo, misteriosamente unido e da mesma qualidade de um poema. Parece que a perfeição não é atingida quando já não há o que acrescentar, mas quando já não há o que retirar. Ao cabo de sua evolução, a máquina se dissimula.

Desse modo, a perfeição do invento confina com a ausência de invenção. E, assim como no instrumento toda a mecânica aparente foi se apagando aos poucos, até termos em mãos um objeto tão natural quanto um seixo polido pelo mar, também é admirável o modo como, em seu uso, a máquina aos poucos se faz esquecer.

Estávamos, outrora, em contato com uma usina complicada. Hoje, esquecemos que o motor gira. Ele cumpre sua função, que é girar, tal como um coração bate, e tampouco prestamos atenção ao nosso coração. A atenção já não é absorvida pelo instrumento. Para além do instrumento e através dele o que reencontramos é a velha natureza, a natureza do jardineiro, do navegante, do poeta.

É com a água, é com o ar que o piloto entra em contato ao decolar. Quando os motores são ligados, quando o aparelho já sulca o mar, seu casco soa como um gongo de encontro à dura marulhada, e o piloto pode acompanhar esse trabalho no tremor de suas costas. Ele sente que o hidroavião, segundo a segundo, à medida que vai ganhando velocidade, se enche de poder. Sente preparar-se naquelas quinze toneladas de matéria a maturidade que possibilita o voo. O piloto cerra as mãos sobre os comandos e, aos poucos, recebe em suas palmas côncavas aquele poder como uma dádiva. Os órgãos de metal dos comandos, à medida que essa dádiva lhe é concedida, tornam-se mensageiros de sua potência. Quando ela está madura, num movimento mais flexível que o de colher uma flor, o piloto separa o avião das águas e o estabelece nos ares.

IV

O avião e o planeta

1

O avião é sem dúvida uma máquina, mas que instrumento de análise! Esse instrumento nos permitiu descobrir o verdadeiro rosto da Terra. De fato, as estradas nos enganaram durante séculos. Parecíamos aquela soberana que quis conhecer seus súditos e saber se eles gostavam de seu reinado. Os cortesãos, para enganá-la, erigiram ao longo do caminho alguns cenários felizes e pagaram figurantes para dançar. Fora daquele estreito fio condutor, ela não avistou nada de seu reino e não ficou sabendo que pelos campos afora aqueles que morriam de fome a amaldiçoavam.

Assim, caminhávamos ao longo de estradas sinuosas. Estas evitam as terras estéreis, os rochedos, os areais, esposam as necessidades dos homens e vão de nascente a nascente. Conduzem os camponeses de seus celeiros aos trigais, recebem no limiar dos currais o gado ainda adormecido e, ao alvorecer, o despejam no alfafal. Unem uma aldeia a outra aldeia, porque de uma a outra as pessoas se casam. E, mesmo que alguma delas se aventure a atravessar um deserto, ei-la a dar mil voltas para se deleitar nos oásis.

Assim, enganados por suas inflexões como por indulgentes mentiras, visto que, em nossas viagens, perlongamos tantas terras bem irrigadas, tantos vergéis, tantos prados, durante muito tempo embelezamos a imagem de nossa prisão. Acreditamos que este planeta fosse úmido e ameno.

Mas nossa vista se aguçou, e fizemos um progresso cruel. Com o avião aprendemos a linha reta. Assim que decolamos, abandonamos essas estradas que se inclinam para os bebedouros e os estábulos ou serpenteiam de cidade em cidade. Libertos desde então das amadas servidões, libertos da necessidade das nascentes, rumamos para metas longínquas. Só então, do alto de nossas trajetórias retilíneas, descobrimos o fundamento essencial, a base de rocha, areia e sal, em que a vida, como um pouco de musgo nas frinchas das ruínas, de vez em quando ousa florescer.

Então nos vemos transformados em físicos, em biólogos, examinando essas civilizações que ornam o fundo dos vales e às vezes, por milagre, medram como parques onde o clima as favorece. Então nos vemos a julgar o ser humano em escala cósmica, observando-o através de nossas vigias como através de instrumentos de estudo! Então nos vemos a reler nossa história.

2

O piloto que ruma para o estreito de Magalhães sobrevoa, um pouco ao sul de Río Gallegos, um antigo lençol de lava. Sobre a planície, o peso de seus vinte metros de espessura. Em seguida, ele depara com um segundo lençol, um terceiro, e a partir daí cada outeiro, cada morro de duzentos metros de altura carrega no flanco uma cratera. Nada do orgulhoso Vesúvio: rentes à planície, são como bocas de obuseiros.

Mas hoje em dia reina a calma. Surpreendemo-nos com ela naquela paisagem sem uso, onde mil vulcões outrora se correspondiam por seus grandes órgãos subterrâneos, quando cuspiam fogo juntos. E voa-se agora sobre uma terra muda, ornada de geleiras negras.

Mais adiante, porém, vulcões mais antigos já se vestem de relva dourada. Uma árvore às vezes cresce numa cava, qual uma flor num vaso velho. Sob uma luz que tem cor de fim de dia, a planície se faz luxuosa como um parque, civilizada pela relva baixa, e só se abaúla em volta de suas goelas gigantescas. Uma lebre dispara, um pássaro levanta voo, a vida tomou posse de um planeta novo, em que a boa massa da terra enfim se depositou sobre o astro.

Finalmente, um pouco antes de Punta Arenas, as últimas crateras se enchem. Um relvado uniforme desposa as curvas dos vulcões: tudo agora é brandura. Cada fissura é costurada por aquele linho macio. A terra é lisa, os declives são fracos, e esquecemos a origem daquilo. No flanco das colinas, aquele relvado apaga o sinal sombrio.

E aparece a cidade mais meridional do mundo, possibilitada pela existência casual de um pouco de lama entre as lavas primordiais e os gelos austrais. Tão perto daqueles lençóis negros, como se sente bem o milagre do homem! Que estranho encontro! Não se sabe como nem por que aquele ser de passagem visita tais jardins preparados, habitáveis por tempo tão curto, numa época geológica, um dia abençoado entre os dias.

Aterrissei na amenidade da tarde. Punta Arenas! Encosto-me a uma fonte e fico olhando as moças. A dois passos do encanto delas, sinto ainda melhor o mistério humano. Num mundo em que a vida se une tão bem à vida, em que as flores se mesclam às flores no leito do vento, em que o cisne conhece todos os cisnes, só os homens constroem sua solidão.

Que espaço a parte espiritual ocupa entre os homens! Um devaneio de moça a isola de mim; como a atingir nesse devaneio? O que se pode conhecer da moça que volta para casa a passos lentos, com os olhos baixos, sorrindo para si mesma e já cheia de invencionices e mentiras adoráveis? Com os pensamentos, com a voz e com os silêncios de um namorado ela pode ter construído um reino, e para ela desde então, afora ele, só há bárbaros. Mais do que se ela estivesse em outro planeta, eu a sinto encerrada em seu segredo, em seus costumes, nos ecos canoros de sua memória. Nascida ontem de vulcões, de relvados ou do sal dos mares, essa moça já é meio divina.

Punta Arenas! Encosto-me a uma fonte. Algumas velhas vêm apanhar água: dos dramas delas nada conhecerei além desse trabalho servil. Uma criança, com a nuca encostada ao muro, chora em silêncio. Dela só ficará em minha lembrança a imagem de uma bela criança, eternamente inconsolável. Sou um estranho. Não sei nada. Não penetro em seus impérios.

Como é estreito o cenário em que se representa esse vasto jogo de ódios, amizades, alegrias humanas! De onde os homens extraem esse gosto de eternidade, viventes precários que são sobre uma lava ainda morna e já ameaçados pelas areias futuras, ameaçados pelas neves? Suas civilizações não passam de frágeis douraduras: um vulcão, um novo mar, uma tempestade de areia as apagam.

Essa cidade parece repousar sobre um solo de verdade, que acreditamos rico em profundidade como a terra de Beauce. Esquecemos que a vida, aqui como alhures, é um luxo, e que em nenhuma parte a terra é bem profunda sob os passos do homem. Mas conheço, a dez quilômetros de Punta Arenas, uma lagoa que nos demonstra isso. Cercada de árvores mirradas e casinhas baixas, humilde como um brejo no terreiro de uma fazenda, ela está inexplicavelmente submetida às marés. Prosseguindo noite e dia em sua lenta respiração entre tantas realidades plácidas, como os caniços e as crianças que brincam, ela obedece a outras leis. Sob a superfície lisa, sob o espelho imóvel, sob o único barco desmantelado, a energia da lua age. Remoinhos marítimos atormentam, nas profundezas, aquela massa negra. Estranhas digestões prosseguem ali em volta e até o estreito de Magalhães, sob a leve camada de relva e flores. Aquele brejo de cem metros de largura, no limiar de uma cidade em que nos acreditamos em casa, bem estabelecidos sobre a terra dos homens, aquele brejo palpita na pulsação do mar.

3

Habitamos um planeta errante. De tempos em tempos, graças ao avião, ele nos mostra sua origem: um brejo em relação com a lua revela parentescos ocultos, mas conheci outros sinais.

Na costa do Saara, entre o Cabo Juby e Cisneros, sobrevoamos, de longe em longe, planaltos troncônicos cuja largura varia de algumas centenas de passos a cerca de trinta quilômetros. A altitude deles, notavelmente uniforme, é de trezentos metros. Mas, além dessa igualdade de nível, eles apresentam a mesma coloração, o mesmo tipo de solo, o mesmo feitio escarpado. Tal como as colunas de um templo que emergem solitárias da areia ainda mostram os vestígios do entablamento que desabou, aqueles pilares distantes dão testemunho de um vasto platô que os unia outrora.

Durante os primeiros anos da linha Casablanca–Dakar, na época em que o material era frágil, as panes, as buscas e os resgates muitas vezes nos obrigaram a aterrissar em territórios rebelados. Ora, a areia é enganadora; quando nos acreditamos em terra firme, estamos encalhados. Antigas salinas, que parecem apresentar a rigidez do asfalto e emitem um som duro sob nossas solas, às vezes cedem ao peso das rodas. A crosta branca de sal arrebenta, então, sobre o fedor de um pântano negro. Por isso, quando as circunstâncias nos permitiam, escolhíamos as superfícies lisas daqueles platôs: elas nunca dissimulavam nenhuma cilada.

Essa garantia era devida à presença de uma areia resistente, granulosa, enorme amontoado de minúsculas conchas. Intactas ainda na superfície do platô, descobríamos que elas se fragmentavam e se aglomeravam à medida que desciamos ao longo de uma aresta. No depósito mais antigo, na base do maciço, já constituíam calcário puro.

Na época do cativeiro de Reine e Serre, companheiros dos quais os revoltosos haviam se apoderado, aterrissei num desses refúgios para ali deixar um mensageiro mouro e, antes de nos separarmos, procuramos um caminho por onde ele pudesse descer. Mas em todas as direções o terraço em que estávamos terminava numa escarpa que, como pregas de drapejamento, arrojava-se verticalmente para o abismo. Qualquer fuga era impossível.

Contudo, antes de decolar para procurar outro terreno, eu me demorei por ali. Sentia uma alegria talvez pueril em marcar com meus passos um território que ninguém até então, bicho ou homem, havia conspurcado. Nenhum mouro poderia lançar-se ao assalto daquela praça-forte. Nenhum europeu, jamais, havia explorado aquele território. Eu pisava uma areia infinitamente virgem. Eu era o primeiro a derramar de uma mão para outra, como ouro precioso, aquela poeira de conchas. O primeiro a perturbar aquele silêncio. Sobre aquela espécie de banquisa polar que, em toda a eternidade, não havia formado um só fio de capim, eu era, tal uma semente carregada pelo vento, o primeiro testemunho da vida.

Já brilhava uma estrela, e eu a contemplei. Imaginei que somente aos astros aquela superfície branca se oferecera durante centenas de milhares de anos. Lençol imaculado, estendido sob a pureza do céu. E meu coração deu um salto, como o que se tem à beira de uma grande descoberta, quando avistei sobre aquele lençol, a quinze ou vinte metros de mim, um seixo negro.

Eu me encontrava sobre uma espessura de trezentos metros de conchas. A totalidade daquela base se opunha, como prova peremptória, à presença de qualquer pedra. Nas profundezas subterrâneas talvez dormissem sílices, oriundos das lentas digestões do globo, mas que milagre teria feito um deles subir até aquela superfície nova demais? Com o coração batendo, recolhi meu achado: um seixo duro, negro, do tamanho de um punho, pesado como metal, modelado como uma lágrima.

Um lençol estendido sob uma macieira só pode receber maçãs; um lençol estendido sob as estrelas só pode receber poeira de astros; jamais nenhum aerólito havia mostrado sua origem com tamanha evidência.

E, erguendo a cabeça, com naturalidade refleti que do alto daquela macieira celeste deveriam ter caído outros frutos. Eu os encontraria no exato lugar de sua queda, pois durante centenas de milhares de anos nada poderia tê-los desarrumado. Pois eles não se confundiriam com outros materiais. E de imediato parti para a exploração, a fim de confirmar minha hipótese.

E ela se confirmou. Colecionei meus achados na razão de uma pedra, mais ou menos, por hectare. Sempre o mesmo aspecto de lava petrificada. Sempre a dureza do diamante negro. E assim, do alto do meu pluviômetro de estrelas, assisti numa síntese empolgante àquela lenta chuva de fogo.

4

O mais maravilhoso, porém, era haver lá, de pé sobre o dorso redondo do planeta, entre aquele tecido imantado e as estrelas, uma consciência humana na qual aquela chuva pudesse se refletir como num espelho. Sobre uma base de minérios, um sonho é um milagre. E eu me lembro de um sonho...

De outra vez, tendo de pousar numa região de areia espessa, eu esperava a aurora. As colinas de ouro ofereciam à lua suas vertentes luminosas, e as vertentes de sombra subiam até a linhas divisórias da luz. Naquele canteiro deserto de sombra e luar reinava uma paz de obras suspensas e também um silêncio de cilada, em cujo seio adormeci.

Quando despertei vi apenas a bacia do céu noturno, pois estava deitado sobre uma colina, com os braços cruzados, de frente para aquele viveiro de estrelas. Não tendo compreendido ainda que eram profundezas, fui tomado de vertigem, faltando-me uma raiz a que me agarrar, faltando-me um teto, um galho de árvore entre mim e aquelas profundezas, sentindo-me solto, entregue à queda como um mergulhador.

Mas não caí. Da cabeça aos pés, percebi que estava atado à terra. Sentia uma espécie de apaziguamento ao lhe entregar meu peso. A força da gravidade me parecia tão soberana quanto o amor.

Sentia a terra escorar-me as costas, sustentar-me, erguer-me, transportar-me no espaço noturno. Descobri-me aplicado sobre o astro com uma pressão semelhante à pressão que na curva nos aplica a um carro, e saboreava aquele arrimo admirável, aquela solidez, aquela segurança, e adivinhava, sob o meu corpo, o convés curvo de meu navio.

Era tal minha consciência de estar sendo carregado que teria ouvido sem surpresa subir do fundo das terras o choro dos materiais que se reajustam no esforço, o gemido dos velhos veleiros chegando ao ancoradouro, o longo grito estrídulo das barcaças contra um obstáculo. Mas o silêncio perdurava na espessura das terras. Mas em meus ombros aquela pressão se revelava harmoniosa, constante, igual para a eternidade. Eu de fato habitava esta pátria, assim como os corpos dos galés mortos, lastreados de chumbo, habitam o fundo dos mares.

Meditei sobre minha condição, perdido no deserto e ameaçado, nu entre a areia e as estrelas, afastado dos polos de minha vida por excessivo silêncio. Pois sabia que para alcançá-los gastaria dias, semanas, meses, se nenhum avião me encontrasse, se os mouros não me matassem no dia seguinte. Ali eu não possuía mais nada no mundo. Era apenas um mortal perdido entre a areia e as estrelas, consciente apenas da alegria de respirar...

Apesar disso, percebi-me cheio de sonhos.

Eles chegaram sem ruído, como águas de nascente, e não entendi no começo a alegria que me invadia.

Não houve vozes nem imagens, mas a sensação de uma presença, de uma amizade muito próxima e já meio adivinhada. Depois entendi e me entreguei, de olhos fechados, aos encantamentos de minha memória.

Havia, em algum lugar, um parque coberto de abetos escuros e tílias, e uma velha casa que eu amava. Pouco importava se ela se situava longe ou perto, se não podia aquecer meu corpo nem me abrigar, reduzida que estava ao papel de sonho: bastava que existisse para preencher minha noite com sua presença. Eu já não era aquele corpo despejado na areia, eu me orientava, era filho daquela casa, cheio da lembrança de seus aromas, cheio do frescor de seus vestíbulos, cheio das vozes que a haviam animado. Até o cantar das rãs nos charcos próximos ia lá ter comigo. Eu tinha necessidade daqueles mil referenciais para me reconhecer, para saber de quais ausências era feito o gosto daquele deserto, para achar um sentido naquele silêncio feito de mil silêncios, onde até as rãs se calavam.

Não, eu já não estava deitado entre a areia e as estrelas. Daquele cenário eu já recebia somente uma mensagem fria. E até daquele gosto de eternidade que eu pensava provir dele eu descobria agora a origem. Revia os grandes armários solenes da casa. Eles se entreabriam, deixando à mostra pilhas de lençóis alvos como neve. Entreabriam-se, deixando à mostra provisões cobertas de neve. A velha governanta dava corridinhas de um a outro como um rato, sempre verificando, desdobrando, tornando a dobrar, contando a roupa alvejada, exclamando: "Ah, meu Deus, que tristeza!", diante de cada sinal de algum desgaste que ameaçasse a eternidade da casa, correndo logo a queimar as pestanas debaixo de uma lâmpada, para consertar a trama daquelas toalhas de altar, remendar aquelas velas de nau de três mastros, para servir não sei que coisa maior que ela, um deus ou um navio.

Ah, eu bem lhe devo uma página. Quando eu voltava de minhas primeiras viagens, *mademoiselle*, eu a encontrava com a agulha na mão, mergulhada até os joelhos numa sobrepeliz branca, a cada ano um pouco mais engelhada, um pouco mais grisalha, sempre com as mãos a preparar aqueles lençóis sem rugas para nosso sono, aquelas toalhas sem costuras para nossos jantares, aquelas festas de cristais e luz. Eu a visitava em sua rouparia, sentava-me à sua frente e contava os perigos de morte por que passara, para comovê-la, para lhe abrir os olhos para o mundo, para corrompê-la. Eu quase não tinha mudado, dizia você. Quando criança, já rasgava as camisas. – Ah, que tristeza! E já esfolava os joelhos; depois voltava a casa para me tratar, como naquela noite. Mas não, não, *mademoiselle*! Já não era dos confins do parque que eu voltava, mas do fim do mundo, e trazia comigo o odor acre das solidões, o turbilhão das tempestades de areia, os luares deslumbrantes dos trópicos! Claro, dizia você, os meninos correm, quebram os ossos, acham-se muito fortes. Mas não, não, *mademoiselle*, eu enxerguei além do parque. Se você soubesse como essas apreensões são pouca coisa! Como parecem sumir entre areias, granitos, florestas virgens e pântanos da terra! Você sabia que há territórios onde os homens, quando nos encontram, enristam a carabina? Sabia que há desertos onde se dorme na noite gelada, sem teto, sem cama, sem lençóis, *mademoiselle*?

"Ah! Que barbaridade", dizia você.

Eu não abalava a fé de *mademoiselle* tanto quanto não abalaria a fé de uma velha servente de igreja. E lamentava o destino humilde que a tornava cega e surda.

Mas aquela noite, no Saara, nu entre a areia e as estrelas, eu lhe fiz justiça.

Não sei o que acontece comigo. Esta gravidade me liga ao chão quando tantas estrelas estão imantadas. Outra gravidade me puxa de volta a mim mesmo. Sinto meu peso a me puxar para tantas coisas! Meus sonhos são mais reais que estas dunas, esta lua, estas presenças. Ah, o que há de maravilhoso numa casa não é o fato de nos abrigar e nos aquecer, nem de possuirmos suas paredes. É o fato de ela ter depositado em nós, lentamente, essas provisões de ternura. De formar, no fundo de nosso coração, esse maciço obscuro do qual brotam os sonhos, como águas da nascente...

Meu Saara, meu Saara, eis-te inteiro encantado por uma fiandeira de lã!

V

Oásis

Já falei tanto do deserto que, antes de voltar a falar dele, gostaria de descrever um oásis. Aquele cuja imagem me vem à mente não está perdido nos confins do Saara. Mas outro milagre do avião é que ele nos mergulha diretamente no coração do mistério. No papel de biólogos, estudando, de trás da vigia, o formigueiro humano, considerávamos friamente as cidades assentadas em suas planícies, no centro de suas estradas que se abrem em forma de estrela e, como artérias, as alimentam da seiva dos campos. Mas um ponteiro tremeu num manômetro, e aquele tufo verde, lá embaixo, transformou-se num universo. Ficamos prisioneiros de um relvado num parque adormecido.

Não é a distância que mede o afastamento. O muro de um jardim de nossa casa pode encerrar mais segredos que as muralhas da China, e a alma de uma menina está mais protegida pelo silêncio do que os oásis do Saara pela extensão das areias.

Vou relatar uma curta escala em algum local do mundo. Foi perto de Concórdia, na Argentina, mas poderia ter sido em qualquer outro lugar: mistério é algo muito disseminado.

Eu havia aterrissado num campo e não sabia que ia viver um conto de fadas. O velho Ford em que eu ia não oferecia nada de especial, nem aquele casal pacato que me recolhera:

– O senhor pernoita hoje em nossa casa...

Mas, numa curva da estrada revelou-se, ao luar, um grupo de árvores e, atrás das árvores, aquela casa. Que casa estranha! Atarracada, maciça, quase uma cidadela. Castelo de lenda que, passada a porta de entrada, oferecia um abrigo tão plácido, seguro e protegido quanto um mosteiro.

Então apareceram duas moças. Encararam-me com seriedade, como dois juízes postados no limiar de um reino proibido: a mais nova franziu os lábios e bateu no chão com uma varinha verde; depois, feitas as apresentações, as duas me estenderam a mão sem nenhuma palavra, com jeito de desafio e curiosidade, e desapareceram.

Achei engraçado e ao mesmo tempo encantador. Tudo aquilo era simples, silencioso e furtivo como a primeira palavra de um segredo.

– Eh! Eh! Elas são ariscas – disse simplesmente o pai.

E entramos.

No Paraguai, eu gostava daquele capim irônico que, vindo dos lados da mata virgem invisível, mas presente, mostra a cara no meio das pedras do calçamento da capital, para ver se os homens continuam ocupando a cidade, se ainda não chegou a hora de remexer um pouco todas aquelas pedras. Gostava daquela espécie de deterioração que expressa grande riqueza. Mas aquela casa me deixou maravilhado.

Porque ali tudo estava adoravelmente deteriorado, à maneira de uma velha árvore coberta de musgo, um tanto gretada pela idade, à maneira de um banco de madeira em que os namorados vão se sentar durante uma dezena de gerações. As madeiras estavam desgastadas; os batentes, corroídos; as cadeiras, bambas. Mas, embora nada fosse consertado, tudo era fervorosamente limpo. Tudo estava asseado, encerado, brilhante.

Com isso, a sala de visitas ganhava uma fisionomia de extraordinária intensidade, como a de uma velha enrugada. Rachaduras das paredes, rasgões do forro, tudo eu admirava, e, acima de tudo, o assoalho afundado aqui, balançando acolá, como uma passarela, mas sempre encerado, envernizado, lustrado. Casa estranha, que não evocava negligência nem displicência, mas extraordinário respeito. Sem dúvida cada ano somava algo ao seu encanto, à complexidade de sua fisionomia, ao fervor de sua atmosfera amistosa, como também aos perigos da viagem que era preciso empreender para passar da sala de visitas à de jantar.

– Cuidado!

Era um buraco. Chamaram minha atenção para o fato de que num buraco daqueles eu poderia facilmente quebrar as pernas. Por aquele buraco ninguém era responsável: era obra do tempo. Tinha um jeito bem senhoril aquele desprezo soberano por desculpas. Ninguém disse: "Poderíamos ter consertado todos esses buracos, somos ricos, mas…". Ninguém tampouco disse – o que, porém, era a verdade: "Alugamos isto para cidade durante trinta anos. É a prefeitura que deve fazer os consertos. Todos os lados estão irredutíveis…". Desdenhavam dar explicações, e tanta naturalidade me encantava. No máximo se comentou:

– Eh! Eh! Está um pouco deteriorado…

Mas isso com um jeito tão despreocupado que me fazia desconfiar que meus amigos não se entristeciam muito com o fato. Por acaso seria imaginável uma equipe de pedreiros, carpinteiros, marceneiros e gesseiros espalhando sobre aquele passado suas ferramentas sacrílegas e refazendo em oito dias outra casa, que os moradores nunca conheceram e onde se sentiriam como visitas? Uma casa sem mistérios, sem recantos, sem armadilhas sob os pés, sem esconderijos, uma espécie de salão de repartição pública?

Era natural que as moças tivessem desaparecido naquela casa cheia de escamoteações. Como deveria ser o sótão, se a sala de visitas já continha as riquezas de um sótão! Quando já se adivinhava que, do menor armário entreaberto, cairiam maços de cartas amareladas, recibos do bisavô e chaves (numa quantidade maior que a das fechaduras da casa) que não se encaixariam em fechadura nenhuma... Chaves maravilhosamente inúteis que confundem a razão e fazem pensar em subterrâneos, cofres enterrados, luíses de ouro...

– Podemos passar à mesa?

E passamos à mesa. De um aposento ao outro eu aspirava, como uma espécie de incenso, o cheiro de velha biblioteca que vale por todos os perfumes do mundo. E admirava sobretudo o transporte dos candeeiros. Verdadeiros candeeiros pesados que eram levados de um aposento a outro como nos tempos mais distantes de minha infância, daqueles que punham sombras maravilhosas a dançar nas paredes. Deles se erguiam buquês de luz e palmas de escuridão. Depois de bem postados tais candeeiros, imobilizavam-se as áreas de luz e, ao redor destas, vastas reservas de noite onde as madeiras estalavam.

As duas moças reapareceram tão misteriosa e silenciosamente como quando tinham sumido. Sentaram-se à mesa com circunspecção. Decerto haviam dado comida aos cães e aos pássaros, aberto as janelas para a noite clara e aspirado o perfume das plantas no vento noturno. Agora, desdobrando o guardanapo, elas me vigiavam de soslaio, com prudência, matutando se me incluiriam ou não no rol de seus animais domésticos. Porque também tinham um iguana, um mangusto, uma raposa, um macaco e abelhas. Tudo isso vivia misturado, entendendo-se às mil maravilhas, compondo um novo paraíso terrestre. Elas reinavam sobre todos os animais da criação, enfeitiçando-os com suas mãozinhas, dando-lhes comida e água e contando-lhes histórias que todos, do mangusto às abelhas, ouviam com atenção.

Eu esperava mesmo que duas moças tão vivas empregassem todo o seu espírito crítico, toda a sua agudeza, a tecer um julgamento rápido, secreto e definitivo sobre o ser masculino à sua frente. Quando eu era criança, minhas irmãs davam notas aos convidados que honravam nossa mesa pela primeira vez. E, quando a conversa esmorecia, ouvia-se de repente, no silêncio, retinir um "Onze!", cuja magia ninguém apreciava, exceto minhas irmãs e eu.

A experiência que eu tivera com aquela brincadeira perturbava-me um pouco. O que mais me constrangia era sentir tanta argúcia em meus juízes. Juízes que sabiam distinguir bichos ladinos de bichos ingênuos, que sabiam ler na maneira de andar da raposa se ela estava ou não de bom humor, que conheciam tão profundamente os estados de espírito.

Eu adorava aqueles olhos tão argutos e aquelas duas alminhas tão justas, mas como gostaria que elas mudassem de jogo! No entanto, servilmente, com medo do "onze", eu lhes passava o sal, servia vinho, mas, quando erguia os olhos, enxergava nelas a suave austeridade de juízes que não se vendem.

Até mesmo a lisonja teria sido inútil: elas não conheciam a vaidade. A vaidade, mas não o orgulho, e, sem minha ajuda, já se tinham em conta muito mais alta do que eu ousaria dizer. Eu nem sequer sonhava em usar minha profissão para obter prestígio, pois tão audacioso quanto ser aviador é subir até os últimos galhos de um plátano, simplesmente para verificar se a ninhada de pássaros está se emplumando bem e dar bom-dia a tais amigos!

E minhas duas fadas silenciosas continuavam vigiando tanto o meu jantar, eu encontrava tantas vezes seus olhares furtivos, que parei de falar. Fez-se silêncio, e durante esse silêncio alguma coisa sibilou levemente no assoalho, farfalhou debaixo da mesa e silenciou. Ergui os olhos, intrigado. Então, decerto satisfeita com seu exame, mas lançando mão da última pedra de toque e mordendo o pão com seus jovens dentes selvagens, a caçula me explicou simplesmente, demonstrando uma candura com que ela esperava, aliás, assombrar o bárbaro, caso eu fosse um:

– São as cobras.

E calou-se, satisfeita, como se a explicação devesse bastar a qualquer um que não fosse muito tolo. A irmã me olhou de relance, para aquilatar meu primeiro movimento, e ambas baixaram para os pratos os rostos mais doces e inocentes do mundo.

– Ah!… São as cobras…

Estas palavras me escaparam com naturalidade. Aquilo tinha deslizado junto às minhas pernas, roçado minhas panturrilhas, e eram cobras…

Felizmente para mim, sorri. E sem constrangimento: elas o teriam notado. Sorri porque estava alegre, porque aquela casa, decididamente, me agradava mais a cada minuto; e também porque tinha vontade de saber mais sobre as cobras. A mais velha veio me acudir:

– Elas fizeram ninho num buraco debaixo da mesa.

– Lá pelas dez da noite elas voltam – acrescentou a irmã. – Durante o dia, caçam.

Foi minha vez de olhar disfarçadamente para aquelas moças. Para aquela argúcia, para o riso silencioso delas atrás da expressão pacífica. E eu admirava o reinado que elas exercem...

Hoje, sonho. Tudo aquilo está bem distante. O que será daquelas duas fadas? Decerto se casaram. Mas terão mudado? É tão sério passar da situação de moça para a de mulher... O que farão numa casa nova? Como estarão suas relações com o mato e as cobras? Elas estavam em contato com alguma coisa universal. Mas chega um dia em que na moça desperta a mulher. Almeja-se dar finalmente uma nota 19. Um 19 pesa no fundo do coração. Então aparece um imbecil. Pela primeira vez olhos tão argutos se enganam, e o imbecil se ilumina de belas cores. Se ele recitar versos, será considerado poeta. Acredita-se que ele compreende o assoalho esburacado, acredita-se que ele gosta de mangustos. Acredita-se que ele se sente lisonjeado pela confiança das cobras que saracoteiam debaixo da mesa, entre suas pernas. A ele se entrega um coração que é um jardim selvagem, a ele, que só gosta de parques bem arrumados. E o imbecil leva a princesa como escrava.

VI

NO DESERTO

1

Amenidades como essa nos eram vedadas quando, durante semanas, meses ou anos, nós, pilotos da linha do Saara, ficávamos prisioneiros da areia, voando de um fortim a outro, sem poder retornar. Aquele deserto não oferecia oásis semelhantes: jardins e moças, verdadeiras lendas! É claro que bem longe, onde podíamos voltar a viver quando o trabalho estivesse acabado, havia mil moças à nossa espera. É claro que lá, entre mangustos ou livros, elas iam construindo com paciência suas almas deliciosas. É claro que estavam ficando mais bonitas…

Mas eu conheço a solidão. Três anos de deserto ensinaram-me seu gosto. O que nos assusta não é a mocidade a perder-se numa paisagem mineral, mas parece que, longe de nós, é o mundo inteiro que está envelhecendo. As árvores formaram seus frutos, as terras produziram seu trigo, as mulheres já se tornaram belas. Mas o tempo avança, precisaríamos voltar logo para casa… Mas o tempo avança e estamos retidos, longe… E os bens da terra escorrem entre nossos dedos como a areia fina das dunas.

O escoar do tempo em geral não é sentido. As pessoas vivem numa paz provisória. Mas nós o sentíamos, ao chegarmos a um local de escala, quando pesavam sobre nós aqueles ventos alísios sempre em marcha. Éramos como o viajante do trem expresso que, com os ouvidos cheios dos ruídos das engrenagens que batem na noite, adivinha, pelos punhados de luz desperdiçados do outro lado da vidraça, o fluir dos campos, de suas aldeias, de seus domínios encantados, sem poder ficar com nada daquilo, porque está em viagem. Nós também, animados por ligeira febre, com os ouvidos ainda zunindo do ruído do voo, nos sentíamos em viagem, apesar da calma do local de escala. Também nos víamos levados para um destino ignorado, através do pensamento dos ventos, pelas batidas de nosso coração.

Ao deserto somava-se a revolta armada. As noites de Cabo Juby eram cortadas, de quinze em quinze minutos, como que por um gongo de relógio, pelo grito regulamentar das sentinelas que iam se alertando, uma após outra. O forte espanhol de Cabo Juby, perdido no território dos revoltosos, precavia-se assim contra ameaças que escondiam o rosto. E nós, os passageiros daquela nave cega, ouvíamos o chamado avolumar-se de sentinela em sentinela, descrevendo sobre nós círculos de aves marinhas.

Mesmo assim, amávamos o deserto.

Se no começo ele é apenas solidão e silêncio, é porque não se entrega aos amantes de um dia. Mesmo uma simples aldeia das nossas se esquiva. Se, por ela, não renunciarmos ao resto do mundo, se não mergulharmos em suas tradições, seus costumes, suas rivalidades, ignoraremos tudo da pátria que ela constitui para algumas pessoas. Melhor ainda: mesmo quem, a dois passos de nós, tenha se encerrado num claustro, vivendo segundo regras que nos são desconhecidas, esse emergirá de fato em solidões tibetanas, em distâncias a que nenhum avião nos levará jamais. Nem adianta visitar sua cela! Estará vazia. O império do homem é interior. Por isso, o deserto não é feito de areia, nem de tuaregues ou mouros, ainda que armados de fuzis...

Mas acontece que hoje sentimos sede. E aquele poço que conhecíamos só hoje descobrimos que resplandece na amplidão. É desse modo que uma mulher invisível pode encher de encanto uma casa inteira. Um poço leva longe, como o amor.

As areias são, a princípio, desertas. Mas vem o dia em que, temendo a aproximação de um *rezzou**, lemos nelas as pregas do grande manto em que o deserto se envolve. O *rezzou* também transfigura as areias...

Aceitamos as regras do jogo, o jogo nos conforma à sua imagem. É em nós que o Saara se mostra. Abordá-lo não é visitar o oásis, é fazer de uma nascente a nossa religião.

2

Já em minha primeira viagem conheci o gosto do deserto. Tínhamos precisado descer, Riguelle, Guillaumet e eu, nas proximidades do fortim de Nuakchott. Esse pequeno posto da Mauritânia, naquele tempo, estava tão isolado da vida como uma ilhota perdida no mar. Ali vivia encerrado um velho sargento com seus quinze senegaleses. Recebeu-nos como se fôssemos enviados do céu:

– Ah! Que emoção falar com vocês! Ah, que emoção!...

Estava emocionado: chorava.

---

* Nome dado aos grupos armados que faziam razia no norte da África e no Saara. (N. T.)

— Nestes seis meses vocês são os primeiros. É de seis em seis meses que me reabastecem. Às vezes é o tenente. Às vezes é o capitão.

Ainda nos sentíamos atordoados. A duas horas de Dakar, onde nosso almoço estava sendo preparado, o sistema de bielas se avaria, e nosso destino muda. Produzimos o efeito de uma assombração para o velho sargento que chora.

— Ah, bebam! Tenho grande prazer de lhes oferecer vinho. Imaginem só, quando o capitão passou, eu não tinha mais vinho para o capitão.

Já contei isso num livro, mas não era romance. Ele nos disse:

— Da última vez nem pude brindar... Fiquei tão envergonhado que pedi para ser substituído...

Brindar! Beber um bom trago com o outro que apeia do dromedário, encharcado de suor! Durante seis meses tinha-se vivido para aquele minuto. Fazia um mês que já se poliam as armas, já se limpava o posto, do porão ao celeiro. Depois, desde alguns dias, sentindo-se a aproximação do dia abençoado, do alto do terraço vigiava-se incansavelmente o horizonte, para descobrir a poeira que envolveria o pelotão volante de Atar, quando chegasse...

Mas não há vinho: não se pode festejar. Não há brinde. Daí, o sentimento de desonra...

— Não vejo a hora que ele volte. Estou esperando...

— Onde ele está, sargento?

E o sargento, mostrando as areias:

— Não se sabe, o capitão está em toda parte!

Também foi real aquela noite passada no terraço do fortim a falar de estrelas. Não havia outra coisa para vigiar. Elas estavam lá, todinhas, como de avião, mas estáveis.

No avião, quando a noite é muito bela, a gente se deixa ir, quase não pilota, e o avião aos poucos se inclina para a esquerda. A gente acha que ele ainda está na horizontal quando, abaixo da asa direita, se descobre uma aldeia. No deserto não há aldeias. Então é uma flotilha de pesca. Mas ao largo do Saara não há flotilhas de pesca no mar. E aí? Aí, a gente sorri do engano. Devagarinho, corrige a posição do avião. E a aldeia volta a seu lugar. Pregamos de novo na panóplia a constelação que tínhamos deixado cair. Aldeia? Sim. Aldeia de estrelas. Mas, do alto do fortim, só há um deserto congelado, vagas de areia sem movimento. Constelações bem pregadas. E o sargento nos fala delas:

– Veja só, eu conheço bem as direções... Proa para aquela estrela, direto para Túnis.

– Você é de Túnis?

– Não. Minha prima.

Faz-se um longuíssimo silêncio. Mas o sargento não ousa nos esconder nada:

– Um dia vou para Túnis.

Claro que por um outro caminho, e não seguindo em linha reta aquela estrela. A menos que num dia de expedição, um poço seco o entregue à poesia do delírio. Então a estrela, a prima e Túnis se confundirão. Então começará a marcha inspirada que os leigos julgam dolorosa.

– Uma vez pedi ao capitão licença para ir a Túnis ver minha prima. Ele respondeu...

– Ele respondeu o quê?

– Ele respondeu: "O mundo está cheio de primas". E, por ser mais perto, me mandou para Dakar.

– É bonita a sua prima?

– A de Túnis? Muito. Era loura...

– Não, a de Dakar...

Sargento, nós lhe daríamos um abraço pela resposta um pouco desapontada e melancólica que nos deu:

– Era negra...

O Saara, para você, sargento? Era um deus perpetuamente em marcha em sua direção. Era também a ternura de uma prima loura atrás de cinco mil quilômetros de areia.

O deserto para nós? Era o que nascia em nós. O que aprendíamos de nós mesmos. Nós também, naquela noite, estávamos enamorados de uma prima e de um capitão...

3

Na fronteira dos territórios rebelados, Port-Étienne* não é uma cidade. Ali há um fortim, um hangar e um barracão de madeira para nossas tripulações. O deserto, em volta, é tão absoluto que, apesar de seus pequenos recursos militares, Port-Étienne é quase invencível. Para atacá-lo, é preciso transpor tamanho cinturão de areia e fogo que os *rezzous* só podem atingi-lo quase sem forças, após esgotamento das provisões de água. Contudo, até onde alcança a memória, sempre houve, em algum lugar do Norte, um *rezzou* em marcha para Port-Étienne. O capitão-governador, toda vez que vem tomar um chá conosco, mostra sua marcha no mapa, como quem conta a lenda de uma bela princesa. Mas nunca chega esse *rezzou*, sugado que é pela areia como um rio, e nós o chamamos *rezzou* fantasma. As granadas e os cartuchos, que o governo distribui entre nós à noite, dormem ao

---

* Atual Nouadhibou. (N. T.)

pé de nossas camas, nas próprias caixas. E o único inimigo com que precisamos lutar é o silêncio, protegidos, acima de tudo, por nossa miséria. E Lucas, o chefe do aeroporto, põe a funcionar dia e noite o seu gramofone que, tão longe da vida, nos fala numa linguagem meio perdida e provoca uma melancolia sem objeto, que se parece curiosamente à sede.

Naquela noite jantamos no fortim, e o capitão-governador nos convidou a admirar seu jardim. Pois recebeu da França três caixas cheias de terra de verdade que para tanto viajaram quatro mil quilômetros. Ali crescem três folhas verdes, e nós as acariciamos com os dedos como se fossem joias. O capitão, quando fala delas, diz:

– É o meu parque.

E, quando sopra a tempestade de areia, que resseca tudo, o parque é levado ao porão.

Nós moramos a um quilômetro do forte e voltamos para casa à luz do luar, depois da ceia. Sob o luar a areia é rósea. Sentimos nossa penúria, mas a areia é rósea. Um grito de sentinela restabelece o patético no mundo. É todo o Saara que se assusta com nossas sombras e nos interroga, porque um *rezzou* está em marcha.

No grito da sentinela todas as vozes do deserto ressoam. O deserto já não é uma casa vazia: uma caravana moura imanta a noite.

Poderíamos nos acreditar em segurança. Contudo! Doença, acidente, *rezzou*, quantas ameaças a caminho! O homem, na Terra, é alvo de atiradores ocultos. Mas a sentinela senegalesa, como um profeta, nos faz lembrar isso.

Respondemos "Franceses!" e passamos diante do anjo negro. E respiramos melhor. Que nobreza nos devolveu essa ameaça… oh!… tão distante ainda, tão pouco urgente, tão amortecida por tanta areia: mas o mundo já não é o mesmo. O deserto volta a ser suntuoso. Um *rezzou* em marcha em algum lugar, que nunca chegará, constitui sua divindade.

Agora são onze da noite. Lucas volta do posto de radiotelegrafia e anuncia o avião de Dakar para a meia-noite. Tudo vai bem a bordo. À meia-noite e dez estará acabado o transbordo do correio para meu avião e decolarei para o Norte. Diante de um espelho rachado faço a barba com atenção. De vez em quando, com a toalha no pescoço, vou até a porta e olho a areia nua: o tempo está bom, mas o vento amaina. Volto ao espelho. Fico pensando. Um vento constante durante meses, se amaina, às vezes desarranja todo o céu. Agora me equipo: lanternas de emergência presas à cintura, altímetro, lápis. Vou até Néri, que nesta noite será meu radiotelegrafista. Também está se barbeando. Digo-lhe:

– Tudo bem?

Por enquanto, tudo bem. Esta operação preliminar é a menos difícil do voo. Mas ouço uma crepitação: uma libélula bate em minha lanterna. Sem que eu saiba por quê, ela me fisga o coração.

Saio outra vez e olho: tudo está limpo. Um penedo que margeia a pista de pouso destaca-se do céu, como se fosse dia. Sobre o deserto reina profundo silêncio de casa em ordem. Mas eis que uma borboleta verde e duas libélulas batem contra minha lanterna. E de novo me assalta um sentimento surdo, que talvez seja alegria, talvez temor, mas que vem do fundo de mim mesmo, ainda muito obscuro, que mal se anuncia. Alguém me fala de muito longe. Será isso o instinto? Saio outra vez: o vento parou totalmente de soprar. O ar continua fresco. Mas eu recebi um aviso. Adivinho, creio adivinhar o que me espera: terei razão? Nem o céu nem a areia me fizeram sinal algum. Mas duas libélulas me falaram, além de uma borboleta verde.

Subo a uma duna e sento-me virado para leste. Se eu estiver com a razão, "aquilo" não deve demorar muito. O que estariam buscando aqui essas libélulas, a centenas de quilômetros dos oásis do interior?

Pequenos destroços carregados para a praia provam que um ciclone está varrendo o mar. Assim, esses insetos me mostram que uma tempestade de areia está em marcha; uma tempestade do Leste, que arrebatou dos palmeirais distantes as borboletas verdes. Seus arrojos já me tocaram. E solene, porque é uma prova, solene, porque é grave ameaça, solene, por conter uma tempestade, o vento de leste começa a soprar. Mal me atinge o seu leve suspiro. Sou o limite extremo que a vaga lambe. Vinte metros atrás de mim nenhuma teia de aranha se agitaria. Seu ardume envolveu-me uma vez, uma só, com uma carícia que parecia morta. Mas eu sei bem que daí a alguns segundos o Saara vai retomar o fôlego e dar mais um suspiro. E que em menos de três minutos a biruta do hangar vai se agitar. E que em menos de dez minutos a areia encherá o céu. Daqui a pouco decolaremos nesse fogo, naquele retorno de chamas do deserto.

Mas não é isso que me impressiona. O que me enche de bárbara alegria é ter compreendido por meias palavras uma linguagem secreta, é ter farejado um rastro como um primitivo a quem todo o futuro se anuncia por leves rumores, é ter lido aquela cólera no adejo de uma libélula.

4

Lá, estávamos em contato com os mouros revoltosos. Eles emergiam dos confins dos territórios proibidos, os territórios que transpúnhamos voando; aventuravam-se a ir até os fortins de Juby ou de Cisneros para comprar açúcar ou chá, depois mergulhavam de novo em seu mistério. E, quando eles passavam, nós tentávamos conquistar alguns.

Se fossem chefes influentes, às vezes os embarcávamos no avião, em comum acordo com a direção das linhas, para lhes mostrar o mundo. Tratava-se de debelar seu orgulho, porque, se matavam os prisioneiros, era mais por desprezo que por ódio. Se cruzavam conosco nas imediações dos fortins, nem sequer nos injuriavam. Viravam a cara e cuspiam. E esse orgulho eles extraíam da ilusão de poderio. Quantas vezes ouvi de alguns deles, que tinham armado um exército de trezentos fuzis: "Vocês, lá da França, têm sorte de estar a mais de cem dias de marcha…".

Portanto, nós os levávamos a passear, e foi assim que três deles visitaram aquela França desconhecida. Eram da mesma raça dos que, acompanhando-me uma vez ao Senegal, choraram ao descobrir a existência de árvores.

Quando os reencontrei em suas tendas, eles elogiavam os music-halls em que mulheres nuas dançam entre flores. Eram homens que nunca tinham visto uma árvore, uma fonte, uma rosa; que conheciam apenas pelo Alcorão a existência de jardins por onde correm regatos, pois a isso ele dá o nome de paraíso. Esse paraíso, com suas belas cativas, é ganho por meio da morte acerba sobre a areia, de um tiro de fuzil de um infiel, depois de trinta anos de miséria. Mas Deus os engana, porque não exige dos franceses, aos quais são concedidos todos aqueles tesouros, o resgate pela sede nem pela morte. É por isso que os velhos chefes agora estão sonhando. É por isso que, considerando o Saara que se estende, deserto, em volta de sua tenda, a lhes propor até a morte prazeres tão magros, eles se entregam a confidências.

– Sabe… o Deus dos franceses… Ele é mais generoso com os franceses do que o Deus dos mouros com os mouros!

Algumas semanas antes tinham sido levados a passear na Savoia. O guia os conduziu a uma grande cascata, uma espécie de coluna trançada que caía com estrépito:

– Experimentem – disse.

Era água doce. Água! Quantos dias de marcha são necessários aqui para chegar ao poço mais próximo e, se este for encontrado, quantas horas para escavar a areia que o encheu, até uma lama misturada a urina de camelo! Água! Em Cabo Juby, em Cisneros, em Port-Étienne as crianças mouras não pedem dinheiro, mas, com uma lata de conserva na mão, pedem água:

– Me dê um pouco de água, me dê…

– Se você for bem-comportado…

Água que vale seu peso em ouro, água que, com uma gotinha, extrai da areia a centelha verde de uma folha de capim… Se chove em algum lugar, o Saara é agitado por um grande êxodo. As tribos se movem em direção àquela relva que brotará a trezentos quilômetros de distância… E essa água tão avara, de que não caiu nem uma gota em Port-Étienne durante dez anos, jorrava com estrépito na Savoia como se, de uma cisterna arrombada, se derramassem as provisões do mundo.

– Vamos embora – dizia-lhes o guia.

Mas eles não se mexiam:

– Vamos ficar mais um pouco…

Calavam-se e assistiam sérios, mudos, ao desenrolar de um mistério solene. O que escorria daquele jeito, do ventre da montanha, era a vida, era o próprio sangue dos homens. A vazão de um segundo teria ressuscitado caravanas inteiras que, ébrias de sede, tinham afundado, para sempre, no infinito dos lagos de sal e das miragens. Deus se manifestava aqui: não era possível dar-lhe as costas. Deus abria suas eclusas e mostrava sua potência: os três mouros permaneciam imóveis.

– Não há mais o que ver. Vamos...
– Precisamos esperar.
– Esperar o quê?
– O fim.

Queriam esperar a hora em que Deus se cansasse de sua loucura. Ele se arrepende depressa, é avarento.

– Mas essa água está escorrendo há mil anos!

Por isso, naquela noite, eles não fazem questão de falar da cascata. É melhor calar certos milagres. É melhor não pensar muito neles, senão a gente acaba não entendendo mais nada. Senão se duvida de Deus...

– O Deus dos franceses, veja só...

Mas eu conheço bem esses meus amigos bárbaros. Eles estão ali, com a fé um pouco abalada, desconcertados, e agora tão próximos da submissão. Sonham em ser abastecidos de cevada pela intendência francesa e em viver com a segurança garantida por nossas tropas saarianas. E é verdade que, submetendo-se, ganharão em bens materiais.

Mas os três são do sangue de El Mammoun, emir de Trarza. (Acho que errei no nome.)

Conheci-o quando era nosso vassalo. Galardoado com honras oficiais pelos serviços prestados, enriquecido pelos governadores e respeitado pelas tribos, ao que parece não lhe faltava nenhuma das riquezas visíveis. Mas uma noite, sem nenhum sinal prenunciador, assassinou os oficiais que estava encarregado de acompanhar, apoderou-se dos camelos e dos fuzis e foi se juntar às tribos insubmissas.

Costumam ser chamadas de traição essas revoltas súbitas, essas fugas heroicas e desesperadas de um comandante para o deserto, essa glória breve que logo se apagará, como um rojão, diante do fogo de barragem do pelotão volante de Atar. E a todos espantam esses gestos de loucura.

No entanto, a história de El Mammoun foi a de muitos outros árabes. Ele envelhecia. Quem envelhece medita. Assim, certa noite, ele descobriu que havia traído o Deus do Islã e que sujara as mãos ao validar nas mãos dos cristãos uma troca em que ele perdia tudo.

Para ele o que importavam a cevada e a paz? Guerreiro decaído que se tornou pastor, ele agora se lembra de ter habitado um Saara onde cada prega de areia estava cheia de ameaças dissimuladas, onde o acampamento avançado na noite destacava vigilantes na ponta, onde as notícias dos movimentos inimigos aceleravam os corações em volta das fogueiras noturnas. Lembra-se de um gosto de alto-mar que, se provado uma única vez, nunca mais é esquecido.

Hoje ele vagueia inglório por uma terra pacificada e vazia de prestígio. Somente hoje o Saara é um deserto.

Os oficiais que ele vai assassinar talvez tivessem sua veneração. Mas o amor a Alá tem primazia.

– Durma bem, El Mammoun.

– Que Deus o proteja!

Os oficiais enrolam-se nas cobertas; estão deitados na areia como numa jangada, voltados para os astros. Lá estão todas as estrelas girando devagar, um céu inteiro marcando a hora. Lá está a lua pendendo para as areias, reconduzida ao nada pela Suprema Sabedoria. Os cristãos logo vão adormecer. Mais alguns minutos, e só as estrelas brilharão. Então, para que as tribos abastardadas recuperem seu esplendor passado, para que retomem suas perseguições, pois só elas dão refulgência às areias, bastará o grito frouxo desses cristãos que serão afogados em seu próprio sono... Mais alguns segundos e do irreparável nascerá um mundo...

E os belos tenentes adormecidos são assassinados.

5

Em Juby, hoje fui convidado por Kemal e seu irmão Mouyane a tomar chá em sua tenda. Mouyane me olha em silêncio e, com o véu bem esticado sobre a boca, mantém-se numa reserva selvagem. Só Kemal fala comigo e faz as honras da casa:

– Minha tenda, meus camelos, minhas mulheres, meus escravos são seus.

Sem deixar de olhar para mim, Mouyane inclina-se para o irmão, diz algumas palavras e volta ao silêncio.

– O que ele disse?

– Disse: "Bonnafous roubou mil camelos dos R'Gheibat".

Não conheço esse capitão Bonnafous, oficial meharista* do pelotão de Atar. Mas conheço a lenda sobre ele que corre entre os mouros. Falam dele com raiva, mas como de uma espécie de deus. Sua presença dá apreço ao deserto. Hoje mesmo ele acaba de surgir, ninguém sabe como, na retaguarda dos *rezzous* que marchavam para o Sul, roubando-lhes centenas de camelos, obrigando-os a desviar o rumo e lutar contra ele para salvar seus tesouros que acreditavam em

---

* Do francês *méhariste*, que monta um *méhari* (dromedário muito veloz). (N. T.)

segurança. E agora, depois de salvar Atar com aquela aparição de arcanjo e de montar acampamento numa mesa calcária elevada, ele permanece lá, empertigado, como um penhor por resgatar, e seu esplendor é tamanho que obriga as tribos a marchar para seu gládio.

Mouyane me olha com mais dureza e fala de novo.
– O que ele disse?
– Disse: "Amanhã parte um *rezzou* contra Bonnafous. Trezentos fuzis".

Eu bem pressentira alguma coisa. Aqueles camelos sendo levados ao poço nos últimos três dias, aquelas confabulações, aquele fervor. Parece que estão aprestando um veleiro invisível. E o vento do alto-mar, que o impulsionará, já está circulando. Por causa de Bonnafous, cada passo para o Sul é um passo cheio de glória. E eu já não sei distinguir o que essas idas contêm de ódio ou de amor.

É um luxo ter no mundo inimigo tão belo para assassinar. Onde ele surge, as tribos próximas recolhem as tendas, juntam os camelos e fogem, temendo encontrá-lo face a face, porém as tribos mais distantes são acometidas por uma vertigem igual à do amor. Renuncia-se à paz das tendas, aos abraços das mulheres, ao sono feliz e descobre-se que nada no mundo vale tanto a pena quanto, depois de dois meses de marcha extenuante para o Sul, de sede abrasadora, de longas esperas de cócoras sob a tempestade de areia, cair de surpresa num amanhecer sobre o pelotão volante de Atar e, com a permissão de Deus, assassinar o capitão Bonnafous.

– Bonnafous é forte – admite Kemal.

Agora sei o segredo deles. Tal como o homem que deseja uma mulher, revendo em sonho os passos indiferentes com que ela passeia, vira-se e revira-se a noite inteira, ferido, torturado por aquele passeio indiferente que continua em seu sonho, eles são atormentados pelos passos distantes de Bonnafous. Surpreendendo pela retaguarda os *rezzous* lançados contra ele, aquele cristão vestido de mouro penetrou, à frente de seus duzentos piratas mouros, em pleno território sublevado, onde o último de seus homens, liberto das coerções francesas, poderia despertar da servidão, impunemente, e sacrificá-lo ao seu Deus sobre as mesas de pedra, onde somente o prestígio dele os retém, onde a própria fraqueza dele os amedronta. E, naquela noite, em meio ao sono rouco de seus homens, ele passa e repassa indiferente, e seus passos soam até no coração do deserto.

Mouyane medita, sempre imóvel no fundo da tenda, como um baixo-relevo de granito azul. Brilho, só de seus olhos e do punhal de prata, que já não é um brinquedo. Como mudou desde que reuniu o *rezzou*! Sente, como nunca, sua própria nobreza e me esmaga com seu desprezo; porque vai ao encontro de Bonnafous, porque vai se pôr em marcha ao alvorecer, impelido por um ódio que tem todos os sinais do amor.

Mais uma vez inclina-se para o irmão, fala em voz muito baixa e me olha.

– O que ele disse?

– Disse que vai atirar em você se o encontrar longe do forte.

– Por quê?

– Ele disse: "Você tem aviões e o telégrafo sem fio, você tem Bonnafous, mas não tem a verdade".

Imóvel em seus véus azuis com drapejamentos de estátua, Mouyane me julga.

– Ele disse: "Você come salada como as cabras e come porco como os porcos. Suas mulheres sem pudor mostram o rosto": ele viu. Ele disse: "Você nunca reza". Ele disse: "De que lhe servem os aviões, o telégrafo sem fio e Bonnafous, se você não tem a verdade?".

E eu admiro esse mouro que não defende sua liberdade, pois no deserto sempre se é livre, que não defende tesouros visíveis, pois o deserto é nu, mas que defende um reino secreto. No silêncio das ondas de areia, Bonnafous conduz seu pelotão como um velho corsário, e, graças a ele, este acampamento de Cabo Juby deixou de ser um lar de pastores ociosos. A tempestade de Bonnafous pesa sobre seu flanco, e, por causa dele, arriam-se as tendas à noite. E como é pungente esse silêncio ao sul: é o silêncio de Bonnafous! E Mouyane, velho caçador, ouve-o caminhar no vento.

Quando Bonnafous voltar para a França, seus inimigos, em vez de se alegrar, chorarão, como se sua partida retirasse do deserto um de seus polos, e da existência deles um pouco de prestígio; e eles me dirão:

– Por que vai embora o seu Bonnafous?

– Não sei...

Ele pôs em jogo a própria vida contra a deles, durante anos. Com as regras deles fez as suas. Dormiu com a cabeça apoiada às pedras deles. Durante a eterna perseguição, conheceu como eles noites bíblicas, feitas de estrelas e vento. E eis que, indo embora, ele demonstra que não estava jogando um jogo essencial. Abandona a mesa com desenvoltura. E os mouros, que ele deixa jogando sozinhos, perdem a confiança num sentido da vida que já não compromete os homens até a medula. Apesar de tudo, querem acreditar nele:

– Bonnafous vai voltar.

– Não sei.

Vai voltar, pensam os mouros. Já não se contentará com os jogos da Europa, nem com os bridges de guarnição, nem com a promoção, nem com as mulheres. Obcecado pela nobreza perdida, voltará para onde cada passo faz o coração bater, como um passo rumo ao amor. Achou que aqui viveria apenas uma aventura e que ali encontraria o essencial, mas descobrirá com desgosto que as únicas riquezas verdadeiras são as que possuiu aqui, no deserto: o prestígio da areia, a noite, este silêncio, esta pátria de vento e estrelas. E, se Bonnafous voltar um dia, a notícia se espalhará já na primeira noite entre os revoltosos. Os mouros saberão que ele está dormindo em algum ponto do Saara, no meio de seus duzentos piratas. E então levarão os *mehara* aos poços, em silêncio. Prepararão as provisões de cevada. Verificarão as culatras das armas. Impelidos por esse ódio ou por esse amor.

6

– Esconda-me num avião para Marrakesh...

Todo fim de tarde, em Juby, aquele escravo dos mouros me dirigia sua curta súplica. Depois disso, tendo feito o possível para viver, sentava-se com as pernas cruzadas e preparava meu chá. Agora estava tranquilo por um dia, depois de se confiar, segundo acreditava, ao único médico que podia curá-lo, depois de rogar ao único deus que podia salvá-lo. Agora, inclinado sobre a chaleira, ruminava as imagens simples de sua vida, as terras negras e as casas rosadas de Marrakesh, os bens elementares de que tinha sido despojado. Não me queria mal pelo meu silêncio nem pela minha demora em lhe dar a vida: eu não era um homem semelhante a ele, mas uma força que devia ser posta em marcha, algo como um vento favorável que um dia sopraria sobre seu destino.

No entanto, eu, simples piloto, chefe de aeroporto por alguns meses em Cabo Juby, tendo como única fortuna um barracão encostado ao forte espanhol e, nesse barracão, uma bacia, uma jarra de água salgada e uma cama curta demais, tinha menos ilusões sobre meu próprio poder:

— Vamos ver, velho Bark.

Todos os escravos se chamam Bark; portanto, ele se chamava Bark. Apesar dos quatro anos de cativeiro, ainda não estava resignado: lembrava-se de ter sido rei.

— O que você fazia em Marrakesh, Bark?

Em Marrakesh, onde a mulher e os três filhos ainda viviam provavelmente, ele exercera uma profissão magnífica:

— Eu era tropeiro e me chamava Mohammed!

Lá os *caïds** o convocavam:

— Preciso vender uns bois, Mohammed. Vá buscá-los na montanha.

Ou então:

— Tenho mil carneiros na planície. Leve-os para as pastagens de cima.

E Bark, armado de um cetro de oliveira, governava o êxodo dos ovinos. Como único responsável por uma população de ovelhas, retardando as mais ágeis por causa dos cordeiros que iam nascer e apressando um pouco as preguiçosas, ele caminhava com a confiança e a obediência de todos. Como único conhecedor das terras prometidas para onde os conduzia, como único capaz de ler sua rota nos astros, repositório de uma ciência desconhecida pelas ovelhas, ele era o único que, em sua sabedoria, decidia a hora do repouso, a hora das nascentes. E de pé, à noite, vendo-as dormir, tomado de

---

* Autoridade que acumula funções administrativas, judiciárias e financeiras; chefe de tribo. (N. T.)

ternura por tanta fraqueza ignorante e banhado de lã até os joelhos, Bark, médico, profeta e rei, orava por seu povo.

Um dia os árabes o abordaram:

— Venha conosco buscar uns animais no Sul.

Fizeram-no andar muito tempo e, três dias depois, quando já tinha avançado muito por uma trilha estreita entre montanhas, nos confins do território dos revoltosos, puseram-lhe simplesmente a mão no ombro, batizaram-no com o nome de Bark e o venderam.

Eu conhecia outros escravos. Ia todo dia tomar chá nas tendas. Recostado ali, descalço, sobre o tapete de lã grossa que é o luxo do nômade e sobre o qual ele alicerça sua morada por algumas horas, eu saboreava a viagem do dia. No deserto se sente o escoar do tempo. Sob o ardor do sol, marcha-se para a noite, para o vento fresco que banhará os membros e lavará o suor. Sob o ardor do sol, animais e homens avançam para esse grande bebedouro com a mesma certeza com que se avança para a morte. Assim, o ócio nunca é vão. E o dia inteiro parece belo como as estradas que vão para o mar.

Os escravos eu conhecia. Entram na tenda depois que o amo tirou o fogareiro, a chaleira e os copos de sua caixa de tesouros, caixa repleta de objetos absurdos, cadeados sem chave, vasos de flores sem flores, espelhos de três vinténs, armas velhas: lançados assim, no meio da areia, lembram os arrojos de um naufrágio.

Então o escravo, mudo, põe gravetos secos no fogareiro, sopra a brasa, enche a chaleira, aciona, para esses esforços de menina, músculos capazes de arrancar cedros pelas raízes. Ele é calmo. Entrou na engrenagem: fazer chá, tratar dos *méhara*, comer. Sob o ardor do dia, marchar para a noite e, sob o gelo das estrelas nuas, desejar o ardor do dia. Felizes os países do Norte em que as estações compõem lendas: no verão, a das neves e, no inverno, a do sol; tristes trópicos, em cuja estufa nada muda muito; mas feliz também este Saara em que o dia e a noite balançam tão singelamente o homem de uma expectativa à outra.

Às vezes o escravo negro, acocorando-se diante da porta, saboreia o vento da noite. Aquele corpo pesado de cativo já não é percorrido pelas lembranças. Mal se lembra da hora do rapto, das pancadas, dos gritos, dos braços dos homens que o derrubaram na noite presente. Desde aquela hora, ele afunda num sono estranho, privado, como um cego, dos seus rios lentos do Senegal ou de suas cidades brancas do sul de Marrocos, privado, como um surdo, das vozes familiares. Não é infeliz esse negro: é mutilado. Jogado um dia no ciclo de vida dos nômades, ligado às suas migrações, preso por toda a vida aos círculos que eles descrevem no deserto, o que ele ainda terá em comum com um passado, um lar, uma mulher e uns filhos que para ele estão mais mortos que os mortos?

Homens que viveram por muito tempo de um grande amor e depois foram privados dele às vezes se cansam de sua nobreza solitária. Reaproximam-se humildemente da vida e constroem sua felicidade com um amor medíocre. Acharam bom abdicar, tornar-se servis, entrar na paz das coisas. E o orgulho do escravo se constrói com a brasa do amo.

– Tome, pegue – diz às vezes o amo ao cativo.

É a hora em que o senhor é bom para o escravo, em virtude daquela remissão de todas as fadigas, de todos os ardores do dia, em virtude daquele ingresso, lado a lado, no frescor. E lhe concede um copo de chá. E o escravo, carregado de reconhecimento, por aquele copo de chá beijaria os joelhos do senhor. Ao cativo nunca se atam grilhões. Pouca necessidade ele tem disso! Fidelidade não lhe falta! Tem a prudência de renegar em si mesmo o rei negro desapossado: é apenas um cativo feliz.

Um dia, porém, ele será libertado. Quando estiver velho demais para valer a comida ou as roupas, vão lhe conceder uma liberdade desmedida. Durante três dias ele se oferecerá em vão de tenda em tenda, cada dia mais fraco, e no fim do terceiro dia, sempre comportado, se deitará na areia. Em Juby via alguns assim, morrer nus. Os mouros conviviam com a longa agonia deles, mas sem crueldade, e os filhos dos mouros brincavam perto daquela carcaça escura, e toda manhã corriam até ela, por brincadeira, para ver se ainda se mexia, mas sem rirem do velho servidor. Aquilo fazia parte da ordem natural. Era como se dissessem: "Você trabalhou bem, tem direito ao sono, vá dormir". Sempre deitado no chão, ele sentia a fome que é apenas vertigem, mas não injustiça, que, esta sim, atormenta. Aos poucos, ele se misturava à terra. Ressequido pelo sol e recebido pela terra. Trinta anos de trabalho, depois aquele direito ao sono e à terra.

Do primeiro desses que encontrei não ouvi nenhum gemido: mas ele não tinha contra quem gemer. Eu adivinhava nele uma espécie de obscuro consentimento, como o do montanhês perdido que, sem forças, se deita na neve, se embrulha em seus sonhos e na neve. Não foi seu sofrimento que me atormentou. Não acreditava muito que sofresse. Mas é que na morte de um homem morre um mundo desconhecido, e eu me perguntava que imagens estariam soçobrando nele. Que plantações do Senegal, que alvas cidades do sul do Marrocos afundavam aos poucos no esquecimento. Eu não podia saber se, naquela massa negra, se extinguiam simplesmente preocupações miseráveis – preparar o chá, levar os animais ao poço… –, se estava adormecendo uma alma de escravo ou se, ressuscitado por um fluxo de lembranças, o homem morria em sua grandeza. Para mim, o osso duro do crânio era igual à velha caixa de tesouros. Eu não sabia que sedas coloridas, que imagens de festas, que vestígios tão desusados aqui, tão inúteis neste deserto, haviam escapado ao naufrágio. A caixa estava ali, fechada, pesada. Eu não sabia que parte do mundo, durante o gigantesco sono dos últimos dias, se desfazia naquele homem, naquela consciência, naquela carne que, aos poucos, voltavam a ser noite e raiz.

"Eu era tropeiro e me chamava Mohammed…"
Bark, cativo negro, foi o primeiro que vi resistir. Não porque os mouros tivessem violado sua liberdade e, num só dia, o tivessem deixado mais nu que um recém-nascido. Há tempestades de Deus que destroem desse jeito, em uma hora, as searas de um homem. Mas sim porque, mais profundamente que nos bens, os mouros o ameaçavam em sua personagem. E Bark não abdicava, enquanto tantos outros escravos deixariam morrer dentro de si um pobre tropeiro que labutava o ano inteiro para ganhar o pão.

Bark não se instalava na servidão como quem, cansado de esperar, se instala numa felicidade medíocre. Não queria construir suas alegrias de escravo com bondades do amo. Conservava para o Mohammed ausente aquela casa que Mohammed havia habitado dentro de seu peito. Aquela casa triste por estar vazia, mas que nenhum outro habitaria. Bark era como aquele velho guarda encanecido que, sobre a relva das aleias e no tédio do silêncio, morre de fidelidade.

Não dizia: "Eu sou Mohammed ben Lhaoussin", mas "Eu me chamava Mohammed", sonhando com o dia em que aquela personagem esquecida ressuscitaria, expulsando, com sua simples ressurreição, a aparência de escravo. Às vezes, no silêncio da noite, todas as lembranças lhe eram devolvidas, com a plenitude de uma cantiga da infância. "De madrugada", contava nosso intérprete mouro, "de madrugada ele falou de Marrakesh e chorou." Na solidão, ninguém escapa desses regressos. Sem aviso prévio, o outro despertava nele, espichava-se por seus membros, procurava a mulher ao lado, ali no deserto onde nunca mulher nenhuma jamais se aproximou dele. Bark ouvia o canto das águas das nascentes, ali onde nascente alguma jamais correu. E Bark, de olhos fechados, acreditava habitar uma casa branca, assentada a noite toda sob a mesma estrela, ali onde os homens habitam moradas de burel e perseguem o vento. Carregado dessas velhas afeições misteriosamente vivificadas, como se seu polo estivesse próximo, Bark vinha a mim. Queria me dizer que estava pronto, que todas as suas afeições estavam prontas, e que para distribuí-las só lhe faltava voltar para casa. E bastaria um sinal meu. E Bark sorria e me indicava o truque em que decerto eu ainda não havia pensado:

– É amanhã o correio... Você me esconde no avião para Agadir...

– Pobre velho Bark!

Estávamos no território dos revoltosos, como poderíamos ajudá-lo a fugir? No dia seguinte os mouros vingariam, sabe Deus com que massacre, o roubo e a injúria. Eu bem que tentara comprá-lo, ajudado pelos mecânicos do posto de escala, Laubergue, Marchal e Abgrall, mas não é todo o dia que os mouros topam com europeus em busca de escravos. Por isso abusam:

– Vinte mil francos.
– Está brincando?
– Olhe só os braços fortes que ele tem…

E assim se passaram meses.

Finalmente as pretensões dos mouros baixaram e, ajudado por amigos da França aos quais havia escrito, vi-me em condições de comprar o velho Bark.

Foram longas negociações. Duraram oito dias, que passamos sentados em círculo, na areia, quinze mouros e eu. Um amigo do proprietário, que também era meu amigo, Zin Ould Rhattari, bandoleiro, ajudava-me em segredo:

– Venda, de qualquer jeito você vai perdê-lo – dizia ele ao proprietário, seguindo meus conselhos. – Ele está doente. A doença não se vê logo de cara, mas está por dentro. Chega um dia, de repente, o sujeito incha. Venda logo aos franceses.

Eu tinha prometido uma comissão a outro bandido, Raggi, se me ajudasse a fechar o negócio; e Raggi tentava o proprietário:

– Com esse dinheiro você compra camelos, fuzis e balas. Também vai poder se mandar com um *rezzou* e guerrear com os franceses. Aí você traz de Atar uns três ou quatro escravos novinhos. Dê um fim nesse velho…

E venderam-me Bark. Fechei-o a chave durante seis dias em nosso barracão, porque, se ele ficasse dando voltas lá fora antes da passagem do avião, os mouros o pegariam de novo e o revenderiam mais longe.

Mas o alforriei. Foi mais uma bela cerimônia. Vieram o marabuto, o ex-proprietário e Ibrahim, *caïd* de Juby. Aqueles três salafrários, que teriam cortado a cabeça de Bark a vinte metros da muralha do forte pelo simples prazer de me pregar uma peça, abraçaram-no efusivamente e assinaram um documento oficial.

— Agora você é nosso filho.

Meu também, segundo a lei.

E Bark abraçou todos os seus pais.

Viveu agradável cativeiro em nossa barraca até a hora da partida. Vinte vezes por dia pedia que lhe descrevessem aquela viagem fácil: desceria do avião em Agadir e naquela escala receberia uma passagem de ônibus para Marrakech. Bark brincava de homem livre como uma criança brinca de explorador: a marcha para a vida, o ônibus, as multidões, as cidades que ele ia rever…

Laubergue veio falar comigo em nome de Marchal e de Abgrall. Bark não poderia morrer de fome quando desembarcasse. Davam-me mil francos para lhe entregar; assim, Bark poderia procurar trabalho.

E eu pensava naquelas velhinhas das obras de misericórdia, que "fazem caridade", dão vinte francos e exigem reconhecimento. Laubergue, Marchal e Abgrall, mecânicos de avião, davam mil, não faziam caridade e muito menos exigiam reconhecimento. Também não agiam por piedade, como as mesmas velhinhas que sonham com a felicidade. Eles simplesmente contribuíam para devolver a um homem a dignidade de homem. Sabiam muito bem, como eu, que, passada a embriaguez da volta, a primeira amiga fiel que apareceria diante de Bark seria a miséria e que, antes de três meses, ele estaria penando em alguma estrada de ferro a arrancar dormentes. Seria menos feliz que conosco, no deserto. Mas tinha o direito de ser ele mesmo entre os seus.

— Pois bem, velho Bark, vá e seja um homem.

O avião vibrava, prestes a partir. Bark inclinava-se uma última vez para a imensa desolação de Cabo Juby. Diante do avião, duzentos mouros tinham se aglomerado para ver que cara faz um escravo às portas da vida. Eles o recuperariam um pouco mais adiante, em caso de pane.

E nós acenávamos adeuses ao nosso recém-nascido de cinquenta anos, um pouco preocupados por soltá-lo no mundo.

– Adeus, Bark!
– Não.
– Como não?
– Não. Eu sou Mohammed ben Lhaoussin.

As últimas notícias dele recebemos por intermédio do árabe Abdallah que, a nosso pedido, cuidou de Bark em Agadir.

O ônibus partiria só à noite, portanto Bark dispunha de um dia inteiro. Primeiro, ele vagou durante tanto tempo pela cidadezinha, sem dizer nada, que Abdallah teve a impressão de que ele estava apreensivo e se preocupou:

– O que há?
– Nada...

Bark, solto demais naquelas férias súbitas, ainda não sentia sua ressurreição. De fato, sentia uma felicidade surda, mas, afora aquela felicidade, quase não havia diferença entre o Bark de ontem e o Bark de hoje. Contudo, ele já partilhava com os outros, em pé de igualdade, aquele sol e o direito de se sentar aqui, sob o caramanchão deste café árabe. Sentou-se. Pediu chá para Abdallah e para si. Era seu primeiro gesto de senhor; aquele poder devia tê-lo transfigurado. Mas o garçom lhe serviu o chá sem surpresa, como se o seu gesto fosse banal. Servindo aquele chá, não sentia que estava glorificando um homem livre.

– Vamos dar uma volta – disse Bark.

Subiram para a casbá, que domina Agadir.

As pequenas dançarinas berberes foram até eles. Davam mostras de tanta meiguice submissa que Bark acreditou que ia reviver: eram elas que, sem saber, o acolheriam na vida. Tomando-o pela mão, ofereceram-lhe chá com gentileza, mas como teriam oferecido a qualquer outro. Bark quis contar-lhes sua ressurreição. Elas riram ternamente. Estavam contentes por ele, porque ele estava contente. Para maravilhá-las, acrescentou: "Eu sou Mohammed ben Lhaoussin". Mas isso pouco as surpreendeu. Todos os homens têm nome, e muitos voltam de tão longe...

Bark ainda fez Abdallah andar mais pela cidade. Perambulou pelas bancas dos judeus, olhou o mar, considerou que poderia andar à vontade em qualquer direção, que estava livre... Mas aquela liberdade lhe pareceu amarga: ela lhe revelava, sobretudo, até que ponto ele carecia de vínculos com o mundo.

Então, como ia passando um menino, Bark lhe acariciou suavemente o rosto. O menino sorriu. Não era um filho de amo que se adula. Era uma criança fraca a quem ele concedia uma carícia. Criança que sorria. E aquela criança despertou Bark, e Bark se sentiu um pouco mais importante no mundo, por causa de uma criança fraca que tivera de lhe sorrir. Ele começava a entrever alguma coisa e agora andava a passos largos.

– O que está procurando? – perguntava Abdallah.

– Nada... – respondia Bark.

Mas, quando topou numa esquina com um grupo de crianças brincando, parou. Era ali. Olhou-as em silêncio. Depois, afastando-se em direção às bancas dos judeus, voltou sobraçando muitos presentes. Abdallah irritava-se:

– Imbecil, guarde seu dinheiro!

Mas Bark não o ouvia. Sério, fez sinal a cada uma das crianças. E as mãozinhas se estenderam para os brinquedos, os braceletes, as babuchas com costuras douradas. E cada criança, depois de agarrar bem o seu tesouro, fugia, selvagem.

As outras crianças de Agadir, sabendo da novidade, correram para ele: Bark as calçou com babuchas de ouro. E nas cercanias de Agadir outras crianças, movidas também por aquele rumor, ergueram-se e subiram gritando em direção ao deus negro e, agarradas às suas vestes de escravo, reivindicavam o que lhes era devido. Bark arruinava-se.

Abdallah achou que ele estava "doido de alegria". Mas eu acho que para Bark não se tratava de repartir o excesso de alegria.

Como estava livre, possuía os bens essenciais, o direito de se fazer amar, de ir para o norte ou para o sul e de ganhar o pão trabalhando. Para que aquele dinheiro... se ele sentia, como quem sente fome profunda, a necessidade de ser um homem entre os homens, ligado aos homens. As dançarinas de Agadir haviam se mostrado meigas com o velho Bark, mas ele se despedira delas sem esforço, tal como tinha chegado; elas não precisavam dele. O garçom do café árabe, os transeuntes, todos respeitavam nele um homem livre, dividiam com ele o sol em pé de igualdade, mas nenhum havia dado mostras de precisar dele. Estava livre, mas infinitamente livre, a ponto de não se sentir pesar no chão. Faltava-lhe o peso das relações humanas que tolhe a marcha, faltavam-lhe as lágrimas, os adeuses, as repreensões, as alegrias, tudo o que um homem acaricia ou rasga sempre que esboça um gesto, os mil laços que o prendem aos outros, que o tornam pesado. Mas sobre Bark já pesavam mil esperanças…

E o reinado de Bark começava naquela glória do sol poente sobre Agadir, naquele frescor que durante tanto tempo fora para ele a única alegria esperável, o único aprisco. E, como se aproximasse a hora da partida, Bark avançava, banhado por aquela maré de crianças, como outrora por suas ovelhas, abrindo seu primeiro sulco no mundo. No dia seguinte voltaria à miséria dos seus, responsável por mais vidas do que seus velhos braços talvez fossem capazes de sustentar, mas ali já pesava com seu verdadeiro peso. Tal como um arcanjo leve demais para viver a vida dos homens, que, trapaceando, costurasse chumbo ao cinto, Bark avançava com dificuldade, puxado para o chão por mil crianças que precisavam tanto de babuchas de ouro.

7

Assim é o deserto. O Alcorão, que é apenas uma das regras do jogo, transforma as areias em Império. Nos confins de um Saara que seria vazio, representa-se um drama secreto que revolve as paixões humanas. A verdadeira vida do deserto não é feita de êxodos de tribos à procura de vegetação para pasto, mas do jogo que ainda se joga ali. Que diferença material entre a areia submissa e a outra! E não é isso o que acontece com todos os homens? Diante daquele deserto transfigurado eu me lembro dos jogos de minha infância, do parque sombrio e dourado que havíamos povoado de deuses, do reino sem limites que extraíamos daquele quilômetro quadrado nunca inteiramente conhecido, nunca inteiramente esquadrinhado. Formávamos uma civilização fechada em que os passos tinham um gosto, em que as coisas tinham um sentido que não era permitido em nenhuma outra. E quando, já adultos, vivemos sob outras leis, o que resta daquele parque cheio de sombras da infância, mágico, gelado, ardente, cuja mureta de pedras cinzentas agora, ao voltarmos, percorremos com uma espécie de desespero, do lado de fora, admirados por achar encerrada em recinto tão estreito uma província que tínhamos transformado em nosso infinito, e compreendendo que àquele infinito nunca mais retornaremos, pois é ao jogo, e não ao parque, que precisaríamos retornar.

Mas já não há revoltosos. Cabo Juby, Cisneros, Puerto Cansado, Saquia-El-Hamra, Dora, Smarra já não têm mistérios. Os horizontes para os quais outrora corremos extinguiram-se, um após outro, como os insetos que perdem as cores quando presos na armadilha de nossas mãos tépidas. Mas quem os perseguia não era joguete de uma ilusão. Não nos enganamos quando corríamos atrás daquelas descobertas. Tampouco se enganava o sultão das *Mil e uma noites*, que estava em busca de uma matéria tão sutil que suas belas cativas iam se apagando, uma a uma, em seus braços ao amanhecer, depois de perderem, tão logo tocadas, o ouro de suas asas. Nós nos alimentávamos da magia das areias; outros talvez ali venham a perfurar seus poços de petróleo e enriquecer com suas mercadorias. Mas terão chegado tarde demais. Pois os palmeirais proibidos e a poeira virgem de conchas nos entregaram sua parte mais preciosa: ofereciam apenas uma hora de fervor, e fomos nós que a vivemos.

O deserto? Foi-me concedido abordá-lo um dia pelo coração. Durante um reide à Indochina, em 1935, encontrei-me no Egito, na fronteira da Líbia, preso nas areias como num visgo, e achei que fosse morrer. Eis a história.

VII

No meio do deserto

1

Abordando o Mediterrâneo, topei com nuvens baixas. Desci a vinte metros. O aguaceiro açoita o para-brisa, e o mar parece estar fumegando. Faço muito esforço para enxergar alguma coisa e não me chocar contra algum mastro de navio.

Meu engenheiro de voo, André Prévot, acende-me cigarros.

– Café…

Desaparece no fundo do avião e volta com a garrafa térmica. Tomo o café. De vez em quando dou piparotes no manete do gás para manter duas mil e cem rotações. Passo os olhos pelos mostradores: meus súditos são obedientes, cada ponteiro está em seu devido lugar. Lanço um olhar para o mar que, sob a chuva, exala vapor, como uma grande bacia de água quente. Se estivesse num hidroavião não iria gostar de vê-lo tão encapelado. Mas estou de avião. Encapelado ou não, não posso pousar. E, não sei por quê, isso me dá uma absurda sensação de segurança. O mar faz parte de um mundo que não é o meu. Pane, aqui, é algo que não me diz respeito, nem sequer me ameaça: não estou aprestado para o mar.

Depois de uma hora e meia de voo, a chuva amaina. As nuvens continuam muito baixas, mas a luz já as atravessa como um grande sorriso. Admiro aquela lenta preparação do bom tempo. Adivinho, sobre minha cabeça, uma leve espessura de algodão branco. Faço uma manobra de rolagem para evitar um pé-d'água: já não é necessário atravessar seu coração. Pronto: aparece a primeira aberta...

Essa eu pressenti, sem ver, pois avisto à minha frente, no mar, uma longa trilha cor de prado, espécie de oásis de um verde luminoso e profundo, semelhante àqueles cevadais que faziam meu coração bater no sul do Marrocos, quando eu chegava do Senegal depois de três mil quilômetros de areia. Aqui também tenho a impressão de estar abordando uma província habitável e sinto ligeira alegria. Volto-me para Prévot:

– Acabou, tudo certo!
– É, tudo certo...

Túnis. Enquanto o avião é abastecido de combustível, assino papéis. Mas, no momento em que vou saindo do escritório, ouço um "pluf!" de mergulho. Um daqueles ruídos secos, sem eco. Lembro-me no mesmo instante de já ter ouvido barulho semelhante: uma explosão num hangar. Dois homens mortos por aquela tosse rouca. Volto-me para a estrada que margeia a pista: um pouco de poeira subindo. Dois carros velozes chocaram-se, imobilizados de repente, como congelados. Alguns homens correm para lá, outros para nós:

– Telefonem... Um médico... A cabeça...

Sinto um aperto no coração. Na calma luz da tardinha, a fatalidade lançou com sucesso um ataque surpresa. Uma beleza devastada, ou uma inteligência, ou uma vida... Assim também os salteadores caminharam no deserto, e ninguém ouviu seus passos elásticos na areia. Foi esse, no acampamento, o curto rumor da razia. Depois tudo retornou ao silêncio dourado... A mesma paz, o mesmo silêncio… Alguém perto de mim fala de fratura no crânio. Não quero ver aquela fronte inerte e ensanguentada, dou as costas à estrada e vou para meu avião. Mas conservo no peito uma impressão de ameaça. E aquele ruído reconhecerei dentro em breve. Quando eu descer atritando um platô negro a duzentos e setenta quilômetros por hora, reconhecerei a mesma tosse rouca: o mesmo "han!" do destino, à espera no encontro marcado.

A caminho de Bengasi.

2

A caminho. Duas horas de luz ainda. Já larguei os óculos escuros quando abordo a Tripolitânia. E a areia se doura. Meu Deus, como este planeta é deserto! Mais uma vez, tenho a impressão de que rios, bosques e habitações humanas não passam de felizes conjunções do acaso. Que parcela enorme de rocha e areia!

Mas tudo aquilo me é estranho: vivo apenas no domínio do voo. Sinto a chegada da noite, em que a gente se fecha como num templo. Noite em que, nos segredos dos ritos essenciais, a gente se fecha em irremediável meditação. Todo esse mundo profano já se apaga e vai desaparecer. Toda essa paisagem ainda está sendo alimentada pela luz áurea, mas algo dela já evapora. E não conheço nada, garanto, nada que valha esse momento. E só me compreenderá quem já sentiu o inexplicável amor pelo voo.

Portanto, vou renunciando devagar ao sol. Renunciando às grandes superfícies douradas que me teriam acolhido em caso de pane… Renunciando aos referenciais que me guiariam. Renunciando aos contornos das montanhas contra o céu que me esquivariam dos escolhos. Entro na noite. Navego. Tenho por mim apenas as estrelas…

Essa morte do mundo se dá lentamente. E é devagar que a luz vai me faltando. É devagar que céu e terra vão se confundindo. A terra sobe e parece espalhar-se como vapor. Os primeiros astros tremeluzem como se imersos em água verde. Será preciso esperar muito ainda para que se tornem diamantes duros. Precisarei esperar muito ainda para assistir aos jogos silenciosos das estrelas cadentes. No coração de certas noites vi tantas centelhas correndo que parecia estar soprando uma ventania entre as estrelas.

Prévot faz um teste com as lâmpadas fixas e as de emergência. Envolvemos as lâmpadas em papel vermelho.

– Mais uma camada…

Ele acrescenta uma folha e toca um contato: a luz ainda está forte demais. Desse jeito velaria, como em fotografia, a pálida imagem do mundo exterior. Destruiria a polpa ligeira que, às vezes à noite, ainda se liga às coisas. Esta noite se fez. Mas ainda não é a verdadeira noite. Subsiste um crescente de lua. Prévot desaparece no fundo do avião e volta com um sanduíche. Eu mordisco um cacho de uvas. Não tenho fome. Não tenho fome nem sede. Não sinto cansaço algum, acho que pilotaria assim durante dez anos.

A lua morreu.

Bengasi se anuncia na noite negra. Bengasi repousa no fundo de uma escuridão tão profunda que não se orna de nenhum halo. Avistei a cidade quando já estava chegando. Estava procurando o campo de pouso, e eis que seu balizamento vermelho se acende. As luzes recortam um retângulo preto. Guino. A luz de um farol apontado para o céu sobe reta como uma labareda, gira e traça na pista uma estrada de ouro. Guino de novo para observar bem os obstáculos. O equipamento noturno daquele campo é admirável. Reduzo e começo meu mergulho como em águas negras.

São 23 horas locais quando aterrisso. Taxio até o farol. Os oficiais e soldados mais corteses do mundo passam da sombra para a luz dura do projetor, ora visíveis, ora invisíveis. Pegam meus papéis, começa o abastecimento de combustível. Tudo estará acertado em vinte minutos.

– Guine e passe por cima de nós, senão não vamos ficar sabendo se a decolagem terminou bem.

A caminho.

Vou taxiando por aquela estrada de ouro em direção a uma saída sem obstáculos. Meu avião, do tipo Simoun, decola sua sobrecarga antes de percorrer toda a área disponível. A luz do projetor me segue e me atrapalha na hora de guinar. Por fim ele me deixa livre: adivinharam que me ofuscava. Faço meia-volta na vertical e outra vez a luz do projetor bate em meu rosto, mas, assim que o toca, me acompanha, dirigindo para outro lugar sua longa flauta de ouro. Sinto, por trás desses cuidados, uma extrema cortesia. E agora guino de novo em direção ao deserto.

Os serviços de meteorologia de Paris, Túnis e Bengasi me anunciaram um vento de popa de trinta a quarenta quilômetros por hora. Conto com uma velocidade de cruzeiro de trezentos quilômetros por hora. Dirijo a proa para o meio do segmento da direita que une Alexandria ao Cairo. Evitarei assim as zonas proibidas da costa e, apesar das derivas desconhecidas que venha a sofrer, serei retido, tanto à direita quanto à esquerda, pelas luzes de uma dessas duas cidades ou, de um modo mais geral, pelas do vale do Nilo. Navegarei três horas e vinte minutos, se o vento não variar. Três horas e quarenta e cinco minutos, se amainar. E começo a absorver mil e cinquenta quilômetros de deserto.

Lua nenhuma. Só um breu que se dilatou até as estrelas. Não avistarei nenhuma luz, não terei o benefício de nenhum ponto de referência, por falta de rádio não receberei nenhum sinal humano antes do Nilo. Não tento sequer observar qualquer coisa que não seja minha bússola de navegação e meu giroscópio Sperry. Não me interesso por nada que não seja o lento período de respiração, no mostrador escuro do instrumento, de uma estreita linha fosforescente. Quando Prévot se desloca, corrijo com calma as variações de centragem. Subo para dois mil metros, onde, segundo me informaram, os ventos são favoráveis. A longos intervalos acendo uma lâmpada para observar os mostradores do motor, nem todos luminosos, mas na maior parte do tempo me encerro bem na escuridão, entre as minhas minúsculas constelações que difundem a mesma luz mineral e a mesma luz inesgotável e secreta das estrelas, e que falam a mesma linguagem destas. Eu também, como os astrônomos, leio um livro de mecânica celeste. Eu também me sinto estudioso e puro. Tudo se apagou no mundo. Há Prévot, que adormece depois de ter resistido bastante, e eu saboreio melhor minha solidão. Há o doce ronco do motor e, na minha frente, todas as estrelas calmas do painel.

Enquanto isso, medito. Não temos o benefício da lua, estamos sem rádio. Nenhum laço, nem o mais tênue, nos ligará ao mundo enquanto não dermos de frente para o filete luminoso do Nilo. Estamos fora de tudo, e apenas nosso motor nos suspende e nos faz perdurar no breu. Estamos atravessando o grande vale negro dos contos de fada, o da prova. Aqui não há socorro. Aqui não há perdão para os erros. Estamos entregues à vontade de Deus.

Um clarão está passando por uma junção do quadro de luz. Acordo Prévot para que desligue aquela lâmpada. Prévot mexe-se na sombra como um urso, estremunha-se, avança. Fica absorto em não sei que combinação de lenços e papel preto. O clarão desapareceu. Era uma rachadura no mundo. Não da mesma qualidade da pálida e distante luz fosforescente. Era uma luz de boate, não uma luz de estrela. Mas, acima de tudo, me ofuscava, apagava as outras luminosidades.

Três horas de voo. Surge à minha direita uma claridade que me parece viva. Olho. Uma longa esteira luminosa prende-se à lâmpada da extremidade da asa, que até então ficara invisível para mim. É um clarão intermitente, ora forte, ora mais fraco: eis que estou entrando numa nuvem. É ela que reflete minha lâmpada. Nas proximidades de meus pontos de referência, eu preferiria um céu limpo. A asa se ilumina sob aquele halo. A luz se instala, se fixa e se irradia, formando uma espécie de buquê róseo. Sou sacudido por profundas turbulências. Estou navegando em algum lugar, no vento de um cúmulo cuja espessura não conheço. Subo até dois mil e quinhentos metros e não emerjo. Volto a descer até mil. O buquê de flores continua ali, imóvel, cada vez mais brilhante. Bom. Tudo bem. Azar. Penso em outra coisa. Vamos ver quando sairmos daqui. Mas não gosto daquela luz de hotel barato.

Calculo: "Aqui, estou dançando um pouco, é normal, mas passei por turbulências durante toda a viagem, apesar do céu limpo e da altitude. O vento não acalmou, e devo estar a mais de trezentos quilômetros por hora". No fim das contas, não sei nada com precisão, vou tentar me orientar quando sair desta nuvem.

Saio. O buquê sumiu de repente. É esse desaparecimento que prenuncia o acontecimento. Olho para a frente e avisto – se é que se pode dizer avistar – um estreito vale de céu limpo e a parede de outro cúmulo. O buquê já se reanimou.

Não vou sair mais deste visgo, a não ser por alguns segundos. Depois de três horas e meia de voo, aquilo começa a me preocupar, porque me aproximo do Nilo, se é que estou avançando como imagino. Com um pouco de sorte, poderei, talvez, avistá-lo através desses corredores, mas estes não são muitos. Não ouso descer mais: se, por acaso, estiver com velocidade menor do que imagino, poderei estar ainda sobre terras elevadas.

Ainda não estou apreensivo, só receio o risco de perder tempo. Mas fixo um limite para minha serenidade: quatro horas e quinze minutos de voo. Depois disso, mesmo sem vento a favor, o que é improvável, já terei transposto o vale do Nilo.

Quando chego às franjas da nuvem, o buquê lança clarões intermitentes, cada vez mais rápidos, e depois se apaga de repente. Não me agradam essas comunicações cifradas com os demônios da noite.

Uma estrela verde emerge à minha frente, brilhante como um farol. Será uma estrela ou será um farol? Também não gosto dessa claridade sobrenatural, dessa estrela de rei mago, desse convite perigoso.

Prévot despertou e ilumina os mostradores do motor. Mando embora Prévot e sua lâmpada: acabo de chegar a uma brecha entre duas nuvens e aproveito para olhar lá embaixo. Prévot volta a dormir.

Aliás, não há nada para olhar.

Quatro horas e cinco minutos de voo. Prévot veio sentar-se perto de mim:

– Deveríamos estar chegando ao Cairo...

– Também acho...
– Aquilo lá é uma estrela ou um farol?

Eu tinha reduzido um pouco o motor, e foi isso, sem dúvida, que despertou Prévot. Ele é sensível a todas as variações dos ruídos do voo. Começo uma descida lenta para glissar debaixo da massa das nuvens.

Acabo de consultar o mapa. De qualquer modo já atingi a cota zero: não estou arriscando nada. Continuo descendo e guino inteiramente para o norte. Assim receberei em minhas janelas as luzes das cidades. Sem dúvida já as deixei para trás, portanto elas me aparecerão pela esquerda. Agora estou voando sob os cúmulos, mas ao longo de outra nuvem que está mais baixa, do meu lado esquerdo. Para não cair em sua rede, guino para nor-nordeste.

Aquela nuvem sem a menor dúvida está ainda mais baixa e tapa todo o horizonte. Não ouso perder mais altitude. Atinjo a cota 400 de meu altímetro, mas aqui ignoro a pressão. Prévot inclina-se, grito-lhe: "Vou direto para o mar, termino a descida lá, para não bater no chão...".

Aliás, nada prova que já não derivei para o mar. A escuridão sob a nuvem é literalmente impenetrável. Encosto-me à janela. Tento ler o que vai lá embaixo. Procuro descobrir luzes, sinais. Sou alguém que remexe cinzas. Sou alguém em busca das brasas da vida no fundo de um borralheiro.

– Um farol marítimo!

Vimos juntos aquela cilada de luz intermitente! Que loucura! Onde estaria aquele farol fantasma, aquela invenção da noite? Porque no exato momento em que Prévot e eu nos debruçávamos para localizá-lo a trezentos metros abaixo de nossas asas, de repente:

– Ah!

Acho que não dissemos nada além disso. Acho que não senti nada além de um formidável estrondo que abalou as bases de nosso mundo. A duzentos e setenta quilômetros por hora, batemos no chão.

Acho que naquele centésimo de segundo não esperei nada além da grande estrela púrpura da explosão em que nós dois nos fundiríamos. Nem Prévot nem eu sentimos a menor emoção. Eu observava em mim apenas uma expectativa desmedida, expectativa da grande estrela resplandecente em que deveríamos nos esvair naquele exato segundo. Mas não houve estrela púrpura. Houve uma espécie de terremoto que devastou nossa cabina, arrancando janelas, lançando chapas de ferro a cem metros de distância, num estrondo que penetrou até nossas entranhas. O avião vibrava como uma faca fincada de longe em madeira dura. E nós estávamos no meio daquela ira. Um segundo, dois segundos... O avião continuava trepidando, e eu esperava com uma impaciência monstruosa que suas provisões de energia o fizessem explodir como uma granada. Mas os chacoalhões subterrâneos prolongavam-se sem terminar na erupção definitiva. E eu não compreendia nada daquele trabalho invisível. Não compreendia aquela trepidação, nem aquela ira, nem aquela demora interminável... cinco segundos... dez segundos... E, subitamente, tivemos uma sensação de rotação, um choque que lançou nossos cigarros pela janela, pulverizando a asa direita, e mais nada. Nada além de uma imobilidade congelada. Eu gritava para Prévot:

– Pule depressa!

Ele gritava ao mesmo tempo:

– Fogo!

E já tínhamos nos lançado pela janela arrancada. Estávamos em pé a vinte metros de distância. Eu perguntava a Prévot:

– Você está bem?

Ele respondia:

– Estou bem!

Mas esfregava um joelho.

Eu dizia:

– Apalpe-se, mexa-se, jure que não quebrou nada...

Ele respondia:

– Não é nada, é a bomba de emergência.

Achei que ele fosse desmoronar de repente, aberto da cabeça ao umbigo, mas ele repetia, com olhar fixo:

– É a bomba de emergência!...

Quanto a mim, pensava: "pronto, está louco, vai começar a dançar".

Mas, afastando finalmente os olhos do avião que já estava a salvo do fogo, olhou para mim e disse:

– Não é nada, foi a bomba de emergência que me bateu no joelho.

3

É inexplicável estarmos vivos. Com o farolete na mão, percorro os rastos do avião no solo. A duzentos e cinquenta metros do ponto de parada já encontramos ferragens torcidas e chapas de metal que ele foi arremessando na areia ao longo do percurso. Com o alvorecer, descobriremos que batemos quase tangencialmente numa encosta suave, no alto de um platô deserto. No ponto do impacto, um buraco na areia parece feito por uma relha de arado. O avião, sem bater o nariz no chão, abriu caminho, de barriga, com fúria e rabanadas de réptil. A duzentos e setenta quilômetros por hora, rastejou. Sem dúvida devemos a vida a umas pedras negras e redondas que rolaram soltas na areia e formaram uma esteira de esferas.

    Prévot desconecta as baterias para evitar um incêndio tardio por curto-circuito. Fico encostado ao motor e reflito: durante quatro horas e quinze minutos devo ter ficado exposto, lá em cima, a um vento de cinquenta quilômetros por hora; de fato, estava sendo sacudido. Mas, se ele variou depois das previsões, ignoro completamente que direção tomou. Portanto, estou situado num quadrado de quatrocentos quilômetros de lado.

    Prévot vem sentar ao meu lado e diz:
– É incrível estarmos vivos…

Não respondo, não sinto alegria nenhuma. Ocorreu-me uma ideiazinha que abre caminho em meu cérebro e já começa a me atormentar um bocadinho.

    Peço a Prévot que acenda seu farolete para servir de ponto de referência e saio direto à frente, com meu farolete na mão. Olho para o chão com atenção. Avanço devagar, faço um meio círculo largo, mudo várias vezes de orientação. Revolvo constantemente o solo, como se procurasse um anel perdido. Pouco antes eu estava assim, procurando uma brasa… Continuo avançando na escuridão, inclinado sobre o disco branco que ponho a passear pelo chão. É isso mesmo… é isso mesmo… Volto devagar para o avião. Sento-me perto da cabina e fico pensando. Procurei uma razão para ter esperança e não a encontrei. Procurei um sinal oferecido pela vida, e a vida não me fez sinal nenhum.

– Prévot, não vi nem uma folhinha de capim…

    Prévot fica calado, não sei se me entendeu. Voltaremos a falar disso ao se erguerem as cortinas, quando vier o dia. Sinto apenas um grande cansaço, penso: "A quatrocentos quilômetros, no deserto!…". De repente dou um pulo:

– A água!

Tanques de gasolina, tanques de óleo, tudo arrebentado. Os reservatórios de água também. A areia bebeu tudo. Encontramos um meio litro de café no fundo de uma garrafa térmica toda moída e um quarto de litro de vinho branco no fundo de outra. Filtramos esses líquidos e os misturamos. Achamos também algumas uvas e uma laranja. Mas eu calculo: "Em cinco horas de marcha debaixo do sol do deserto, esgotamos isso…".

Metemo-nos na cabina para esperar a manhã. Deito-me, vou dormir. Adormecendo, faço o balanço de nossa aventura: não sabemos nada de nossa posição. Não temos nem um litro de líquido. Se estivermos situados mais ou menos em linha reta, seremos encontrados em oito dias, não podemos esperar coisa muito melhor, e então será tarde demais. Se tivermos derivado obliquamente, seremos encontrados em seis meses. Não podemos contar com os aviões: eles terão de nos procurar numa área de três mil quilômetros.

– Ah! Que pena… – diz Prévot.
– Por quê?
– A gente podia ter acabado de uma vez…

Mas não podemos desistir tão depressa. Prévot e eu nos controlamos. Não podemos perder a chance, por mais remota que seja, de um resgate miraculoso pelos ares. Também não devemos ficar parados e perder, quem sabe, um oásis próximo. Vamos andar o dia inteiro. Depois voltamos ao aparelho. E, antes de partir, vamos escrever nosso plano em letras grandes na areia.

Encolhido, durmo até o alvorecer. E estou feliz por adormecer. O cansaço me envolve numa presença múltipla. Não estou sozinho no deserto: meu meio-sono é povoado de vozes, lembranças, confidências cochichadas. Ainda não tenho sede, sinto-me bem, entrego-me ao sono como à aventura. A realidade perde terreno para o sonho…

Ah, foi bem diferente quando chegou o dia!

4

Amei muito o Saara. Passei várias noites em território sublevado. Despertei naquela amplidão áurea, que o vento marca de ondulações como ao mar. Esperei socorro dormindo sob a asa do avião, mas nada se comparava àquilo.

Caminhamos na vertente de pequenos morros. O solo é composto de areia inteiramente coberta por uma camada de seixos brilhantes e negros. Parecem lascas de metal, e todos os domos que nos cercam brilham como armaduras. Caímos num mundo mineral. Estamos encerrados numa paisagem de ferro.

Transposto o primeiro cume, mais adiante se anuncia outro parecido, brilhante e negro. Caminhamos raspando os pés no chão para deixar um fio condutor que nos guie depois, na volta. Avançamos de frente para o sol. Contrariando qualquer lógica, resolvi seguir completamente a leste, pois tudo me leva a crer que transpus o Nilo: as previsões meteorológicas, meu tempo de voo. Mas fiz uma breve tentativa para o oeste e senti um desconforto para o qual não achei explicação. Adiei o oeste para o dia seguinte. E provisoriamente sacrifiquei o norte que, no entanto, conduz ao mar. Três dias depois, quando num meio delírio decidimos abandonar definitivamente o aparelho e sair andando em linha reta até cair, foi também para o leste que partimos. Mais exatamente para o leste-nordeste. E isso, de novo, ao arrepio da razão e abandonando as esperanças. E descobriríamos, depois de salvos, que nenhuma outra direção nos teria permitido encontrar a saída, porque para o norte, cansados como estávamos, não teríamos atingido o mar. Por mais absurdo que me pareça, hoje acho que, na falta de qualquer indicação que pudesse pesar sobre nossa escolha, optei por aquela direção pela simples razão de que ela salvara meu amigo Guillaumet nos Andes, onde o procurei tanto. De uma maneira meio confusa, para mim ela se tornara a direção da vida.

Depois de cinco horas de marcha a paisagem muda. Um rio de areia parece correr por um vale, e nós enveredamos por esse fundo de vale. Andamos a passos largos porque precisamos ir o mais longe possível e voltar antes da noite, se não descobrirmos nada. De repente, paro:

– Prévot…
– O quê?
– Os rastros…

Há quanto tempo esquecemos de deixar uma trilha atrás de nós? Se não a reencontrarmos, será a morte.

Fazemos meia-volta, mas obliquando para a direita. Quando estivermos longe o bastante, viraremos perpendicularmente à nossa primeira direção e daremos com os rastros onde ainda os estávamos marcando.

Depois de reatar esse fio, continuamos. O calor aumenta e, com ele, surgem as miragens. Mas ainda são miragens elementares. Formam-se grandes lagos que desaparecem quando avançamos. Decidimos atravessar o vale de areia e subir no domo mais elevado para observar o horizonte. Já estamos andando há seis horas. Com nossas passadas largas, devemos ter percorrido uns trinta e cinco quilômetros. Chegamos ao alto daquela lomba preta e nos sentamos em silêncio. Nosso vale de areia, a nossos pés, desemboca num deserto de areia sem pedras, cuja brilhante luz branca fere os olhos. A perder de vista, o vazio. Mas, no horizonte, jogos de luz compõem miragens mais perturbadoras. Fortalezas e minaretes, massas geométricas com linhas verticais. Observo também uma grande mancha escura que dá a impressão de ser vegetação, mas está encimada pela última daquelas nuvens que se dissolveram com o dia e vão renascer à noite. Minha vegetação é apenas a sombra de um cúmulo...

É inútil avançar mais, aquela tentativa não leva a lugar nenhum. Precisamos voltar ao avião, baliza vermelha e branca que talvez seja localizada por nossos companheiros. Embora não baseie minhas esperanças nessas buscas, elas me parecem a única chance de salvação. E o mais importante é que deixamos lá nossas últimas gotas de líquido e já sentimos absoluta necessidade de bebê-las. Precisamos voltar para viver. Somos prisioneiros de um círculo de ferro: a pouca autonomia de nossa sede.

Mas como é difícil fazer meia-volta quando talvez se esteja marchando para a vida! Para além das miragens o horizonte talvez esteja cheio de cidades verdadeiras, canais de água doce e prados. Sei que tenho razões para fazer meia-volta. No entanto, tenho a impressão de soçobrar quando dou essa terrível guinada no leme.

Deitamo-nos junto ao avião. Percorremos mais de sessenta quilômetros. Esgotamos os líquidos. Não descobrimos nada a leste, e nenhum companheiro sobrevoou aquele território. Quanto tempo vamos resistir? Já temos tanta sede...

Fizemos uma grande fogueira catando alguns pedaços da asa desmantelada. Pusemos gasolina e chapas de magnésio, que produzem um brilho branco e duro.

Esperamos que a noite ficasse bem escura para atear nosso incêndio... Mas onde estão os homens?

Agora a chama sobe. Olhamos com devoção nosso fanal arder no deserto. Vemos resplender na noite a nossa mensagem silenciosa e fulgurante. E penso que ela, se carrega um apelo já patético, também carrega muito amor. Pedimos água, mas pedimos também comunicação. Que outro fogo se acenda na noite, só os homens dispõem do fogo, que eles nos respondam!

Revejo os olhos de minha mulher. Nada mais verei além desses olhos. São interrogadores. Revejo os olhos de todos os que talvez me queiram bem. E eles são interrogadores. Toda uma assembleia de olhares reprova meu silêncio. Eu respondo! Eu respondo! Eu respondo com todas as minhas forças, não posso lançar na noite uma chama mais fulgurante!

Fiz o que pude. Fizemos o que podíamos: sessenta quilômetros quase sem ingerir líquido. Agora não beberemos mais nada. Por acaso é culpa nossa se não podemos esperar muito tempo? Teríamos ficado ali, bem-comportados, mamando em nossos cantis. Mas desde o instante em que suguei o fundo do copinho de estanho, um relógio se pôs em marcha. Desde o instante em que sorvi a última gota, comecei a descer uma ladeira. O que posso fazer se o tempo me arrasta como um rio? Prévot está chorando. Bato-lhe no ombro. Digo, para consolá-lo:

– Estamos fodidos, estamos fodidos.

Ele me responde:

– Se acha que é por mim que estou chorando...

Ah! Claro, já descobri essa evidência. Nada é intolerável. Aprenderei amanhã e depois de amanhã que nada, decididamente, é intolerável. Acredito só até certo ponto no suplício. Já fiz essa reflexão. Um dia achei que ia me afogar, preso numa cabina, e não sofri muito. Algumas vezes achei que ia me arrebentar, e isso não me pareceu um acontecimento considerável. Aqui também não vou me afligir muito. Sobre isso, amanhã vou aprender coisas ainda mais estranhas. E sabe Deus se, apesar dessa fogueira, não desisti de me fazer ouvir pelos homens!…

"Se pensa que é por mim…" Sim, sim, isso é o intolerável. Cada vez que revejo os olhos que esperam, sinto que queimo. De repente tenho vontade de me levantar e sair correndo para a frente. Acolá alguém está gritando por socorro, alguém está naufragando!

É uma estranha inversão de papéis, mas sempre achei que era assim. No entanto, eu precisava de Prévot para ter certeza disso. Pois bem, Prévot também não sentirá diante da morte a angústia de que tanto nos falam. Mas há alguma coisa que ele não suporta, nem eu.

Ah! Admito, sim, adormecer, adormecer por uma noite ou por séculos. Se durmo, não sei a diferença. E depois, que paz! Mas os gritos que se farão ouvir acolá, as grandes chamas de desespero… essa imagem eu não suporto. Não posso cruzar os braços diante desses naufrágios! Cada segundo de silêncio assassina um pouco aqueles que amo. E cresce em mim muita raiva: por que estas correntes me impedem de chegar a tempo e socorrer os que estão naufragando? Por que nosso incêndio não carrega nosso grito até o fim do mundo? Tenham paciência!… Estamos chegando! Estamos chegando! Nós somos os salvadores!

O magnésio foi consumido, e nosso fogo se avermelha. Agora só há aqui um monte de brasas sobre o qual nos inclinamos para nos aquecer. Terminou nossa grande mensagem luminosa. O que ela pôs em marcha no mundo? Ah, sei muito bem que não pôs nada em marcha. Foi uma prece que não pôde ser ouvida.

Está bem. Vou dormir.

5

Assim que amanheceu, recolhemos de cima das asas, absorvendo com um trapo, um fundo de copo de orvalho misturado a tinta e óleo. Era repugnante, mas bebemos. Na falta de coisa melhor, pelo menos molhamos os lábios. Depois desse banquete, Prévot diz:

– Ainda bem que temos o revólver.

Sinto-me bruscamente agressivo e olho para ele com grande hostilidade. Nada me pareceria mais detestável agora do que uma efusão sentimental. Tenho extrema necessidade de considerar que tudo é simples. É simples nascer. É simples crescer. É simples morrer de sede.

De soslaio, observo Prévot, prestes a magoá-lo, se necessário, para que ele se cale. Mas Prévot falou com tranquilidade. Tratou de uma questão de higiene. Abordou o assunto como se dissesse: "Precisamos lavar as mãos". Então estamos de acordo. No dia anterior eu já tinha pensado nisso, olhando o coldre de couro. Minhas reflexões eram racionais, e não patéticas. Só o social é patético. Nossa impotência para tranquilizar aqueles pelos quais somos responsáveis, e não o revólver.

Ninguém está nos procurando, ou melhor, devem estar nos procurando em outro lugar. Provavelmente na Arábia. Aliás, não ouviremos nenhum avião até o dia seguinte, quando já tivermos abandonado o nosso. Essa única passagem, tão distante, nos deixará indiferentes. Pontos negros misturados a mil pontos negros no deserto, não poderemos ter a pretensão de ser avistados. Não há nada de exato nas reflexões que me serão atribuídas durante esse suplício. Não sofrerei suplício algum. Os salvadores me parecerão estar circulando em outro universo.

É preciso quinze dias de buscas para achar no deserto um avião do qual nada se sabe, num raio de três mil quilômetros: ora, é provável que estejam nos procurando da Tripolitânia à Pérsia. Mesmo assim, ainda naquele dia eu me reservava o direito àquela magra chance, porque não havia outra. E, mudando de tática, resolvi sair explorando o terreno sozinho. Prévot preparará uma fogueira e a acenderá em caso de visita, mas não seremos visitados.

Portanto, vou, sem saber se terei forças para voltar. Vem-me à memória o que sei sobre o deserto da Líbia. No Saara há persistência de 40% de umidade quando aqui ela cai a 18%. E a vida evapora. Os beduínos, os viajantes e os oficiais das tropas coloniais ensinam que uma pessoa aguenta dezenove horas sem água. Depois de vinte horas os olhos se enchem de luz e começa o fim: a marcha da sede é fulminante.

Mas esse vento nordeste, esse vento anormal que nos enganou e, contrariando todas as previsões, nos imobilizou no platô, agora decerto está prolongando nossa vida. Mas que prazo ele nos concederá antes da hora das primeiras luzes nos olhos?

Vou, portanto, mas parece que me lanço ao oceano numa canoa.

Contudo, graças à aurora, a paisagem me parece menos fúnebre. Começo a andar com as mãos nos bolsos, como um malandro. Ontem, montamos armadilhas na abertura de umas tocas misteriosas, e o caçador que há em mim desperta. Primeiro vou ver as armadilhas: estão vazias.

Portanto, não vou beber sangue. Na verdade, não contava com isso.

Não estou muito decepcionado; em compensação, estou intrigado. De que vivem esses animais no deserto? Decerto são fenecos, raposas do deserto, pequenos carnívoros do tamanho de um coelho, com orelhas enormes. Não resisto e sigo os rastros de um deles. Tais rastros me levam para um estreito rio de areia em que todos os passos ficam bem gravados. Admiro a linda palma formada pelos três dedos em leque. Imagino meu amigo trotando silencioso de madrugada, lambendo o orvalho sobre as pedras. Aqui as pegadas se distanciam: o feneco correu. Ali um companheiro veio juntar-se a ele, e os dois trotaram lado a lado. Assisto com estranha alegria àquele passeio matinal. Amo aqueles sinais de vida. E esqueço um pouco que tenho sede...

Chego finalmente à despensa de minhas raposas. Ela emerge rente à areia: a cada cem metros, um minúsculo arbusto seco do tamanho de uma sopeira com os ramos carregados de pequenos caracóis dourados. De madrugada, o feneco vai se abastecer. E aqui esbarro num grande mistério da natureza.

É que o feneco não se detém em todos os arbustos. Há alguns, carregados de caracóis, que ele despreza. Há outros que ele circunda com evidente prudência. Há outros mais que ele aborda sem devastar. Retira duas ou três conchas, depois muda de restaurante.

Será que o feneco brinca de não matar a fome de uma só vez, para ter prazer mais duradouro em seu passeio matinal? Não creio. Seu jogo coincide perfeitamente com uma tática indispensável. Se o feneco se saciasse com os produtos do primeiro arbusto, este ficaria despojado de sua carga viva em duas ou três refeições. E assim, de arbusto em arbusto, ele aniquilaria seu viveiro. Mas o feneco se abstém de perturbar a semeadura. Ele não só se dirige a uma centena daqueles tufos marrons numa só refeição, como também nunca retira dois caracóis vizinhos do mesmo galho. É como se ele tivesse a consciência do risco. Caso se saciasse sem precauções, deixaria de haver caracóis. Não havendo caracóis, não haveria fenecos.

Os rastros me levam à toca. O feneco sem dúvida está lá dentro me ouvindo, assustado com o retumbar de meus passos. E eu lhe digo: "Minha raposinha, estou fodido, mas, é engraçado, isso não me impediu de me interessar por teu humor…".

Fico ali, meditando, e minha impressão é que a gente se adapta a tudo. A ideia de que talvez vá morrer trinta anos depois não destrói as alegrias de um homem. Trinta anos, três dias… É uma questão de perspectiva.

Mas é preciso esquecer certas imagens…

Agora sigo meu caminho, e com o cansaço alguma coisa se transforma em mim. Não havendo miragens, eu as invento…

– Ei!

Ergui os braços gritando, mas o homem que gesticulava era apenas um rochedo negro. Tudo começa a se animar no deserto. Eu quis acordar aquele beduíno adormecido, e ele se transformou em negro tronco de árvore. Em tronco de árvore? Essa presença me surpreende, e eu me inclino. Quero erguer um galho quebrado: é de mármore! Endireito-me e olho em volta: avisto outros mármores negros. Uma floresta antediluviana junca o chão com seus troncos partidos. Ela desabou como uma catedral há cem mil anos, sob um furacão genesíaco. E os séculos fizeram rolar até mim aqueles fragmentos de colunas gigantescas, polidas como peças de aço, petrificadas, vitrificadas, cor de tinta de escrever. Distingo ainda os nós dos galhos, percebo as torções da vida, conto os anéis do tronco. Aquela floresta, outrora cheia de pássaros e música, foi atingida pela maldição e transformada em sal. E sinto que aquela paisagem me é hostil. Mais negros ainda que as armaduras de ferro dos morros, aqueles escombros solenes me rechaçam. O que estou a fazer ali, eu, vivo, entre aqueles mármores incorruptíveis? Eu, perecível, eu, cujo corpo se dissolverá, o que estou a fazer ali, na eternidade?

Desde ontem já percorri cerca de oitenta quilômetros. Essa vertigem decerto é por causa da sede. Ou do sol. Ele brilha sobre esses troncos que parecem untados de óleo. Brilha sobre essa carapaça universal. Aqui já não há areias nem raposas. Aqui só há uma imensa bigorna. E estou andando sobre essa bigorna. E sinto o sol retinir na minha cabeça. Ah, lá longe…

– Ei! Ei!

– Não há nada ali, não se agite, é delírio…

Falo comigo, porque preciso convocar minha razão. É difícil negar o que vejo. É difícil deixar de correr para aquela caravana em marcha… ali… está vendo!

– Imbecil, você sabe muito bem que é invenção sua…

– Então nada no mundo é verdadeiro…

Nada é verdadeiro, a não ser aquela cruz a vinte quilômetros de mim, sobre um morro. Aquela cruz ou aquele farol…

Mas ali não é a direção do mar. Então é uma cruz. Durante toda a noite estudei o mapa. Trabalho inútil, porque ignorava minha posição. Mas prestava atenção a todos os sinais que indicavam a presença humana. E em algum lugar descobri um pequeno círculo encimado por uma cruz semelhante. Fui à legenda e li: "Estabelecimento religioso". Ao lado da cruz, vi um ponto preto. Fui novamente à legenda e li: "Poço permanente". Meu coração deu um salto, e reli em voz alta: "Poço permanente… Poço permanente… Poço permanente…!". Ali Babá e seus tesouros terão algum valor diante de um poço permanente? Um pouco mais adiante, notei dois círculos brancos. Li na legenda: "Poço temporário". Já não era tão bonito. Depois, em volta, não havia mais nada. Nada.

Ali está meu estabelecimento religioso! Os monges ergueram uma grande cruz sobre o morro para atrair os náufragos! Só tenho de andar até ela. Só tenho de correr para aqueles dominicanos…

– Mas na Líbia só há mosteiros coptas!

– …Para aqueles dominicanos estudiosos. Eles têm uma bela cozinha fresca, com ladrilhos vermelhos e, no pátio, uma maravilhosa bomba enferrujada. Sob a bomba enferrujada, sob a bomba enferrujada, adivinhe… sob a bomba enferrujada está o poço permanente! Ah, vai ser uma festa lá, quando eu bater à porta, quando eu puxar a grande sineta…

– Imbecil, você está descrevendo uma casa da Provença onde, aliás, não há nenhuma sineta…

– …quando eu puxar a grande sineta! O porteiro vai erguer os braços ao céu e gritar para mim: "Sois um enviado do Senhor!", e chamará todos os monges. E eles virão correndo. E me farão festas como a um menino pobre. E me levarão para a cozinha. E me dirão: "Um segundo, um segundo, meu filho… Vamos correndo até o poço permanente…".

E eu tremerei de felicidade…

Não, não quero chorar, pelo simples motivo de que já não há cruz sobre o morro.

As promessas do oeste não passam de mentiras. Viro totalmente para o norte.

O norte, pelo menos, está preenchido pelo canto do mar.

Agora, transposto este morro, o horizonte se descortina. Aí está a cidade mais bela do mundo.
– Você sabe muito bem que é miragem...

Sei muito bem que é miragem. A mim ninguém engana! Mas, e se for do meu agrado me enfiar numa miragem? E se for do meu agrado ter esperança? E se for do meu agrado amar essa cidade ameada, essa cidade pavesada de sol? E se for do meu agrado seguir em frente, com passos ágeis, porque já não sinto cansaço, porque estou feliz? Prévot e seu revólver, deixem-me rir! Prefiro minha embriaguez. Estou embriagado. Estou morrendo de sede!

O crepúsculo me devolveu a sobriedade. Parei bruscamente, apavorado por me sentir tão longe. No crepúsculo a miragem morre. O horizonte desnudou-se de sua pompa, de seus palácios, de suas vestes sacerdotais. É um horizonte de deserto.

– Você avançou bastante! A noite vai apanhá-lo, você vai precisar esperar o dia, e amanhã os rastros já estarão apagados, e você não estará em lugar nenhum.

– Então é melhor continuar seguindo reto em frente... De que adianta fazer meia-volta? Não quero virar o leme justamente quando talvez fosse abrir, quando ia abrir os braços para o mar...

– Onde você viu o mar? Aliás, você nunca chegará até ele. Sem dúvida trezentos quilômetros o separam dele... E Prévot à espreita, junto ao Simoun. E talvez tenha sido visto por uma caravana...

Sim, vou voltar, mas antes quero chamar os homens:

– Ei!

Meu Deus, afinal de contas, este planeta é habitado...

– Ei! Homens!

Fico rouco. Não tenho mais voz. Sinto-me ridículo gritando assim... Arrisco mais uma vez:

– Homens!

O som é enfático e pretensioso.

Faço meia-volta.

Depois de duas horas de marcha, avisto as chamas que Prévot, assustado por me acreditar perdido, lançava aos céus. Ah!... Para mim tanto faz...

Mais uma hora de marcha... Mais quinhentos metros... Mais cem metros... Mais cinquenta.

– Ah!

Parei, estupefato. A alegria vai inundar meu coração, e eu contenho sua violência. Prévot, iluminado pelo braseiro, conversa com dois árabes encostados ao motor. Ainda não me viu. Está ocupado demais com sua própria alegria. Ah, se eu tivesse esperado como ele... Já estaria livre! Grito, alegre:

– Ei!

Os dois beduínos se sobressaltam e me olham. Prévot se afasta deles e vem sozinho ao meu encontro. Abro os braços. Prévot me segura pelo cotovelo. Então eu ia cair? Digo-lhe:

– Até que enfim!

– O quê?

– Os árabes!

– Que árabes?

– Os árabes que estão aí, com você!

Prévot me olha estranhamente e tenho a impressão de que me confia, a contragosto, um terrível segredo:
– Não há nenhum árabe...
Dessa vez, sim, vou chorar.

6

Aqui se sobrevive dezenove horas sem água, e o que bebemos desde ontem à noite? Algumas gotas de orvalho ao alvorecer. Mas o vento nordeste continua reinando e retarda um pouco nossa evaporação. Esse anteparo também favorece no céu as altas formações de nuvens. Ah! Se elas viessem em nossa direção, se chovesse! Mas não chove jamais no deserto.

– Prévot, vamos cortar um paraquedas em triângulos. Vamos fixar esses painéis no chão, com pedras. Se o vento não virar, quando amanhecer vamos recolher o orvalho num dos tanques de gasolina, torcendo os panos.

Alinhamos os seis panos brancos sob as estrelas. Prévot desmantelou um tanque. Só temos de esperar a manhã.

Em meio aos destroços, Prévot achou uma laranja milagrosa. Repartimos. Estou emocionado, mesmo sendo tão pouco, quando precisaríamos de vinte litros de água...

Deitado junto ao nosso fogo noturno, olho aquela fruta luminosa e digo para mim mesmo: "Os homens não sabem o que é uma laranja...". Digo também: "Estamos condenados, porém, mais uma vez, nem essa certeza frustra meu prazer. Esta meia laranja que minha mão aperta me dá uma das maiores alegrias da vida…". Deito-me de costas, chupo a fruta, conto as estrelas cadentes. E aqui estou, por um minuto, infinitamente feliz. Digo ainda: "Só podemos adivinhar o mundo em cuja ordem vivemos se estivermos encerrados nele". Só hoje compreendo o cigarro e o copo de rum do condenado à morte. Eu não concebia como ele podia aceitar essa miséria. No entanto, aquilo lhe dá muito prazer. Se ele sorri, nós o achamos corajoso. Mas está sorrindo porque está bebendo o rum. Não sabemos que ele mudou de perspectiva e, com aquela hora derradeira, fez uma vida humana.

Recolhemos uma enorme quantidade de água: dois litros, talvez. Acabou-se a sede! Estamos salvos, vamos tomar água!

Retiro do reservatório o conteúdo de um copinho de estanho, mas a água é de um belo verde-amarelado e, já no primeiro gole acho o gosto tão medonho que, apesar da sede que me atormenta, antes de terminar esse gole prendo a respiração. Eu beberia lama agora, mas aquele gosto de metal envenenado é mais forte que a sede.

Olho Prévot dar voltas, olhando para o chão, como se procurasse atentamente alguma coisa. De repente se dobra e vomita, sem parar de dar voltas. Trinta segundos depois, é minha vez. Sou tomado por tais convulsões que vomito de joelhos, com os dedos enterrados na areia. Não nos falamos e durante quinze minutos continuamos sacudidos daquele jeito, vomitando apenas um pouco de bile.

Acabou. Sinto apenas ligeira náusea. Mas perdemos a última esperança. Ignoro se o fracasso se deveu ao revestimento do paraquedas ou à crosta de tetracloreto de carbono que há no tanque. Precisaríamos de outro recipiente ou de outros panos.

Então é melhor se apressar! Já é dia. A caminho! Vamos fugir desse platô maldito e caminhar a passos largos, sempre em frente, até cair. Estou seguindo o exemplo de Guillaumet nos Andes; tenho pensado muito nele desde ontem. Desrespeito a instrução formal, que é de ficar junto ao avião. Ninguém mais nos procurará aqui.

Outra vez descobrimos que não somos nós os náufragos. Náufragos são os que esperam! Aqueles que nosso silêncio ameaça. Aqueles que já estão dilacerados por um erro abominável. Não podemos deixar de correr para eles. Guillaumet também, de volta dos Andes, contou-me que corria para os náufragos! Essa é uma verdade universal.

– Se eu fosse sozinho no mundo, me deitaria – diz Prévot.

E marchamos em frente, na direção leste-nordeste. Se o Nilo já tiver sido transposto, estaremos penetrando a cada passo mais profundamente nas extensões do deserto da Arábia.

Daquele dia de marcha não me lembro mais. Lembro-me apenas da pressa. Minha pressa para qualquer coisa, para o tombo. Lembro-me também de andar olhando o chão, pois estava desalentado com as miragens. A intervalos, retificamos a direção pela bússola. Também nos deitamos de vez em quando, para ganhar fôlego. Joguei em algum lugar a capa de borracha que guardava para a noite. Não sei mais nada. Minhas lembranças só se aclaram com o frescor do anoitecer. Eu também era como areia, e tudo em mim se apagou.

Com o pôr do sol decidimos acampar. Sei que deveríamos continuar andando: a noite sem água nos liquidará. Mas trouxemos conosco os panos do paraquedas. Se o veneno não vier de seu revestimento, na manhã seguinte talvez pudéssemos beber água. Precisamos estender nossas armadilhas de orvalho mais uma vez sob as estrelas.

Mas, ao norte, nesta noite o céu está sem nuvens. Mas o vento mudou de gosto. Também mudou de direção. Já nos roça o sopro quente do deserto. É o despertar da fera! Sinto que ela nos lambe as mãos e o rosto.

Se continuar andando não farei dez quilômetros. Em três dias sem água já fiz mais de cento e oitenta...

Mas, na hora de parar, Prévot diz:

— Juro que é um lago!

— Está louco?

— A esta hora, no crepúsculo, será que pode ser miragem?

Não respondo. Há muito tempo desisti de acreditar em meus olhos. Talvez não seja miragem, mas então será uma invenção de nossa loucura. Como Prévot ainda pode acreditar?

Prévot teima:

— Está ali a vinte minutos daqui, vou ver...

Essa teimosia me irrita:

— Vá ver, vá tomar um pouco de ar... é ótimo para a saúde! Mas fique sabendo que esse seu lago, se existir, é salgado. Salgado ou não, está onde o diabo perdeu as botas. E ainda por cima não existe.

Prévot, com o olhar fixo, já está se afastando. Essas atrações soberanas eu conheço bem. E penso: "Também há sonâmbulos que vão se jogar debaixo de locomotivas". Sei que Prévot não voltará. Será tomado pela vertigem do vazio e não poderá fazer meia-volta. Vai cair um pouco adiante. E vai morrer de seu lado, e eu do meu. E tudo isso tem tão pouca importância!

Considero que não é de bom agouro essa indiferença que me deu. Quando estava meio afogado, senti a mesma paz. Mas aproveito para escrever uma carta póstuma, de bruços sobre as pedras. Minha carta é muito bonita. Muito digna. Nela distribuo sábios conselhos. Relendo-a, sinto um vago prazer de vaidade. Quem a ler dirá: "Que admirável carta póstuma! Pena ele ter morrido!".

Também gostaria de saber em que situação me encontro. Tento formar um pouco de saliva. Há quantas horas não cuspo? Não tenho mais saliva. Se fico com a boca fechada, uma substância viscosa sela meus lábios. Ela seca e forma um cordãozinho duro do lado de fora. Apesar disso, ainda tenho sucesso nas tentativas de deglutir. E meus olhos não estão se enchendo de luz. Quando esse radioso espetáculo me for oferecido, só terei mais duas horas.

Está anoitecendo. A lua cresceu desde a primeira noite. Prévot não volta. Estou deitado de costas e rumino essas evidências. Descubro em mim uma velha impressão. Procuro defini-la. Estou... Estou... Estou a bordo! Ia para a América do Sul e me deitei deste jeito na coberta. A ponta do mastro passeava daqui para lá, devagar, entre as estrelas. Aqui falta um mastro, mas de qualquer modo estou a bordo, rumo a um destino que já não depende de meus esforços. Amarrado, fui lançado num navio por negreiros.

Penso em Prévot, que não volta. Não o ouvi queixar-se uma só vez. Ótimo. Teria sido insuportável para mim ouvir gemidos. Prévot é um homem.

Ah! Lá está ele agitando a lanterna a quinhentos metros de mim! Perdeu seu próprio rastro! Não tenho lanterna para lhe responder, levanto-me, grito, mas ele não ouve...

Uma segunda lanterna se acende a duzentos metros da sua, depois uma terceira. Meu Deus, estão batendo terreno à minha procura!

Grito:

– Ei!

Mas não me ouvem.

As três lanternas continuam fazendo sinais de chamada. Não estou louco esta noite. Sinto-me bem. Estou em paz. Olho com atenção. Há três lanternas a quinhentos metros.

– Ei!

Mas de novo não me ouvem.

Então sou tomado por breve pânico. O único que já senti. Ah! Ainda consigo correr. "Esperem... Esperem..." Eles vão fazer meia-volta! Vão se afastar, procurar em outro lugar, e eu vou cair! Vou cair no limiar da vida, quando havia braços para me receber...

– Ei! Ei!

– Ei!

Ouviram-me. Estou sufocando, sufocando, mas continuo correndo. Corro na direção da voz: "Ei!". Vejo Prévot e caio.

– Ah! Quando vi todas aquelas lanternas!...

– Que lanternas?

É verdade, ele está sozinho.

Dessa vez não sinto desespero, e sim uma cólera surda.

– E o seu lago?

– Ele ia se afastando à medida que eu avançava. Andei na direção dele durante meia hora. No fim de meia hora ele estava longe demais. Voltei. Mas agora tenho certeza de que é um lago...

– Está louco, completamente louco. Ah, por que você fez isso? Por quê?

O que ele fez? Por que fez? Tenho vontade de chorar de indignação e não sei por que estou indignado. Prévot me explica com voz estrangulada:

– Eu queria tanto achar água... Seus lábios estão tão brancos!

Ah! Minha raiva cede... Passo a mão na testa, como se acordasse, e sinto-me triste. E conto lentamente:

– Eu vi, como estou vendo você, vi claramente, sem erro possível, três luzes... Digo que vi, Prévot!

Prévot de início se cala e por fim admite:

– É... a coisa vai mal.

A terra desprende calor rapidamente nesta atmosfera sem vapor de água. Já faz muito frio. Levanto-me e saio andando. Mas logo sou tomado por insuportável tremor. Meu sangue desidratado circula muito mal, e sou penetrado por um frio glacial, que não é apenas o frio da noite. Meus dentes batem e meu corpo é agitado por sobressaltos. Não consigo usar a lanterna, tanto minha mão se sacode. Nunca fui sensível ao frio, no entanto vou morrer de frio. Que estranho efeito da sede!

Deixei cair minha capa de borracha em algum lugar, cansado de carregá-la no calor. E o vento vai piorando aos poucos. Descubro que no deserto não existe refúgio. O deserto é liso como mármore. Não oferece sombra durante o dia e à noite nos entrega nus ao vento. Nem uma árvore, nem um arbusto, nem uma pedra para me abrigar. O vento arremete contra mim como uma cavalaria em campo aberto. Fico dando voltas para escapar. Deito-me, levanto-me. Deitado ou em pé, estou exposto a esse açoite gelado. Não posso correr, não tenho mais forças, não posso fugir dos assassinos e caio de joelhos, com a cabeça entre as mãos, sob o sabre deles!

Percebo um pouco mais tarde: levantei-me e comecei a andar, reto em frente, sempre tiritando! Onde estou? Ah, acabei de sair andando, ouço Prévot! Foram os chamados dele que me acordaram...

Volto para ele, sempre agitado por aquele tremor, pelos soluços de todo o corpo. E penso: "Não é frio. É outra coisa. É o fim". Já me desidratei demais. Andei tanto anteontem e ontem, quando ia sozinho...

Acho triste morrer de frio. Preferia minhas miragens interiores. A cruz, os árabes, as lanternas. Afinal, aquilo começava a me interessar. Não gosto de ser flagelado como um escravo...

Ainda estou de joelhos.

Trouxemos uma pequena farmácia. Cem gramas de éter puro, cem gramas de álcool a 90 graus e um vidro de iodo. Tento beber dois ou três goles de éter puro. É como se engolisse facas. Depois um pouco de álcool a 90 graus, mas aquilo me fecha a garganta.

Abro uma cova na areia, deito-me nela e me cubro de areia. Só meu rosto fica para fora. Prévot descobriu uns gravetos e acende um fogo cujas chamas logo se exaurirão. Prévot se recusa a enterrar-se na areia. Prefere bater os pés no chão. Está errado.

Minha garganta está fechada, mau sinal, no entanto me sinto melhor. Sinto-me calmo. Sinto-me calmo para além de qualquer esperança. Contra a vontade, estou viajando, amarrado na coberta de meu navio negreiro, sob as estrelas. Mas talvez não seja muito infeliz...

Já não sinto frio, desde que não mova nenhum músculo. Então, esqueço o corpo adormecido sob a areia. Não vou me mexer e assim nunca mais vou sofrer. Aliás, na verdade a gente sofre bem pouco... Por trás de todos esses tormentos há a orquestração do cansaço e do delírio. E tudo se transforma em livro de gravuras, num conto de fadas um pouco cruel. Há pouco o vento me dava caça e, para fugir dele, eu dava voltas como um bicho. Depois, tive dificuldade para respirar: um joelho me esmagava o peito. Um joelho. E eu me debatia contra o peso do anjo. Nunca estive sozinho no deserto. Agora que já não creio no que me cerca, retiro-me em mim mesmo, fecho os olhos e não movo sequer um cílio. Toda essa torrente de imagens me carrega, eu sinto, para um sonho tranquilo: os rios se acalmam na imensidão do mar.

Adeus, quem amei. Não é culpa minha se o corpo humano não consegue resistir três dias sem água. Não me sabia tão prisioneiro das nascentes. Não imaginava tão curta autonomia. A gente acha que o homem pode sair andando em frente. Acha que o homem é livre... Não vê a corda que o prende ao poço, que, como um cordão umbilical, o prende ao ventre da terra. Um passo a mais, e morre.

À parte o sofrimento de quem amei, não lamento nada. Feitas as contas, fiquei com a melhor parte. Se voltasse, recomeçaria. Tenho necessidade de viver. Nas cidades não há mais vida humana.

Nem se trata de aviação. O avião não é um fim, é um meio. Não é pelo avião que a gente arrisca a vida. Como não é pela charrua que o lavrador lavra. Mas com o avião a gente se afasta das cidades e dos seus burocratas e reencontra a verdade dos camponeses.

Fazemos um trabalho humano e temos preocupações humanas. Estamos em contato com o vento, as estrelas, a noite, a areia, o mar. Burlamos as forças naturais. Esperamos a aurora como o jardineiro espera a primavera. Esperamos a escala como uma Terra Prometida e procuramos a nossa verdade nas estrelas.

Não me lamentarei. Durante três dias caminhei, tive sede, segui pistas na areia, fiz do orvalho minha esperança. Procurei juntar-me à minha espécie, e esqueci em que lugar da Terra ela se aloja. E essas são preocupações dos vivos. Não posso julgá-las mais importantes do que a escolha de um music-hall, à noite.

Não entendo mais essas populações dos trens de subúrbio, que se acreditam humanas e, no entanto, por uma pressão que não sentem, estão reduzidas à utilidade que têm, como as formigas. Quando livres, como essas pessoas preenchem seus absurdos domingos?

Uma vez, na Rússia, ouvi tocarem Mozart numa fábrica. Escrevi isso. Recebi duzentas cartas injuriosas. Nem por isso quero mal aos que preferem berros de cabarés. Não conhecem outro tipo de canto. Quero mal aos donos dos cabarés. Não gosto que degradem as pessoas.

Mas sou feliz em minha profissão. Sinto-me lavrador de escalas. No trem de subúrbio sinto uma agonia bem diferente desta! Aqui, feitas as contas, que luxo!

Não lamento nada. Joguei, perdi. Faz parte de meu ofício. Apesar de tudo, respirei o vento do mar!

Quem o provou uma vez não esquece esse alimento. Não é mesmo, companheiros? E não é questão de viver perigosamente. Essa fórmula é pretensiosa. Não gosto muito de toureiros. Não é o perigo que amo. Sei o que amo. É a vida.

Parece que o céu vai clarear. Retiro um braço da areia. Um dos panos do paraquedas está ao meu alcance, apalpo, está seco. Esperemos. O orvalho se deposita ao alvorecer. Mas alvorece, e nossos panos não se molham. Então minhas reflexões se embrulham um pouco e me ouço dizer: "Aqui há um coração seco... um coração seco... um coração seco que não sabe formar lágrimas!...".

– A caminho, Prévot! Nossa garganta ainda não está fechada: é preciso caminhar.

7

Está soprando o vento oeste que seca a gente em dezenove horas. Meu esôfago ainda não está fechado, mas está duro e dolorido. Já pressinto nele alguma coisa raspando. Em breve começará aquela tosse que já me descreveram, que estou esperando. A língua me incomoda. O mais grave, porém, é que já começo a ver manchas brilhantes. Quando elas se transformarem em chamas, eu me deitarei.

Andamos depressa. Aproveitamos o frescor da manhãzinha. Sabemos bem que sob a soalheira, como se diz, não andaremos mais. Sob a soalheira...

Não temos o direito de transpirar. Nem mesmo o de aguardar. Este frescor é um frescor de 18% de umidade. Esse vento que sopra vem do deserto. E, sob sua carícia mendaz e terna, nosso sangue evapora.

No primeiro dia comemos um pouco de uva. Nestes três dias, a metade de uma laranja e a metade de uma *madeleine*. Com que saliva mastigaríamos comida? Mas não sinto fome, só sinto sede. E parece que agora, mais que sede, sinto os efeitos da sede. Garganta dura. Língua de gesso. Algo que arranha, gosto horrível na boca. São sensações novas para mim. Sem dúvida a água as curaria, mas não tenho lembranças que as associem a esse remédio. A sede vai se tornando cada vez mais doença e cada vez menos desejo.

Parece que as nascentes e as frutas já representam imagens menos torturantes. Esqueço o esplendor da laranja, como pareço ter esquecido minhas afeições. Talvez eu já esteja esquecendo tudo.

Nós nos sentamos, mas é preciso partir de novo. Desistimos das etapas longas. Depois de quinhentos metros de marcha, desabamos de canseira. Sinto muita alegria quando me deito. Mas é preciso partir de novo.

A paisagem muda. As pedras se espaçam. Agora caminhamos sobre areia. Dois quilômetros adiante, dunas. Nessas dunas, algumas manchas de vegetação baixa. Prefiro a areia à armadura de aço. Agora é o deserto dourado. É o Saara. Acredito reconhecê-lo...

Agora ficamos esgotados depois de duzentos metros.

– Vamos andar de qualquer jeito, pelo menos até aqueles arbustos.

É um limite extremo. Oito dias depois, fazendo o mesmo percurso de carro, em busca do Simoun, verificaremos que esta última tentativa foi de oitenta quilômetros. Portanto, já percorri cerca de duzentos. Como prosseguir?

Ontem eu andava sem esperança. Hoje essas palavras perderam sentido. Hoje andamos porque andamos. Como bois na lavoura, sem dúvida. Ontem eu sonhava com paraísos de laranjais. Mas hoje não há paraísos para mim. Já não creio na existência de laranjas.

Não descubro nada em mim, a não ser secura no coração. Vou cair, e não percebo desespero. Nem sequer mágoa. Não lamento: a tristeza pareceria doce como a água. Sentimos pena de nós mesmos e nos queixamos como a um amigo. Mas já não tenho amigos no mundo.

Quando eu for encontrado, de olhos queimados, imaginarão que clamei e sofri muito. Mas os ímpetos, as queixas, o sofrimento emocional ainda são riquezas. E eu já não tenho riquezas. As mocinhas novas, na noite do primeiro amor, conhecem a tristeza e choram. A tristeza está ligada aos frêmitos da vida. E eu já não tenho tristeza...

O deserto sou eu. Já não produzo saliva, mas tampouco produzo as suaves imagens pelas quais poderia chorar. O sol secou em mim a fonte de lágrimas.

Contudo, o que vislumbrei? Um sopro de esperança passou por mim como brisa sobre o mar. Que sinal é esse que acaba de alertar meu instinto antes de me tocar a consciência? Nada mudou, no entanto tudo mudou. Este lençol de areia, estes outeiros e estas ligeiras placas de vegetação já não compõem uma paisagem, mas um cenário. Cenário ainda vazio, mas totalmente preparado. Olho para Prévot. Ele foi tocado pelo mesmo espanto, mas também não entende o que está sentindo.

Juro que vai acontecer alguma coisa…

Juro que o deserto se animou… Juro que esta ausência, que este silêncio de repente são mais palpitantes que um tumulto de praça pública.

Estamos salvos: há rastros na areia!

Ah! Havíamos perdido a pista da espécie humana, tínhamo-nos isolado da tribo, estávamos sozinhos no mundo, esquecidos por uma migração universal, e eis que descobrimos, impressos na areia, os pés milagrosos do homem.

– Aqui, Prévot, dois homens se separaram…

– Aqui um camelo se ajoelhou…

– Aqui…

Contudo, ainda não estamos salvos. Não basta esperar. Dentro de algumas horas já não poderão nos socorrer. A marcha da sede, depois que começa a tosse, é rápida demais. E nossa garganta…

Mas eu creio naquela caravana que ondula em alguma parte do deserto.

Portanto, continuamos andando, e de repente ouvi um galo cantar. Guillaumet havia me dito: "No fim, eu ouvia galos nos Andes. Também ouvia trens…".

Lembro-me do que ele contou no mesmo instante em que o galo canta e penso: "No começo foram os olhos que me enganaram. Sem dúvida, é efeito da sede. Os ouvidos resistiram mais...". Mas Prévot me segura pelo braço:

– Você ouviu?
– O quê?
– O galo!
– Pois é... Pois é...

Pois é, claro, imbecil, é a vida...

Tive uma última alucinação: três cães correndo um atrás do outro. Prévot, que também olhava, não viu nada. Mas somos dois a estender os braços para o beduíno. Somos dois a lhe dirigir todo o alento de nosso peito. Somos dois a rir de felicidade!

Mas nossa voz não alcança trinta metros. Nossas cordas vocais já estão secas. Conversávamos baixinho e nem sequer reparamos!

Mas o beduíno e seu camelo, que acabam de se revelar de trás do outeiro, pronto, devagar, devagar, vão se afastando. Talvez aquele homem esteja sozinho. Um demônio cruel o mostrou e o rouba...

E não conseguiríamos correr!

Outro árabe aparece de perfil sobre a duna. Berramos, mas baixinho. Então agitamos os braços e temos a impressão de encher o céu com sinais imensos. Mas o beduíno continua olhando para a direita...

E eis que, sem pressa, ele começa a descrever um quarto de giro. No segundo exato em que ficar de frente, tudo estará consumado. No segundo exato em que nos olhar, terá apagado em nós a sede, a morte e as miragens. Ele começou a descrever um quarto de giro que já está transformando o mundo. Com um movimento do tronco apenas, com um único passeio do olhar, ele cria a vida, ele me parece semelhante a um deus...

É um milagre... Ele caminha para nós sobre a areia como um deus sobre o mar...

O árabe simplesmente nos olhou. Com as mãos, fez pressão sobre nossos ombros e obedecemos. Deitamo-nos. Aqui já não há raças nem línguas nem divisões... Há um nômade pobre que pôs suas mãos de arcanjo sobre nossos ombros.

Ficamos esperando com a testa na areia. E agora bebemos água de bruços no chão, com a cabeça dentro da bacia, como dois bezerros. O beduíno se assusta e, a cada momento, nos obriga a fazer uma pausa. Mas, assim que nos larga, mergulhamos de novo o rosto na água.

Na água!

Água, não tens gosto, cor nem aroma, não podemos te definir e te saboreamos sem te conhecer. Não és necessária à vida: és a vida. Tu nos impregnas de um prazer que os sentidos não explicam. Contigo nos voltam todos os poderes a que havíamos renunciado. Por tua graça se abrem em nós todos os mananciais esgotados do coração.

No mundo, és a riqueza maior e também a mais delicada, tu, tão pura no ventre da terra. Pode-se morrer à beira de uma fonte de água magnesiana. Pode-se morrer a dois passos de um lago de água salgada. Pode-se morrer apesar dos dois litros de orvalho que contenham alguns sais em suspensão. Tu não aceitas mistura, não suportas alteração, és uma deusa arredia...

Mas derramas em nós uma felicidade infinitamente simples.

Quanto a ti que nos salvas, beduíno da Líbia, te apagarás para sempre de minha memória. Nunca me lembrarei de teu rosto. És o Homem e me apareces com o rosto de todos os homens ao mesmo tempo. Nunca nos contemplaste e logo nos reconheceste. És o irmão bem-amado. E te reconhecerei em todos os homens.

Tu me apareces banhado de nobreza e benevolência, grande senhor que tens o poder de dar de beber. Todos os meus amigos, todos os meus inimigos caminham para mim em ti, e já não tenho um único inimigo no mundo.

VIII

Os homens

Mais uma vez convivi com uma verdade que não compreendi. Achei que estava perdido, achei que tinha chegado ao fundo do desespero e, ao aceitar a renúncia, conheci a paz. Nessas horas parece que nos descobrimos e nos tornamos nosso próprio amigo. Nada mais poderia prevalecer sobre um sentimento de plenitude que, em nós, satisfaz sabe-se lá que necessidade essencial que nem conhecíamos. Bonnafous, imagino, que se consumia a caçar o vento, conheceu essa serenidade. Guillaumet também, em sua neve. E eu, como esqueceria que, enterrado na areia até a nuca, sendo lentamente estrangulado pela sede, senti tanto calor no coração, debaixo de minha pelerine de estrelas.

Como favorecer em nós essa espécie de libertação? Tudo é paradoxal no ser humano, disso todos sabem. Alguém garante o pão de outro para possibilitar-lhe criar, e eis que esse outro dorme; o conquistador vitorioso se abranda; o generoso, se enriquecido, torna-se avarento. Que nos importam as doutrinas políticas que alegam o desabrochar do homem se, de saída, não sabemos que tipo de homem desabrochará? Quem vai nascer? Não somos um rebanho na engorda, e o aparecimento de um Pascal pobre pesa mais que o nascimento de alguns anônimos prósperos.

Não sabemos prever o essencial. Cada um de nós conheceu as alegrias mais vívidas quando nada as prenunciava. E elas deixaram em nós tamanha nostalgia que temos saudade até de nossas misérias, se foram nossas misérias que as possibilitaram. Ao reencontrarmos os companheiros, todos saboreamos o encantamento das lembranças amargas.

Que mais sabemos, além de que há condições desconhecidas que nos fecundam? Onde se aloja a verdade do homem?

Verdade não é o que se demonstra. Se em dado solo, e não em outro, as laranjeiras lançam raízes sólidas e ficam carregadas de frutos, esse solo é a verdade das laranjeiras. Se dada religião, dada cultura, dada escala de valores, dada forma de atividade, e não outras, favorecem a plenitude humana, libertam no ser humano o grande senhor que se ignorava, é porque aquela escala de valores, aquela cultura, aquela forma de atividade são a verdade do homem. E a lógica? Ela que se vire para explicar a vida.

Ao longo deste livro citei alguns daqueles que, parece, obedeceram a uma vocação soberana, escolheram o deserto e a aviação tal como outros teriam escolhido o mosteiro; mas traí meu objetivo e dei a impressão de incitar a admiração pelos seres humanos, acima de tudo. O admirável, acima de tudo, é o solo que lhes serviu de base.

As vocações por certo têm seu papel. Uns se encerram em lojas. Outros caminham, imperiosamente, para alguma direção inelutável: encontramos na história de sua infância o germe dos impulsos capazes de explicar seu destino. Mas a História, lida *a posteriori*, é enganosa. Os mesmos impulsos seriam encontrados em quase todos. Todos conhecemos comerciantes que, numa noite de naufrágio ou de incêndio, se revelaram maiores do que sempre foram. E eles não se enganam quanto à qualidade dessa plenitude: aquele incêndio permanecerá como a noite de sua vida. Mas, na falta de novas oportunidades, de solo favorável, de religião exigente, eles adormecem de novo, sem acreditar na própria grandeza. Claro que as vocações ajudam o homem a se libertar, mas também é necessário libertar as vocações.

Noites de voo, noites de deserto... Essas são ocasiões raras que não se apresentam a todos os seres humanos. No entanto, quando as circunstâncias os animam, todos mostram as mesmas necessidades. Não me afastarei de meu assunto se contar uma noite na Espanha, que me serviu de ensinamento sobre essas coisas. Falei demais de alguns e gostaria de falar de todos.

Foi na frente de batalha de Madri, que eu visitava como repórter. Naquela noite, estava jantando no fundo de um abrigo subterrâneo, à mesa de um jovem capitão.

2

Estávamos conversando quando o telefone tocou. Teve início um longo diálogo: o P.C. comunicava a ordem de um ataque absurdo e desesperado naquele subúrbio operário, com a tomada de algumas casas transformadas em fortalezas de cimento. O capitão dá de ombros e volta até nós: "Os primeiros que se apresentarem...", diz, e empurra dois copos de conhaque: um para um sargento que está conosco e outro para mim.

– Você sai primeiro, comigo – diz ao sargento. – Beba e vá dormir.

O sargento foi dormir. Em volta daquela mesa somos uns dez acordados. Naquele aposento bem calafetado, de onde nenhuma luz escapa, a claridade é tão dura que me faz piscar. Há cinco minutos dei uma espiada por uma seteira. Erguendo o pedaço de pano que dissimulava a abertura, avistei, mergulhadas num luar que derramava um clarão de abismo, ruínas de casas mal-assombradas. Quando repus o pano no lugar, pareceu-me estar enxugando aquele luar como óleo escorrido. E conservo ainda agora no olhar a imagem das fortalezas lúgubres.

Esses soldados decerto não voltarão, mas se calam por pudor. O assalto está na ordem das coisas. Haurem-se homens de uma provisão. Haure-se de um celeiro. Joga-se um punhado de grãos para a sementeira.

Bebemos nosso conhaque. À minha direita, disputa-se uma partida de xadrez. À minha esquerda, graceja-se. Onde estou? Um homem, meio bêbado, entra. Cofia a barba hirsuta e passeia por nós dois olhos ternos. Seu olhar resvala para o conhaque, desvia, retorna ao conhaque, volta-se suplicante para o capitão. O capitão ri baixinho. O homem, esperançoso, também ri. Uma risada ligeira corre pelos espectadores. O capitão afasta devagar a garrafa, o olhar do homem expressa desesperança, e assim tem início um jogo pueril, uma espécie de balé silencioso que, através da espessa fumarada dos cigarros, do desgaste da vigília e da imagem do ataque próximo, tem algo de onírico.

E jogamos, encerrados no calor do porão de nosso navio, enquanto lá fora redobram explosões semelhantes a golpes de vagalhões.

Em breve esses homens se limparão do suor, do álcool, da crosta da espera na água régia da noite de guerra. Eu os sinto tão próximos da purificação. Mas eles continuam dançando, até quando der, o balé do bêbado e da garrafa. Continuam jogando, até quando der, a partida de xadrez. Fazem a vida durar o máximo possível. Mas numa estante reina um despertador que eles puseram para tocar. Portanto, seu mecanismo vai soar. Então os homens vão se levantar, se espreguiçar e afivelar os cinturões. O capitão apanhará o revólver. O bêbado ficará sóbrio. E todos, sem muita pressa, enveredarão por aquele corredor que sobe por uma rampa suave até um retângulo azul de luar. E dirão algo simples como "Maldito ataque…" ou "Que frio!". E mergulharão.

Chegada a hora, eu assistia ao despertar do sargento. Ele dormia numa cama de ferro, entre os escombros de uma adega. Eu o olhava dormir. Tinha a impressão de conhecer o gosto daquele sono não angustiado, mas tão feliz. Fazia-me lembrar aquele primeiro dia de Líbia, durante o qual Prévot e eu, náufragos sem água e condenados, antes de sentir muita sede, pudemos dormir uma vez, uma só, duas horas seguidas. Adormecendo, tive a sensação de me valer de um poder admirável: o poder de recusar o mundo presente. Dono de um corpo que ainda me deixava em paz, depois de enfiar a cabeça entre os braços, para mim nada distinguia aquela noite de uma noite feliz.

Era assim que o sargento descansava encolhido, sem forma humana, e, à luz da vela fixada no gargalo de uma garrafa pelos que vieram acordá-lo, de início eu não distinguia nada a emergir do amontoado informe, além das botinas. Botinas enormes, com tachões e pontas de ferro, botinas de trabalhador braçal ou de estivador.

Aquele homem calçava instrumentos de trabalho, e tudo, em seu corpo, era instrumento: cartucheiras, revólveres, suspensórios de couro, cinturão. Tinha albarda, cabresto, todo o arreio de um cavalo de tração. Em porões do Marrocos, é possível ver mós movidas por cavalos cegos. Aqui, sob a luz bruxuleante e avermelhada da vela, também se despertava um cavalo cego para mover sua mó.

– Ei, sargento!

Ele se mexeu lentamente, mostrando a cara ainda adormecida e tartamudeando não sei o quê. Mas virou-se de novo para a parede, sem querer despertar, enfiando-se outra vez nas profundezas do sono como na paz de um ventre materno, como em águas fundas, segurando-se com as mãos, que ele abria e fechava, a não sei que algas negras. Foi preciso soltar seus dedos do agarro. Sentamo-nos na cama dele, e um de nós, sorrindo, pôs devagar o braço sob seu pescoço e ergueu aquela cabeça pesada. Era como a meiguice de cavalos a acariciar-se mutuamente o pescoço no bom calor do estábulo. "Ei, companheiro!" Nunca vi na vida tamanha ternura. O sargento fez um último esforço para voltar aos seus sonhos felizes, para recusar nosso universo de dinamite, exaustão e noite gelada; mas tarde demais. Algo que vinha de fora se impunha. É assim que o sino do colégio, no domingo, desperta lentamente a criança punida. Esta havia esquecido a carteira, o quadro-negro, o castigo. Está sonhando com as brincadeiras no campo. Em vão. O sino continua tocando e, inexorável, leva-a de volta à injustiça dos homens. Tal como essa criança, o sargento ia reassumindo devagar aquele corpo consumido pelo cansaço, aquele corpo de que ele não queria saber, corpo que, no frio do despertar, dentro em breve conheceria as tristes dores articulares, depois o peso do equipamento, depois a corrida pesada e a morte. Não tanto a morte quanto o visco desse sangue em que se mergulham as mãos no esforço de se levantar, a respiração difícil, o gelo ao redor; não tanto a morte quanto o desconforto de morrer. Olhando-o, eu continuava a pensar na desolação de meu próprio despertar, naquela reassunção da sede, do sol, da areia, naquela reassunção da vida, esse sonho que não se escolhe.

Mas agora ele está de pé, olhando-nos nos olhos:
– Está na hora?

É aí que o homem aparece. É aí que ele escapa às previsões da lógica: o sargento sorria! Que tentação é essa? Lembro-me de uma noite em Paris, quando Mermoz e eu, depois de festejar com amigos não sei que aniversário, vimo-nos ao alvorecer na porta de um bar, enjoados de tanto falar, de tanto beber, de estar inutilmente cansados. Mas, como o céu já começava a empalidecer, Mermoz me apertou o braço de repente, com tanta força que senti suas unhas: "Veja só, a esta hora em Dakar...". Era a hora em que os mecânicos esfregam os olhos e retiram a cobertura das hélices, em que o piloto vai consultar a meteorologia, em que a terra se povoa só de companheiros. O céu já se coloria, já se preparava a festa, mas para outros; já estava sendo estendida a toalha de um banquete cujos convivas não seríamos nós. Outros corriam seus riscos...

– Aqui, que sujeira... – concluiu Mermoz.

E tu, sargento, és convidado de que banquete pelo qual vale a pena morrer?

Eu já tinha ouvido tuas confidências. Contaste tua história: pequeno contador em algum lugar de Barcelona, alinhavas números sem muitas preocupações com as divisões de teu país. Mas um colega se alistou, depois um segundo, um terceiro e, com surpresa, passaste por estranha transformação: tuas ocupações aos poucos começaram a te parecer fúteis. Prazeres, cuidados, conforto, tudo isso era de outros tempos. Não era nisso que estava o importante. Chegou afinal a notícia da morte de um dos colegas, perto de Málaga. Não se tratava de um amigo que tivesses desejado vingar. A política, por outro lado, nunca te incomodara. No entanto, a notícia passou por todos os colegas e por seus estreitos destinos como uma ventania marítima. Um deles te olhou naquela manhã:

– Vamos?

– Vamos.

Foram.

Ocorreram-me algumas imagens para explicar essa verdade que não soubeste traduzir em palavras, mas cuja evidência te governou.

Na época das arribações, quando os patos selvagens passam sobre algum território, provocam nele interessantes fluxos. Os patos domésticos, como que atraídos pelo grande voo triangular, ensaiam saltos inábeis. O apelo selvagem despertou neles algum vestígio selvagem. E de repente os patos da fazenda se transformam por um minuto em aves de arribação. De repente, naquelas cabecinhas duras em que circulavam humildes imagens de brejos, minhocas, galinheiros, desenvolvem-se amplidões continentais, sabores dos ventos abertos, geografias de mares. O bicho não sabia que seu cérebro era suficientemente vasto para conter tanta maravilha, mas de repente está batendo as asas, desprezando os grãos e as minhocas, querendo virar pato selvagem.

Mas revejo sobretudo minhas gazelas: criei gazelas em Juby. Lá todos nós criamos gazelas. Ficavam fechadas num cercado de treliças, ao ar livre, porque as gazelas precisam da água corrente dos ventos e nada é mais frágil que elas. Se capturadas pequeninas, sobrevivem e comem em nossa mão. Deixam-se acariciar e mergulham o focinho úmido na palma de nossa mão. Então achamos que estão domesticadas. Acreditamos que as abrigamos da tristeza desconhecida que apaga em silêncio as gazelas e lhes dá a mais enternecedora das mortes... Mas chega um dia em que as encontramos pressionando os pequenos chifres contra a grade, na direção do deserto. Estão imantadas. Não sabem que estão fugindo de nós. Acabam de tomar o leite que nós mesmos lhes trouxemos. Ainda se deixam acariciar, mergulham com ainda mais ternura o focinho úmido na palma de nossa mão. Mas, assim que as largamos, descobrimos que, depois de um arremedo de galope feliz, elas voltam para a cerca de treliça. E, se não impedirmos, vão ficar ali, sem sequer tentar lutar contra a barreira: apenas a pressionam com seus chifrinhos, com o pescoço curvo, até morrer. Terá chegado a época da brama ou será simplesmente a necessidade de galopar até perder o fôlego? Elas não sabem. Seus olhos ainda nem estavam abertos quando foram capturadas. Ignoram tudo da liberdade na areia e do cheiro do macho. Mas nós somos bem mais inteligentes que elas. O que elas procuram nós sabemos: é a imensidão que as realizará. Querem tornar-se gazelas e dançar sua dança. A cento e trinta quilômetros por hora, querem conhecer a fuga retilínea, cortada por corcovos bruscos, como se da areia escapassem chamas aqui ou acolá. Pouco importam os chacais, se a verdade das gazelas está em saborear o medo que as obriga a superar-se e dar cabriolas mais altas! Que importa o leão, se a verdade das gazelas está em serem abertas por uma patada sob o sol! Nós as olhamos e pensamos: sentem nostalgia. Nostalgia é o desejo de não se sabe o quê... O objeto desse desejo existe, mas não há palavras para dizê-lo.

E a nós, o que faz falta?

Que encontrarias aqui, sargento, que te desse o sentimento de não estar traindo teu destino? Seria esse braço fraterno que ergueu tua cabeça adormecida, seria esse sorriso afeiçoado que não lastimava, mas compartilhava? "Ei! Companheiro…" Lastimar ainda é ser dois. Ainda é estar dividido. Mas existe uma altitude de relações em que o reconhecimento, tal como a piedade, perde o sentido. É aí que se respira como prisioneiro liberto.

Conhecemos essa união quando transpúnhamos, em equipes de dois aviões, um Rio de Ouro ainda insubmisso. Nunca ouvi o náufrago agradecer ao salvador. Na maioria das vezes até nos xingávamos durante o exaustivo transbordo dos malotes postais de um avião para outro: "Seu safado! Se sofri uma pane foi por sua culpa, com essa mania de voar a dois mil metros com o vento pela frente! Se tivesse me seguido mais baixo, a gente já estaria em Port-Étienne!"; e o outro, que oferecia a vida, se sentia envergonhado de ser um safado. Por que, aliás, lhe agradeceríamos? Ele também tinha direito à nossa vida. Éramos galhos de uma mesma árvore. E eu sentia orgulho de quem me salvava!

Por que te lastimaria, sargento, aquele que te preparava para a morte? Todos se arriscavam, uns pelos outros? É nesses minutos que se descobre uma unidade que não precisa de linguagem. Entendi tua decisão. Em Barcelona, se eras pobre, talvez sozinho depois do trabalho, se teu corpo não tinha refúgio, aqui tinhas a sensação de realização, atingias o universal: tu, o pária, eras recebido pelo amor.

Pouco me importa saber se eram sinceras ou não, lógicas ou não, as grandiosas palavras dos políticos que germinaram em ti. Se elas pegaram, do modo como as sementes brotam, é que atendiam às tuas necessidades. És o único juiz. São as terras que sabem reconhecer o trigo.

3

Só quando estamos ligados a nossos irmãos por um objetivo comum, situado fora de nós, é que respiramos, e a experiência nos mostra que amar não é olhar um para o outro, mas olhar juntos na mesma direção. Só há companheiros quando todos se unem na mesma cordada rumo ao mesmo cume, onde eles se reencontram. Não fosse isso, por que, no século do conforto, sentiríamos uma alegria tão plena em repartir nossos últimos víveres no deserto? De que valem, contra isso, as previsões dos sociólogos? Para todos aqueles, dentre nós, que conheceram a grande alegria de um resgate no Saara, qualquer outro prazer parece fútil.

Talvez por isso o mundo hoje comece a rachar ao nosso redor. Cada um se exalta pelas religiões que lhe prometem essa plenitude. Todos nós, com palavras contraditórias, expressamos os mesmos impulsos. Estamos divididos nos métodos, que são frutos de nosso raciocínio, e não nos fins: estes são os mesmos.

Desse modo, não há por que nos admirarmos. Aquele que não suspeitava do desconhecido que dormia dentro de si, mas o sentiu despertar num porão de anarquistas em Barcelona – por causa do sacrifício, da ajuda mútua, de uma imagem rígida de justiça –, esse só conhecerá uma verdade: a verdade dos anarquistas. E aquele que uma vez montou guarda para proteger uma multidão de freirinhas ajoelhadas, aterrorizadas, nos mosteiros da Espanha, esse morrerá pela Igreja.

Se, quando Mermoz mergulhava rumo à vertente chilena dos Andes com a vitória no coração, alguém lhe objetasse que ele se enganava, que a carta de um comerciante talvez não valesse a sua vida, ele teria rido. A verdade é que o que nascia nele, quando transpunha os Andes, era o homem.

Quem quiser convencer do horror da guerra aquele que não recusa a guerra, não deve tratá-lo de bárbaro, mas procurar compreendê-lo antes de julgá--lo.

Consideremos aquele oficial do Sul que, durante a Guerra do Rife, comandava um posto avançado, encravado entre duas montanhas de sublevados. Certa tarde, ele recebia os negociadores que tinham descido do maciço oeste e com eles tomava chá, como é de praxe, quando explodiu a fuzilaria. As tribos do maciço leste atacavam o posto. Ao capitão que os expulsava para combater, os negociadores inimigos responderam: "Hoje somos teus hóspedes. Deus não permita que te abandonemos…". Portanto, juntaram-se aos homens do capitão, salvaram o posto e subiram de volta para seu ninho de águia.

Mas, na véspera do dia em que se preparam para atacar o posto, eles mandam emissários ao capitão:

– Na outra tarde te ajudamos…
– É verdade…
– Queimamos trezentos cartuchos por tua causa….
– É verdade.
– Seria justo que nos devolvesses.

E o capitão, com grande fidalguia, não pode explorar uma vantagem advinda da nobreza dos outros. Devolve-lhes os cartuchos que serão usados contra ele.

A verdade para um homem é o que faz dele um homem. Quando alguém que conheceu essa dignidade das relações, essa lealdade no jogo, essa doação mútua de uma estima que empenha a vida, comparar essa elevação que lhe foi permitida à medíocre bonomia do demagogo que exprime sua fraternidade para com os mesmos árabes dando-lhes nas costas tapas que adulam, mas ao mesmo tempo humilham, essa pessoa sentirá uma piedade um pouco desdenhosa daquele que porventura argumentar contra ela. E terá razão.

Mas terá também razão quem odiar a guerra.

Para compreender o homem e suas necessidades, para conhecê-lo no que ele tem de essencial, não cabe contrapor uma à outra as evidências de nossas verdades. Sim, você tem razão. Todos têm razão. A lógica demonstra tudo. Tem razão até mesmo aquele que culpa os corcundas por todas as desgraças do mundo. Se declararmos guerra aos corcundas, logo aprenderemos a nos enaltecer. Vingaremos os crimes dos corcundas. E é verdade que os corcundas também cometem crimes.

Para tentar distinguir o essencial, é preciso esquecer por um momento as divisões que, se admitidas, ensejarão todo um catecismo de verdades inabaláveis e o fanatismo daí decorrente. É possível classificar as pessoas em gente de direita e gente de esquerda, corcundas e não corcundas, fascistas e democratas, e essas distinções são inatacáveis. Mas a verdade, cabe saber, é o que simplifica o mundo, e não o que gera o caos. A verdade é a linguagem que exprime o universal. Newton não "descobriu" uma lei que se ocultava, como a solução de uma charada; Newton realizou uma operação criadora. Fundou uma linguagem humana capaz de expressar a queda da maçã num prado ou a ascensão do Sol. Verdade não é o que se demonstra, é o que simplifica.

De que adianta discutir ideologias? Se todas se demonstram, todas também se opõem, e tais discussões levam à descrença na salvação do homem. Enquanto isso, o homem, em toda parte ao nosso redor, expõe as mesmas necessidades.

Queremos ser libertados. Quem dá uma enxadada na terra quer conhecer o sentido dessa enxadada. E a enxadada do condenado a trabalhos forçados, que humilha o forçado, não é a mesma enxadada do prospector, que engrandece o prospector. A condição de forçado não consiste em dar enxadadas. Não existe horror material. A condição de condenado a trabalhos forçados está em dar enxadadas sem sentido, que não ligam quem as dá à comunidade dos homens.

E nós queremos fugir dessa prisão.

Há duzentos milhões de pessoas, na Europa, que não têm sentido e desejariam nascer. A indústria as arrancou da linguagem das linhagens camponesas e as encerrou nesses guetos enormes que parecem estações de triagem cheias de trens de vagões escuros. Das profundezas das cidades operárias eles gostariam de ser despertados.

Há outros, presos à engrenagem de todos os ofícios, aos quais são vedadas as alegrias do pioneiro, as alegrias religiosas, as alegrias do cientista. Acreditou-se que, para engrandecê-los, bastava vesti-los, alimentá-los, atender a todas as suas necessidades. E aos poucos se criou neles o pequeno-burguês de Courteline*, o político de aldeia, o técnico fechado para a vida interior. Embora bem instruídos, não foram cultivados. Tem ideia bem medíocre de cultura quem acha que ela reside em decorar fórmulas. Um mau aluno do curso

---

* Referência a Georges Moinaux, conhecido como Courteline (1858-1929), autor de várias obras que têm como alvo o pequeno-burguês fechado em ninharias e mesquinharias. (N. T.)

preparatório para as escolas científicas superiores sabe mais sobre a natureza e as leis do que Descartes e Pascal. Mas será capaz das mesmas operações intelectuais?

Todos, com maior ou menor clareza, sentem a necessidade de nascer. Mas há soluções que enganam. Sem dúvida é possível animar os homens dando-lhes fardas. Então eles vão cantar hinos de guerra e repartir seu pão com os companheiros. Terão encontrado o que procuravam, o gosto do universal. Mas o pão que lhes é oferecido vai matá-los.

É possível desenterrar os ídolos de madeira e ressuscitar os velhos mitos que, bem ou mal, já mostraram valor. É possível ressuscitar as místicas do pangermanismo ou do Império Romano. É possível inebriar os alemães com a embriaguez de serem alemães e compatriotas de Beethoven. Desse modo é possível embriagar até o carvoeiro. Claro que isso é mais fácil do que fazer do carvoeiro um Beethoven.

Mas esses ídolos são ídolos carnívoros. Quem morre pelo progresso dos conhecimentos ou pela cura das doenças está servindo a vida ao morrer. Talvez seja belo morrer pela expansão de um território, mas hoje a guerra destrói o que alega favorecer. Hoje em dia não se trata de sacrificar um pouco de sangue para vivificar toda uma raça. A guerra, desde que passou a ser travada com avião e gás de mostarda, não passa de cirurgia sangrenta. Cada um se põe ao abrigo de uma muralha de cimento e, na falta de coisa melhor, cada um lança, noite após noite, esquadrilhas que torpedeiam o outro em suas entranhas, explodem seus centros vitais, paralisam sua produção e suas trocas. A vitória é de quem apodrecer por último. E os dois adversários apodrecem juntos.

Num mundo convertido em deserto, tínhamos sede de reencontrar companheiros: o gosto do pão repartido entre companheiros nos faz aceitar os valores da guerra. Mas não temos necessidade da guerra para encontrar o calor do ombro a ombro numa corrida para a mesma meta. A guerra nos engana. O ódio não acrescenta nada à exaltação da corrida.

Por que nos odiarmos? Somos solidários, carregados pelo mesmo planeta, tripulação de um mesmo navio. E, embora seja bom que as civilizações se oponham para favorecer sínteses novas, é monstruoso que elas se entredevorem.

Uma vez que, para nos libertarmos, basta nos ajudarmos a tomar consciência de um objetivo que nos interligue, cabe buscá-lo onde ele nos une. O médico, na consulta, não está dando ouvidos às queixas da pessoa que ele está auscultando, mas, através dela, está tentando curar o ser humano. O médico fala uma linguagem universal. É como o físico, quando medita as equações quase divinas por meio das quais ele capta tanto o átomo quanto a nebulosa. E assim até o simples pastor de ovelhas. Pois aquele que vigia modestamente algumas ovelhas sob as estrelas, se tomar consciência de seu papel, descobrirá ser mais que um servidor. É uma sentinela. E cada sentinela é responsável por todo o império.

Acham que esse pastor não deseja tomar consciência? No front de Madri, visitei uma escola situada a quinhentos metros das trincheiras, atrás de uma mureta de pedras, numa elevação. Um cabo ensinava botânica lá. Desmontando com as mãos as frágeis peças de uma papoula, atraía peregrinos barbudos que, saídos dos lamaçais em volta, apesar dos obuses subiam até ele em peregrinação. Sentados sobre as pernas cruzadas, ao redor do cabo, ouviam-no com a mão no queixo. Franziam as sobrancelhas, cerravam os dentes, não entendiam grande coisa da aula, mas alguém lhes dissera: "Vocês são como bichos, acabam de sair da toca, é preciso atingir a humanidade!". E, com seus passos pesados, eles tinham pressa de alcançá-la.

Só quando tomarmos consciência de nosso papel, ainda que muito obscuro, seremos felizes. Só então poderemos viver em paz e morrer em paz, pois o que dá sentido à vida dá sentido à morte.

E ela é tão doce quando está na ordem das coisas, quando o velho camponês da Provença, ao termo de seu reinado, deposita nas mãos dos filhos seu quinhão de cabras e oliveiras, para que eles o transmitam aos filhos de seus filhos. Só se morre pela metade numa linhagem camponesa. Cada existência, por sua vez, abre-se como uma vagem e entrega suas sementes.

Certa feita, estive ao lado de três camponeses junto ao leito de morte de sua mãe. Sem dúvida, era doloroso. Pela segunda vez o cordão umbilical era cortado. Pela segunda vez se desfazia um nó: aquele que liga uma geração a outra. Os três filhos viam-se sozinhos, precisando aprender tudo, privados de uma mesa familiar para se reunir nos dias de festa, privados do polo em que todos se juntavam. Mas, naquela ruptura, eu também descobria que a vida pode ser dada pela segunda vez. Aqueles filhos também se tornariam cabeças de fila, pontos de união, patriarcas, até a hora em que, por sua vez, passariam o comando à prole que brincava no pátio.

Eu olhava a mãe, velha camponesa de expressão pacata e dura, lábios cerrados, rosto transformado em máscara de pedra. E nele reconhecia o rosto dos filhos. Aquela máscara servira para imprimir a deles. Aquele corpo servira para imprimir aqueles corpos, aqueles belos exemplares de homens. E agora aquela mulher repousava exaurida, mas como a casca de onde se retirou o fruto. Por sua vez, filhos e filhas, com sua carne, imprimiram homenzinhos. Na fazenda não se morria. A mãe morreu, viva a mãe.

Dolorosa, sim, mas tão simples aquela imagem da estirpe que ao longo do caminho ia abandonando, um a um, seus belos despojos de cabelos brancos, marchando para não se sabe que verdade, através de suas metamorfoses!

Foi por isso que naquela mesma tarde o sino dos mortos da pequena aldeia não me pareceu tocar com desespero, mas com uma alegria discreta e enternecedora. Com a mesma voz, ele celebrava enterros e batizados, anunciava mais uma vez a passagem de uma geração a outra. E era possível sentir profunda paz ao ouvi-lo cantar o noivado de uma pobre velha com a terra.

O que se transmitia assim, de geração em geração, com o lento progresso do crescimento da árvore, era a vida, mas também a consciência. Que misteriosa ascensão! De uma lava em fusão, de uma massa de estrela, de uma célula viva germinada por milagre, saímos nós, que pouco a pouco nos elevamos até escrever cantatas e pesar vias lácteas.

A mãe não transmitira apenas a vida: ensinara uma linguagem aos filhos, entregara a eles a bagagem tão lentamente acumulada no decorrer dos séculos, o patrimônio espiritual que ela mesma recebera de herança, o pequeno quinhão de tradições, conceitos e mitos que constitui toda a diferença a separar Newton ou Shakespeare do bruto das cavernas.

Quando temos fome, a fome que impelia os soldados da Espanha à aula de Botânica sob a chuva de balas, que impeliu Mermoz para o Atlântico Sul, que impele outro para o poema, o que sentimos é que a gênese não terminou, e precisamos tomar consciência de nós mesmos e do universo. Precisamos lançar pontes na noite. Só ignoram isso aqueles que constroem sua sabedoria com uma indiferença que julgam egoísta; mas tudo desmente essa sabedoria! Companheiros, meus companheiros, eu vos tomo como testemunhas: quando foi que nos sentimos felizes?

4

E agora, na última página deste livro, eis que me lembro dos burocratas envelhecidos que nos serviram de cortejo na madrugada do primeiro correio, quando nos preparávamos para virar homens, depois da sorte de termos sido designados. Apesar de tudo, eles eram semelhantes a nós, mas não sabiam que tinham fome.

E há muitos que são deixados a dormir.

Há alguns anos, durante uma longa viagem de trem, resolvi visitar aquela pátria em marcha na qual me encerrava por três dias, prisioneiro, durante todo esse tempo, daquele ruído de seixos rolados pelo mar. Levantei-me e, por volta de uma hora da madrugada, percorri o trem em toda a sua extensão. Os vagões-leitos estavam vazios. Os vagões de primeira classe estavam vazios.

Mas os vagões de terceira classe abrigavam centenas de operários poloneses que, despedidos na França, voltavam para a Polônia. Eu percorria os corredores passando por cima dos corpos. Parei para olhar. Eu, de pé, sob as luzes fracas, naquele vagão sem divisões, semelhante a um dormitório coletivo, com cheiro de caserna e posto policial, avistava toda uma população confusa, sacolejada pelos movimentos do expresso. Todo um povo imerso em sonhos ruins, voltando para sua miséria. Cabeçorras raspadas balançavam sobre a madeira dos bancos. Homens, mulheres, crianças, todos pendiam da direita para a esquerda, como se atacados por todos aqueles ruídos, por todas aquelas sacudidelas que os ameaçavam em seu esquecimento. Não tinham encontrado a hospitalidade de um bom sono.

E assim me pareciam ter perdido um pouco a qualidade humana, jogados de um extremo a outro da Europa pelas correntes econômicas, arrancados da casinha do Norte, do jardim minúsculo, dos três vasos de gerânio que eu tinha notado outrora nas janelas dos mineiros poloneses. Só tinham juntado utensílios de cozinha, cobertores e cortinas nos pacotes mal amarrados e cheios de calombos. Mas tudo o que haviam acariciado e encantado, tudo a que tinham conseguido domesticar em quatro ou cinco anos de permanência na França, o gato, o cachorro e o gerânio, tudo eles tiveram de sacrificar, levando consigo apenas aquelas baterias de cozinha.

Uma criança mamava no peito de uma mulher tão cansada que parecia dormir. A vida se transmitia no absurdo e na desordem daquela viagem. Olhei o pai. Crânio pesado e nu como pedra. Corpo dobrado no sono desconfortável, aprisionado nas roupas de trabalho, feito de saliências e reentrâncias. O homem parecia um monte de argila. É desse modo que, à noite, sobre as bancas dos mercados pesam sobejos já sem forma. E pensei: o problema não está nessa miséria, nem nessa sujeira, nem nessa feiura. Esse mesmo homem e essa mesma mulher conheceram-se um dia, e o homem sorriu para a mulher: provavelmente lhe levou flores depois do trabalho. Tímido e desajeitado, ele talvez temesse ser rejeitado. Mas a mulher, por faceirice natural, a mulher, segura de sua graça, talvez se divertisse em deixá-lo preocupado. E ele, que hoje não passa de máquina de cavar ou de bater, sentia uma angústia deliciosa no coração. O mistério é eles terem se tornado esses embrulhos de argila. Por qual molde terrível terão passado, saindo marcados como de uma prensa de estampagem? Um animal envelhecido conserva sua graça. Por que essa bela argila humana se arruinou?

E continuei minha viagem entre aquele povo cujo sono era túrbido como um lupanar. Pairava um ruído vago, feito de roncos roufenhos, queixas obscuras, atritos de botinas daqueles que, doloridos de um lado, tentavam o outro. E sempre, em surdina, o incansável acompanhamento de seixos rolados pelo mar.

Sentei-me diante de um casal. Entre o homem e a mulher, o filho fizera bem ou mal seu ninho e dormia. Mas virou-se, adormecido, e sobre seu rosto incidiu a luz. Ah, que rosto adorável! Daquele casal nascera uma espécie de fruto dourado. Daquele rebanho desgracioso nascera aquele triunfo de graça e encanto. Inclinei-me sobre a fronte lisa, sobre aquele beicinho delicado e pensei: eis aí um rosto de músico, um Mozart criança, uma bela promessa da vida. Os principezinhos das lendas não eram diferentes: protegido, cercado, cultivado, o que não viria a ser! Quando, por mutação, nasce uma rosa nova nos jardins, todos os jardineiros se alvoroçam. A rosa é isolada, cultivada, protegida. Mas não há jardineiros para os seres humanos. Mozart criança será marcado como os outros pela prensa de estampagem. Mozart extrairá suas mais sublimes alegrias da música degenerada, no mau cheiro dos cafés-concertos. Mozart está condenado.

Voltei para meu vagão. Pensava: essa gente quase não sofre com seu destino. E o que me atormenta aqui não é a caridade. Não é questão de comover-se com uma ferida eternamente reaberta. Os que a têm não a sentem. O que está ferido, o que está lesado aqui é algo como a espécie humana, e não o indivíduo. Não creio muito na piedade. O que me atormenta é o ponto de vista do jardineiro. O que me atormenta não é essa miséria na qual, afinal de contas, as pessoas se acomodam, como na preguiça. Gerações de orientais vivem na sujeira e se comprazem. O que me atormenta não é curado pelas sopas populares. O que me atormenta não são essas saliências e reentrâncias, essa feiura. É um pouco, em cada uma dessas pessoas, Mozart assassinado.

Só o Espírito, se bafejar a argila, poderá criar o Homem.

Coleção L&PM POCKET

1075. **Amor nos tempos de fúria** – Lawrence Ferlinghetti
1076. **A aventura do pudim de Natal** – Agatha Christie
1078. **Amores que matam** – Patricia Faur
1079. **Histórias de pescador** – Mauricio de Sousa
1080. **Pedaços de um caderno manchado de vinho** – Bukowski
1081. **A ferro e fogo: tempo de solidão (vol.1)** – Josué Guimarães
1082. **A ferro e fogo: tempo de guerra (vol.2)** – Josué Guimarães
1084(17). **Desembarcando o Alzheimer** – Dr. Fernando Lucchese e Dra. Ana Hartmann
1085. **A maldição do espelho** – Agatha Christie
1086. **Uma breve história da filosofia** – Nigel Warburton
1088. **Heróis da História** – Will Durant
1089. **Concerto campestre** – L. A. de Assis Brasil
1090. **Morte nas nuvens** – Agatha Christie
1092. **Aventura em Bagdá** – Agatha Christie
1093. **O cavalo amarelo** – Agatha Christie
1094. **O método de interpretação dos sonhos** – Freud
1095. **Sonetos de amor e desamor** – Vários
1096. **120 tirinhas do Dilbert** – Scott Adams
1097. **200 fábulas de Esopo**
1098. **O curioso caso de Benjamin Button** – F. Scott Fitzgerald
1099. **Piadas para sempre: uma antologia para morrer de rir** – Visconde da Casa Verde
1100. **Hamlet (Mangá)** – Shakespeare
1101. **A arte da guerra (Mangá)** – Sun Tzu
1104. **As melhores histórias da Bíblia (vol.1)** – A. S. Franchini e Carmen Seganfredo
1105. **As melhores histórias da Bíblia (vol.2)** – A. S. Franchini e Carmen Seganfredo
1106. **Psicologia das massas e análise do eu** – Freud
1107. **Guerra Civil Espanhola** – Helen Graham
1108. **A autoestrada do sul e outras histórias** – Julio Cortázar
1109. **O mistério dos sete relógios** – Agatha Christie
1110. **Peanuts: Ninguém gosta de mim... (amor)** – Charles Schulz
1111. **Cadê o bolo?** – Mauricio de Sousa
1112. **O filósofo ignorante** – Voltaire
1113. **Totem e tabu** – Freud
1114. **Filosofia pré-socrática** – Catherine Osborne
1115. **Desejo de status** – Alain de Botton
1118. **Passageiro para Frankfurt** – Agatha Christie
1120. **Kill All Enemies** – Melvin Burgess
1121. **A morte da sra. McGinty** – Agatha Christie
1122. **Revolução Russa** – S. A. Smith
1123. **Até você, Capitu?** – Dalton Trevisan
1124. **O grande Gatsby (Mangá)** – F. S. Fitzgerald
1125. **Assim falou Zaratustra (Mangá)** – Nietzsche
1126. **Peanuts: É para isso que servem os amigos (amizade)** – Charles Schulz
1127(27). **Nietzsche** – Dorian Astor
1128. **Bidu: Hora do banho** – Mauricio de Sousa
1129. **O melhor do Macanudo Taurino** – Santiago
1130. **Radicci 30 anos** – Iotti
1131. **Show de sabores** – J.A. Pinheiro Machado
1132. **O prazer das palavras** – vol. 3 – Cláudio Moreno
1133. **Morte na praia** – Agatha Christie
1134. **O fardo** – Agatha Christie
1135. **Manifesto do Partido Comunista (Mangá)** – Marx & Engels
1136. **A metamorfose (Mangá)** – Franz Kafka
1137. **Por que você não se casou... ainda** – Tracy McMillan
1138. **Textos autobiográficos** – Bukowski
1139. **A importância de ser prudente** – Oscar Wilde
1140. **Sobre a vontade na natureza** – Arthur Schopenhauer
1141. **Dilbert (8)** – Scott Adams
1142. **Entre dois amores** – Agatha Christie
1143. **Cipreste triste** – Agatha Christie
1144. **Alguém viu uma assombração?** – Mauricio de Sousa
1145. **Mandela** – Elleke Boehmer
1146. **Retrato do artista quando jovem** – James Joyce
1147. **Zadig ou o destino** – Voltaire
1148. **O contrato social (Mangá)** – J.-J. Rousseau
1149. **Garfield fenomenal** – Jim Davis
1150. **A queda da América** – Allen Ginsberg
1151. **Música na noite & outros ensaios** – Aldous Huxley
1152. **Poesias inéditas & Poemas dramáticos** – Fernando Pessoa
1153. **Peanuts: Felicidade é...** – Charles M. Schulz
1154. **Mate-me por favor** – Legs McNeil e Gillian McCain
1155. **Assassinato no Expresso Oriente** – Agatha Christie
1156. **Um punhado de centeio** – Agatha Christie
1157. **A interpretação dos sonhos (Mangá)** – Freud
1158. **Peanuts: Você não entende o sentido da vida** – Charles M. Schulz
1159. **A dinastia Rothschild** – Herbert R. Lottman
1160. **A Mansão Hollow** – Agatha Christie
1161. **Nas montanhas da loucura** – H.P. Lovecraft
1162(28). **Napoleão Bonaparte** – Pascale Fautrier
1163. **Um corpo na biblioteca** – Agatha Christie
1164. **Inovação** – Mark Dodgson e David Gann
1165. **O que toda mulher deve saber sobre os homens: a afetividade masculina** – Walter Riso
1166. **O amor está no ar** – Mauricio de Sousa
1167. **Testemunha de acusação & outras histórias** – Agatha Christie
1168. **Etiqueta de bolso** – Celia Ribeiro
1169. **Poesia reunida (volume 3)** – Affonso Romano de Sant'Anna
1170. **Emma** – Jane Austen
1171. **Que seja em segredo** – Ana Miranda

1172. **Garfield sem apetite** – Jim Davis
1173. **Garfield: Foi mal...** – Jim Davis
1174. **Os irmãos Karamázov (Mangá)** – Dostoiévski
1175. **O Pequeno Príncipe** – Antoine de Saint-Exupéry
1176. **Peanuts: Ninguém mais tem o espírito aventureiro** – Charles M. Schulz
1177. **Assim falou Zaratustra** – Nietzsche
1178. **Morte no Nilo** – Agatha Christie
1179. **Ê, soneca boa** – Mauricio de Sousa
1180. **Garfield a todo o vapor** – Jim Davis
1181. **Em busca do tempo perdido (Mangá)** – Proust
1182. **Cai o pano: o último caso de Poirot** – Agatha Christie
1183. **Livro para colorir e relaxar** – Livro 1
1184. **Para colorir sem parar**
1185. **Os elefantes não esquecem** – Agatha Christie
1186. **Teoria da relatividade** – Albert Einstein
1187. **Compêndio da psicanálise** – Freud
1188. **Visões de Gerard** – Jack Kerouac
1189. **Fim de verão** – Mohiro Kitoh
1190. **Procurando diversão** – Mauricio de Sousa
1191. **E não sobrou nenhum e outras peças** – Agatha Christie
1192. **Ansiedade** – Daniel Freeman & Jason Freeman
1193. **Garfield: pausa para o almoço** – Jim Davis
1194. **Contos do dia e da noite** – Guy de Maupassant
1195. **O melhor de Hagar 7** – Dik Browne
1196.(29). **Lou Andreas-Salomé** – Dorian Astor
1197.(30). **Pasolini** – René de Ceccatty
1198. **O caso do Hotel Bertram** – Agatha Christie
1199. **Crônicas de motel** – Sam Shepard
1200. **Pequena filosofia da paz interior** – Catherine Rambert
1201. **Os sertões** – Euclides da Cunha
1202. **Treze à mesa** – Agatha Christie
1203. **Bíblia** – John Riches
1204. **Anjos** – David Albert Jones
1205. **As tirinhas do Guri de Uruguaiana 1** – Jair Kobe
1206. **Entre aspas (vol.1)** – Fernando Eichenberg
1207. **Escrita** – Andrew Robinson
1208. **O spleen de Paris: pequenos poemas em prosa** – Charles Baudelaire
1209. **Satíricon** – Petrônio
1210. **O avarento** – Molière
1211. **Queimando na água, afogando-se na chama** – Bukowski
1212. **Miscelânea septuagenária: contos e poemas** – Bukowski
1213. **Que filosofar é aprender a morrer e outros ensaios** – Montaigne
1214. **Da amizade e outros ensaios** – Montaigne
1215. **O medo à espreita e outras histórias** – H.P. Lovecraft
1216. **A obra de arte na era de sua reprodutibilidade técnica** – Walter Benjamin
1217. **Sobre a liberdade** – John Stuart Mill
1218. **O segredo de Chimneys** – Agatha Christie
1219. **Morte na rua Hickory** – Agatha Christie
1220. **Ulisses (Mangá)** – James Joyce
1221. **Ateísmo** – Julian Baggini
1222. **Os melhores contos de Katherine Mansfield** – Katherine Mansfied
1223.(31). **Martin Luther King** – Alain Foix
1224. **Millôr Definitivo: uma antologia de** *A Bíblia do Caos* – Millôr Fernandes
1225. **O Clube das Terças-Feiras e outras histórias** – Agatha Christie
1226. **Por que sou tão sábio** – Nietzsche
1227. **Sobre a mentira** – Platão
1228. **Sobre a leitura** *seguido do* **Depoimento de Céleste Albaret** – Proust
1229. **O homem do terno marrom** – Agatha Christie
1230.(32). **Jimi Hendrix** – Franck Médioni
1231. **Amor e amizade e outras histórias** – Jane Austen
1232. **Lady Susan, Os Watson e Sanditon** – Jane Austen
1233. **Uma breve história da ciência** – William Bynum
1234. **Macunaíma: o herói sem nenhum caráter** – Mário de Andrade
1235. **A máquina do tempo** – H.G. Wells
1236. **O homem invisível** – H.G. Wells
1237. **Os 36 estratagemas: manual secreto da arte da guerra** – Anônimo
1238. **A mina de ouro e outras histórias** – Agatha Christie
1239. **Pic** – Jack Kerouac
1240. **O habitante da escuridão e outros contos** – H.P. Lovecraft
1241. **O chamado de Cthulhu e outros contos** – H.P. Lovecraft
1242. **O melhor de Meu reino por um cavalo!** – Edição de Ivan Pinheiro Machado
1243. **A guerra dos mundos** – H.G. Wells
1244. **O caso da criada perfeita e outras histórias** – Agatha Christie
1245. **Morte por afogamento e outras histórias** – Agatha Christie
1246. **Assassinato no Comitê Central** – Manuel Vázquez Montalbán
1247. **O papai é pop** – Marcos Piangers
1248. **O papai é pop 2** – Marcos Piangers
1249. **A mamãe é rock** – Ana Cardoso
1250. **Paris boêmia** – Dan Franck
1251. **Paris libertária** – Dan Franck
1252. **Paris ocupada** – Dan Franck
1253. **Uma anedota infame** – Dostoiévski
1254. **O último dia de um condenado** – Victor Hugo
1255. **Nem só de caviar vive o homem** – J.M. Simmel
1256. **Amanhã é outro dia** – J.M. Simmel
1257. **Mulherzinhas** – Louisa May Alcott
1258. **Reforma Protestante** – Peter Marshall
1259. **História econômica global** – Robert C. Allen

1260(33).**Che Guevara** – Alain Foix
1261.**Câncer** – Nicholas James
1262.**Akhenaton** – Agatha Christie
1263.**Aforismos para a sabedoria de vida** – Arthur Schopenhauer
1264.**Uma história do mundo** – David Coimbra
1265.**Ame e não sofra** – Walter Riso
1266.**Desapegue-se!** – Walter Riso
1267.**Os Sousa: Uma famíla do barulho** – Mauricio de Sousa
1268.**Nico Demo: O rei da travessura** – Mauricio de Sousa
1269.**Testemunha de acusação e outras peças** – Agatha Christie
1270(34).**Dostoiévski** – Virgil Tanase
1271.**O melhor de Hagar 8** – Dik Browne
1272.**O melhor de Hagar 9** – Dik Browne
1273.**O melhor de Hagar 10** – Dik e Chris Browne
1274.**Considerações sobre o governo representativo** – John Stuart Mill
1275.**O homem Moisés e a religião monoteísta** – Freud
1276.**Inibição, sintoma e medo** – Freud
1277.**Além do princípio de prazer** – Freud
1278.**O direito de dizer não!** – Walter Riso
1279.**A arte de ser flexível** – Walter Riso
1280.**Casados e descasados** – August Strindberg
1281.**Da Terra à Lua** – Júlio Verne
1282.**Minhas galerias e meus pintores** – Kahnweiler
1283.**A arte do romance** – Virginia Woolf
1284.**Teatro completo v. 1: As aves da noite** *seguido de* **O visitante** – Hilda Hilst
1285.**Teatro completo v. 2: O verdugo** *seguido de* **A morte do patriarca** – Hilda Hilst
1286.**Teatro completo v. 3: O rato no muro** *seguido de* **Auto da barca de Camiri** – Hilda Hilst
1287.**Teatro completo v. 4: A empresa** *seguido de* **O novo sistema** – Hilda Hilst
1289.**Fora de mim** – Martha Medeiros
1290.**Divã** – Martha Medeiros
1291.**Sobre a genealogia da moral: um escrito polêmico** – Nietzsche
1292.**A consciência de Zeno** – Italo Svevo
1293.**Células-tronco** – Jonathan Slack
1294.**O fim do ciúme e outros contos** – Proust
1295.**A jangada** – Júlio Verne
1296.**A ilha do dr. Moreau** – H.G. Wells
1297.**Ninho de fidalgos** – Ivan Turguêniev
1298.**Jane Eyre** – Charlotte Brontë
1299.**Sobre gatos** – Bukowski
1300.**Sobre o amor** – Bukowski
1301.**Escrever para não enlouquecer** – Bukowski
1302.**222 receitas** – J. A. Pinheiro Machado
1303.**Reinações de Narizinho** – Monteiro Lobato
1304.**O Saci** – Monteiro Lobato
1305.**Memórias da Emília** – Monteiro Lobato
1306.**O Picapau Amarelo** – Monteiro Lobato
1307.**A reforma da Natureza** – Monteiro Lobato
1308.**Fábulas** *seguido de* **Histórias diversas** – Monteiro Lobato
1309.**Aventuras de Hans Staden** – Monteiro Lobato
1310.**Peter Pan** – Monteiro Lobato
1311.**Dom Quixote das crianças** – Monteiro Lobato
1312.**O Minotauro** – Monteiro Lobato
1313.**Um quarto só seu** – Virginia Woolf
1314.**Sonetos** – Shakespeare
1315(35).**Thoreau** – Marie Berthoumieu e Laura El Makki
1316.**Teoria da arte** – Cynthia Freeland
1317.**A arte da prudência** – Baltasar Gracián
1318.**O louco** *seguido de* **Areia e espuma** – Khalil Gibran
1319.**O profeta** *seguido de* **O jardim do profeta** – Khalil Gibran
1320.**Jesus, o Filho do Homem** – Khalil Gibran
1321.**A luta** – Norman Mailer
1322.**Sobre o sofrimento do mundo e outros ensaios** – Schopenhauer
1323.**Epidemiologia** – Rodolfo Sacacci
1324.**Japão moderno** – Christopher Goto-Jones
1325.**A arte da meditação** – Matthieu Ricard
1326.**O adversário secreto** – Agatha Christie
1327.**Pollyanna** – Eleanor H. Porter
1328.**Espelhos** – Eduardo Galeano
1329.**A Vênus das peles** – Sacher-Masoch
1330.**O 18 de brumário de Luís Bonaparte** – Karl Marx
1331.**Um jogo para os vivos** – Patricia Highsmith
1332.**A tristeza pode esperar** – J.J. Camargo
1333.**Vinte poemas de amor e uma canção desesperada** – Pablo Neruda
1334.**Judaísmo** – Norman Solomon
1335.**Esquizofrenia** – Christopher Frith & Eve Johnstone
1336.**Seis personagens em busca de um autor** – Luigi Pirandello
1337.**A Fazenda dos Animais** – George Orwell
1338.**1984** – George Orwell
1339.**Ubu Rei** – Alfred Jarry
1340.**Sobre bêbados e bebidas** – Bukowski
1341.**Tempestade para os vivos e para os mortos** – Bukowski
1342.**Complicado** – Natsume Ono
1343.**Sobre o livre-arbítrio** – Schopenhauer
1344.**Uma breve história da literatura** – John Sutherland
1345.**Você fica tão sozinho às vezes que até faz sentido** – Bukowski
1346.**Um apartamento em Paris** – Guillaume Musso
1347.**Receitas fáceis e saborosas** – José Antonio Pinheiro Machado
1348.**Por que engordamos?** – Gary Taubes
1349.**A fabulosa história do hospital** – Jean-Noël Fabiani
1350.**Voo noturno** *seguido de* **Terra dos homens** – Antoine de Saint-Exupéry
1351.**Dr. Sax** – Jack Kerouac
1352.**O livro do Tao e da virtude** – Lao-Tsé
1353.**Pista negra** – Antonio Manzini
1354.**A chave de vidro** – Dashiell Hammett
1355.**Martin Eden** – Jack London

lepmeditores
www.lpm.com.br
o site que conta tudo

IMPRESSÃO:

PALLOTTI
GRÁFICA

Santa Maria - RS | Fone: (55) 3220.4500
www.graficapallotti.com.br